Das Buch

Selahattin Barzani ist als syrischer Flüchtling in der kleinen Stadt Landsberg am Lech gestrandet. Beim morgendlichen Joggen führt ihn sein Weg an einen Ort, den die Menschen Teufelsküche nennen. Dort holen ihn kurz vor Weihnachten die Schatten seiner Vergangenheit ein. Bei seiner panischen Flucht rennt er beinahe den pensionierten Kriminalhauptkommissar Martin Viertaler um. Der findet am Tatort eine kopflose Leiche und ein Handy, mit dem zuletzt seine gute Bekannte Gertrud Maier, Selahattins ehrenamtliche Betreuerin, angerufen wurde.

Da die ehemaligen Kollegen Viertalers schnell den Flüchtling verdächtigen, versucht Viertaler zusammen mit Gertrud, dessen Unschuld zu beweisen. Dabei verstrickt sich das ungleiche Ermittlerduo immer tiefer in diesen mysteriösen Fall. Der Mord in der *Thomasnacht*, der ersten der mystischen Raunächte, entfesselt ein Spiel der Schatten, in das nicht nur der Flüchtling Selahattin, sondern auch alteingesessene Bürger hineingezogen werden. Letzten Endes gerät Gertrud Maier, für die Viertaler zunehmend mehr empfindet, selbst in tödliche Gefahr.

Die Autoren

Uschi Pfaffeneder, Jahrgang 1962, arbeitete als Sozialver-
sicherungsfachangestellte, bevor sie sich neben der Familie
dem Studium der katholischen Theologie widmete. Ergän-
zend liegt ihr das Menschenbild der Logotherapie nach
Viktor Frankl sehr am Herzen. In einer Kurzgeschichte in
der Anthologie »Die Spur führt an den Lech« hat sie 2013
den Kommissar Viertaler aus der Taufe gehoben. Aktuell
ist sie in der Kinderbetreuung tätig, wo sie auch eine Lese-
werkstatt an einer Grundschule betreut.

Klaus Pfaffeneder, Jahrgang 1962, ist Maschinenbauinge-
nieur und arbeitet seit vielen Jahren als leitender Ange-
stellter. Mit fünfzehn beginnt er, erste Sportberichte für
das Landsberger Tagblatt zu schreiben. Er hat neben einigen Kurzgeschichten den historischen Roman »Der Baumeister von Landsberg« veröffentlicht.

Die beiden leiten die Schreibwerkstatt der VHS Landsberg,
sind miteinander verheiratet und haben drei erwachsene
Söhne.

USCHI UND KLAUS PFAFFENEDER

Entwurzelte Schatten

Viertalers zweiter Fall

Besuchen Sie uns im Internet:
www.liccaratur-verlag.de

Erschienen im Liccaratur-Verlag

Illustration und Umschlaggestaltung:
Braun - Gestaltung & Produktion, Fürstenfeldbruck
Titelfoto: Robert Klinger Fotografie, Landsberg
Lektorat: Monika Wunderlich, Fuchstal
Druck: EOS-Print, St. Ottilien
Copyright: © Liccaratur-Verlag, Landsberg

Erstausgabe 2017

ISBN 978-3-944810-03-4

Für Florian, Korbinian und Jakob

Die Wahrheit hat manchmal ein hässliches Gesicht

Inhaltsverzeichnis

Altstadt Landsberg am Lech

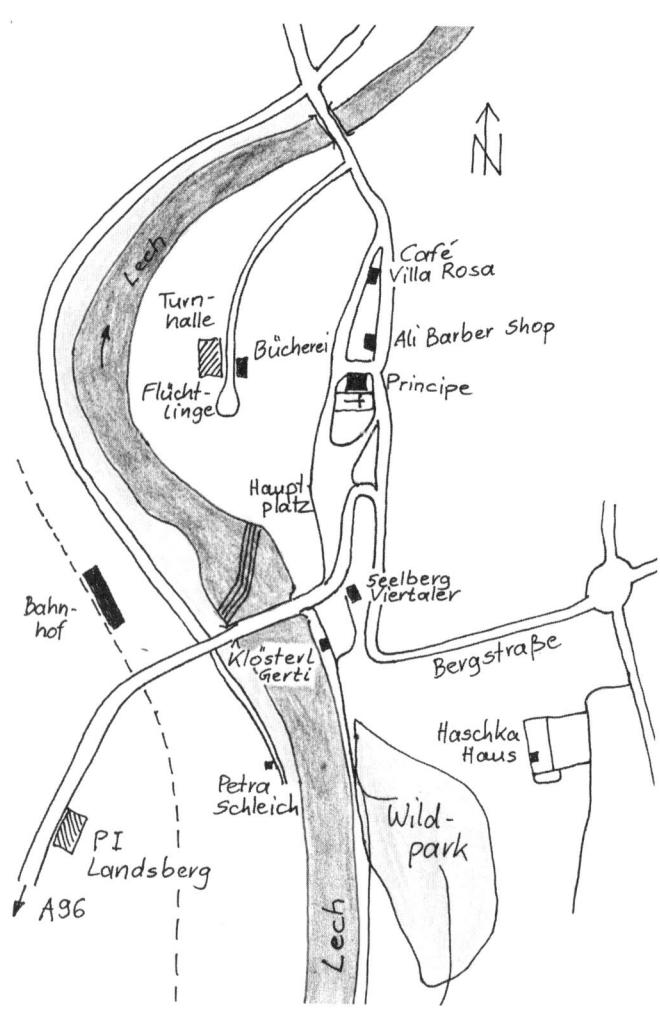

Selahattins Joggingstrecke

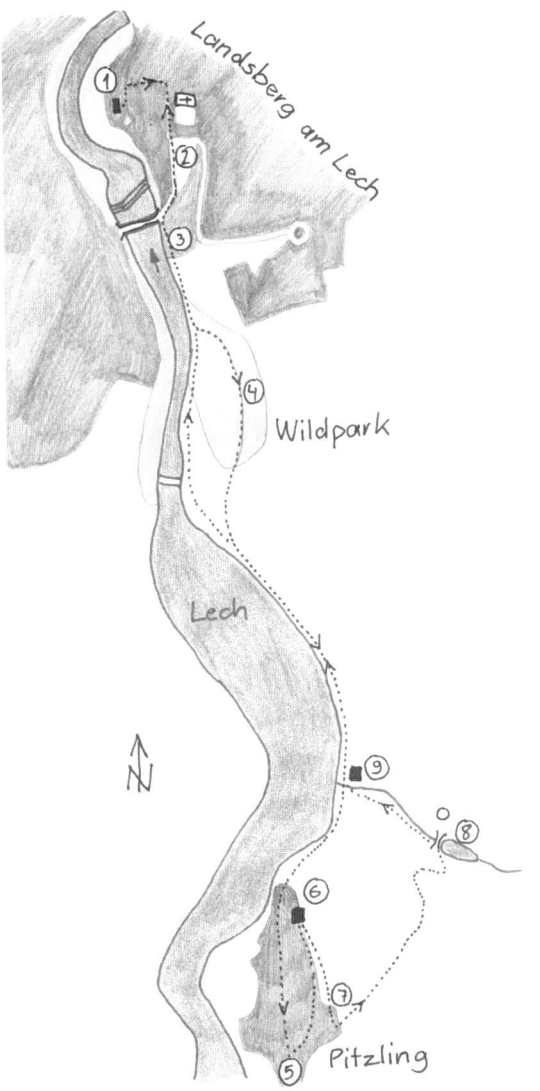

1 –
Flüchtlings-
unterkunft

2 –
Hauptplatz

3 –
Klösterl

4 –
Wild-
schweine

5 –
Krieger-
denkmal

6 –
Schloss-
kirche in
Pöring

7 –
grauer
Opel Astra

8 –
Brücke
Teufels-
küche

9 –
Lokal
Zur Teufels-
küche

Prolog

22. Juli, 5:30 Uhr am Morgen

Der Tag begann für die junge Frau wie jeden Tag bei Sonnenaufgang. Mit einem Gähnen streckte sie sich noch einmal, bevor sie ihr Bett verließ. Dann huschte ein Lächeln über ihr ernstes Gesicht. Am Wochenende würde sie heiraten; trotz des Krieges und der Kämpfe in der nahen Stadt.

Sie ging nach unten in die Küche, um sich für die Stallarbeit mit einer Tasse Tee zu stärken. Ein Schrei aus dem Gehöft des Nachbarn ließ sie erschrocken innehalten. Mit zitternden Händen stellte sie die Teetasse auf den Küchentisch. Die Schreckensbilder des Krieges, keine 20 Kilometer entfernt von ihr, tauchten vor ihrem geistigen Auge auf. Sollte sie nachsehen?

Sie fürchtete sich vor dem, was sie vielleicht vorfinden würde. Dann peitschte ein Schuss durch die morgendliche Sommerluft. Sie zuckte zusammen. Direkt in der Nähe rief jemand: »Allahu akbar!«. Sie sprang auf und wollte sich verstecken, doch es war zu spät. Unsägliches Leid und der Tod hatten auch ihr Zuhause erreicht.

Kapitel 1

Wenn man etwas haben will, das man noch nie gehabt hat, so muss man etwas tun, was man noch nie getan hat. An diese Worte seiner Großmutter dachte Selahattin Barzani, als er schlaftrunken zur Toilette schlurfte. Sie war es gewesen, die ihn überredet hatte, aus Syrien wegzugehen. Sie wollte nach Sohn und Schwiegertochter nicht auch noch den Enkel an den Krieg verlieren. Auf seiner strapaziösen Flucht über die Balkanroute trieb ihn dieses arabische Sprichwort immer wieder an. Es war auch jetzt noch sein Mantra, das seine Hoffnung auf ein Leben in Frieden und Freiheit nährte.

Die grünweißen Leuchtschilder, die die Fluchtwege in der Gemeinschaftsunterkunft kennzeichneten, tauchten den Flur in ein gespenstisches Licht. Da wo er herkam, mieden die Menschen dunkle Flure, besonders in öffentlichen Gebäuden. Sie mieden auch Turnhallen, weil dort die Schergen des Assad-Regimes und die IS-Kämpfer mit Vorliebe ihre Folterzentren einrichteten. Doch hier, in dieser alten Sporthalle, brauchte sich niemand zu fürchten. Auch wenn die Schatten der Vergangenheit ihn selbst hier in seinen Träumen heimsuchten.

Nach einer kurzen Morgentoilette schlüpfte er in die Laufschuhe, die ihm seine Betreuerin besorgt hatte. Sorgfältig band er sie mit einer Doppelschleife zu. Dabei huschte ein Lächeln über sein junges Gesicht. Selahattin liebte es, früh aufzustehen, vor den anderen wach zu sein, um seinen Gedanken nachhängen zu können. Beinahe lautlos schlüpfte er durch die Eingangstür ins Freie. Sich geräuschlos zu bewegen, hatte er in seinem früheren Leben gelernt, denn das war im Krieg wichtig, um zu überleben. Hier dagegen war es nur ein Zeichen von Respekt den anderen im Schlafsaal gegenüber. Immerhin waren in dieser ehemaligen Turnhalle unterschiedliche Gruppen untergebracht, mit denen das Zusammenleben nicht immer einfach war. Er hoffte, dieser Enge bald entfliehen zu können, denn er war nur übergangsweise hier, wie ihm seine Betreuerin Gertrud erzählt hatte.

Er holte tief Luft. Über Nacht hatte der Winter die Dächer der alten Stadt mit Schnee bedeckt, sodass sie in der Dämmerung wie mit Glitzerstaub überzogen schimmerten. Er mochte diesen Ort, obwohl ihn das Schicksal erst vor fünf Wochen hierher verschlagen hatte. Sela, wie ihn seine Betreuerin Gertrud nannte, begann wie jeden Tag seinen morgendlichen Lauf durch die Gassen der Altstadt. Auf dem zentralen Hauptplatz erwachte um diese Uhrzeit trotz des erneut einsetzenden Schneetreibens langsam das Leben. Ohne Argwohn überquerte er den noch im Zwielicht liegenden Platz. In seiner Heimatstadt Kobane wäre das Selbstmord gewesen. Doch hier war es absolut sicher.

Es gab keine Scharfschützen, die hinter den Fenstern der alten Bürgerhäuser auf ihn anlegten.

Es gab keine Straßensperren an den Zugängen zum Platz. Nur die kleine Fußgängerzone im Norden des dreieckigen Platzes gebot dem Autoverkehr Einhalt.

Es gab keine Milizionäre, die Passierscheine gegen teures Geld verkauften. Nur städtische Parkwächter, die sorglos geparkte Fahrzeuge mit Strafzetteln belegten.

Es gab keine islamistischen Kämpfer, die einen jungen Mann zwangsrekrutieren konnten. Hier war es friedlich.

Leichtfüßig durchquerte Sela das kleine Klösterl-Viertel und verließ Augenblicke später die Stadt in Richtung Süden. Sein Ziel war der Wildpark.

»A wild park?«, hatte er Gertrud gefragt, als sie ihn zum ersten Mal während eines Spaziergangs hierher gebracht hatte. »With wild creatures or is it a savage garden?«, wollte er in seinem akzentgefärbten Englisch wissen.

Seine Betreuerin achtete aber stets darauf, dass er Deutsch zumindest versuchte. Sie übersetzte: »Mit wilden Tieren oder ist es nur ein wilder Garten?«, und gab auch gleich die Antwort: »Nein! It is with wild animals; wilde Tiere. Wildschweine, Rehe, Hirsche.« Nachdem Selahattin verwirrt angesehen hatte, ahmte Gertrud mit ihren beiden Händen das Geweih eines Hirsches nach zu beiden Seiten ihres Kopfes. »Hirsche are stags, you know. Für uns hier in Bayern sind diese Tiere – animals – wild. For us Bavarians they are wild.« Seit diesem Moment hielt er Gertrud für ein wenig seltsam; galten doch in seiner Heimat eher Löwen als wilde Tiere.

Der Park lag eingekeilt zwischen dem Gebirgsfluss Lech und einem Steilhang auf der Ostseite. Sela ließ seinen Blick über den nebelverhangenen Fluss zu seiner Rechten schweifen. Beim Aussprechen des Flussnamens hatte er sich anfangs fast die Zunge gebrochen. Mittlerweile war aus dem »Leck« ein »Lech« geworden; sehr zur Freude von Gertrud.

Langsam breitete sich das Morgenlicht aus und die Farben kehrten zurück, verdrängten die Schatten der Nacht. Jetzt war der Fluss wieder grün und nicht schwarz. Guten Mutes lief er an den Wildschweingehegen vorbei, doch die Schwarzkittel nahmen keinerlei Notiz von ihm, genauso wie der alte Mann mit seinem Hund, den er überholte. Kurze Zeit später passierte er die futuristische Gaststätte, in der er mit Gertrud vor nicht allzu langer Zeit Tee getrunken hatte. Sie war seine ehrenamtliche Betreuerin, obwohl er das Gefühl hatte, dass sie mehr für ihn tat, als es ihre Aufgabe gewesen wäre. Sie kümmerte sich nicht nur um Behördengänge und Deutschkurse, sondern versuchte auch, ihm die Kultur ihrer Heimat näherzubringen.

Er erreichte das verschlafene Pitzling und trabte locker über die Seestraße, bis er beim Kriegerdenkmal nach links abbog in die Pöringer Straße hinauf zur Schlosskirche. Nach einem leichten Anstieg erreichte er das alte Gemäuer, das ihn immer an eine mittelalterliche Kreuzfahrerburg erinnerte. Vor dem burgähnlichen Gebäude bog er nach rechts ab in einen Waldweg, wo er an einem geparkten, grauen Opel Astra vorbeikam. Auf dem Armaturenbrett bemerkte er eine Elvis-Figur, die anscheinend aufgeklebt war. Der anbrechende Tag erleichterte mittlerweile die Orientierung. Kurz nach dem Fahrzeug musste er nach links auf eine Autostraße abbiegen und gleich darauf wieder in einen Feldweg. Nun war er nicht mehr weit entfernt von der Teufelsküche.

»Devil´s kitchen«, hatte Gertrud ihm erklärt. »Teufelsküche, weil der Teufel, the devil, dort haust.«

»Woher weiß man das?«, war seine verblüffte Frage gewesen.

»Das sind sehr alte Sagen und Legenden«, erklärte ihm seine Betreuerin daraufhin. »Es heißt, dass der Teufel einem Mann den Kopf abgeschlagen hat, weil der Ehebruch begangen hat.«

Sela hatte sie bleich angestarrt. Auch in seinem Glauben gab es den Iblis, den Schaitan oder Satan, der die Menschen vom rechten Weg abbringen wollte. Sela kannte den Teufel aus seinem eigenen Leben nur zu gut und wusste, wie es sich anfühlte, von ihm versucht zu werden. Ihm die Stirn zu bieten, war eine übermächtige Aufgabe, an der man leicht scheitern konnte. Denn der Schaitan zeigte sich nicht mit Hörnern, so wie er oft abgebildet wurde. Meist kam er in einer höchst gefälligen menschlichen Gestalt daher, der eine böse Seele innewohnte.

Die Sage der Teufelsküche erinnerte ihn regelmäßig beim Joggen an diesen epischen Kampf mit der Versuchung, und dabei schlug sein Herz immer schneller. Heute schien es ihm, als hätte sich das Licht des anbrechenden Tages noch nicht in die Teufelsschlucht gewagt. So, als wüsste es, welche Schatten dort ihr Unwesen trieben. Mit jedem Schritt, der ihn näher an die Brücke über die Teufelsküche brachte, wurde er unruhiger. Mit jeder Faser seines Körpers hatte er das Gefühl, dem Bösen entgegenzulaufen. Doch er konnte nicht zurück; er ahnte, dass der Schaitan ihn von Neuem herausfordern würde.

Kapitel 2

Martin Viertaler saß gedankenverloren vor seiner Tasse Kaffee. Es war noch früh am Morgen und vor dem Fenster tanzten die Schneeflocken. Nicht ungewöhnlich für diese Jahreszeit, aber doch überraschend, nachdem die letzten Tage fast frühlingshaft gewesen waren. Er liebte diesen Blick aus dem Wohnzimmerfenster des kleinen Häuschens am Seelberg in Landsberg, das sich unterhalb der neuen Bergstraße fast an die Mauer schmiegte. Die Giebel der historischen Altstadt hielten sich in der Dämmerung des anbrechenden Tages noch verborgen, auch das Rauschen des nahen Lechwehrs konnte man heute nicht hören.

»Wie kann man denn hier wohnen?«, wurde er öfter von Bekannten gefragt, die sein Zuhause nur von außen kannten. »Den Verkehrslärm oben auf der Bergstraße bekommt man sicherlich hautnah mit.« Doch kaum hatten sie den Fuß über die Schwelle des Hauses gesetzt, waren sie dem Charme der liebevoll renovierten Zimmer erlegen. Und selbst der nicht überdachte Stellplatz in einiger Entfernung am Eingang zum Wildpark schmälerte ihre Begeisterung nicht.

Seine Frau Franziska hatte es wirklich verstanden, alt und neu harmonisch zu verbinden. Mit viel Herzblut hatte sie aus ihrem Elternhaus im Laufe von zwanzig Jahren ein Zuhause für die eigene Familie geschaffen. »In dem Haus hängt der Geruch von zweihundertfünfzig Jahren«, hatte sie immer gesagt.

Er hatte es nie gerochen. Vermutlich war sein Geruchssinn schon so abgestumpft, dass er die feinen Nuancen gar nicht mehr wahrnahm. Er blickte sich um. Auch jetzt noch war die unverwechselbare Handschrift von Franziska zu erkennen, obwohl sie ...

Eine feuchte Hundeschnauze stupste ihn und unterbrach seine Erinnerungen, die ihm an diesem Morgen besonders zu schaffen machten. Vielleicht lag es am bevorstehenden Weihnachtsfest. Das erste Weihnachten als Pensionär und ohne seine Tochter Anna – das zweite Weihnachten ohne Franziska.

»Ja Hexle, ich komm schon.« Der schwarzweiße Border Collie blickte ihn erwartungsvoll an. Sie hatten ihn vor drei Jahren aus dem Tierheim geholt. Seine alte Besitzerin war gestorben. Eigentlich hatte er nie einen Hund gewollt. Aber Franziska hatte damals so lange gedrängt, bis er schließlich um des lieben Friedens willen nachgegeben hatte. Vielleicht hatte sie damals schon geahnt, dass er bald jemanden brauchen würde, der ihn täglich daran erinnerte, dass das Leben weitergeht. Martin Viertaler erhob sich von seinem Sessel. Das war das Zeichen für Hexle, denn wie der Wind sauste sie zur Haustür. Ihr Herrchen zog sich seine Wildpark-Schuhe an und griff sich den braunen Kapuzenparka, der auch schon bessere Tage gesehen hatte. Das war ihm egal. Er hatte noch nie sehr viel Wert auf sein Äußeres gelegt. Auch da hatte Franziska immer unterstützend eingreifen müssen.

Dichtes Schneetreiben empfing ihn. Er zog den Kopf ein. Hexle dagegen war in ihrem Element. Sie hüpfte aufgeregt hin und her, um die tanzenden Schneeflocken zu fangen.

»Hexle! Jetzt halt doch mal still.« Nur mit Mühe konnte er ihr die Leine anlegen. Um diese Zeit war zwar kaum jemand unterwegs, aber Viertaler wollte nicht riskieren, dass sie ihren Jagdtrieb an den frei laufenden Rehen und Hirschen auslebte. Ganz zu schweigen davon, dass der morgendliche Spaziergang dann zu einem Spazierlauf ausarten würde.

Viertaler ging durch die schmale Gasse zwischen den Häusern des ehemaligen Beginenviertels Richtung Wildpark. Der fallende Schnee verschluckte die Geräusche des anbrechenden Tages und legte sich wie ein Leichentuch über die Gasse. Er fragte sich, wie viele Menschen wohl hinter diesen Mauern gestorben waren, als der mittelalterliche Laienorden Alte und Kranke gepflegt hatte. Er hoffte, dass ihn einmal ein schnellerer Tod ereilte, als es diesen armen Seelen und letztlich auch seiner Frau vergönnt war.

Viertaler schüttelte den Kopf, als wollte er die düsteren Gedanken zu Leid und Tod verdrängen. Jetzt war sein Ziel wie jeden Morgen die Teufelsküche, sein Ritual, mit dem er den Tag begann. Er brauchte für die einfache Strecke knapp 45 Minuten, aber er hatte Zeit. Niemand wartete auf ihn.

Seine ausladenden Schritte und die kalte Winterluft brachten das Gedankenkarussell in seinem Kopf zur Ruhe. Heute waren sie niemandem begegnet. Das schlechte Wetter hatte wohl auch die morgendlichen Radfahrer von Pitzling nach Landsberg ausgebremst. Er wurde wie fast immer von seinem rennenden Flüchtling überholt. Die Asylanten gehörten mittlerweile auch in Landsberg zum Stadtbild.

»Der rennt immer noch vor etwas weg; er hat wohl noch nicht begriffen, dass er angekommen ist.« So hatte er es seinem Hund erklärt, als sie den jungen Mann – ein Araber, vermutete Viertaler – zum ersten Mal gesehen hatten.

Hexle, mittlerweile nicht mehr angeleint, unterbrach seine Gedanken. Eine nasse Schnauze auf seinem Handrücken erinnerte ihn daran, den Stock zu werfen. Jeder Wurf wurde mit Freudengebell apportiert. »So, Hexle, jetzt haben wir uns aber unser Frühstück verdient.«

Ein furchtbarer Schrei unterbrach die Zwiesprache von Martin Viertaler mit seinem Hund. Hexle bellte aufgeregt und zog wie wild an ihrer Leine. Es hätte nicht der Spürnase seines Hundes bedurft – Martin wusste sofort, woher das Gebrüll gekommen war. Zögerlich ging er an der Gaststätte vorbei hoch zur Teufelsküche.

Unvermittelt musste er zur Seite springen. Keinen Augenblick zu früh, denn im nächsten Moment wäre er fast mit dem rennenden Flüchtling zusammengestoßen, der den Berg herunter rannte. Martin Viertaler konnte den panischen Blick in den Augen sehen bevor er an ihnen vorbei, und Sekunden später aus ihrem Blickfeld verschwunden war. Er hatte Mühe, seinen tobenden Hund zu beruhigen. »Was war das denn, Hexle?« Sein Instinkt, durch jahrelange Ermittlungstätigkeit geschult, blitzte auf. Er nahm den Hund an die kurze Leine und ging eilig den Hügel zur Teufelsküche hinauf. Was er dann auf der schmalen Brücke sah, ließ selbst den erfahrenen ehemaligen Kriminaler blass werden. Er zog sein Handy aus der Jackentasche und wählte die Nummer der Polizei.

Kapitel 3

Dienstag, 22. Dezember 2015

Hundegebell! Er konnte den Plan nicht zu Ende führen. Warum hatte er sich nur auf diese teuflische Geschichte eingelassen? Verzweiflung und Wut lieferten sich in seinem Kopf einen Zweikampf. Der Weg zum Lech war versperrt! Er musste den Koffer mit dem Kopf loswerden. Panisch sah er sich um, entschied sich, die Treppe hinauf zum Waldweg zu nehmen. Unter seinen Füßen knirschte der Split, in seinen Lungen brannte die kalte Luft des Wintermorgens. Er holte weit aus, und warf den Koffer mit heftigem Schwung in die Brombeerranken. Dann rannte er los, den Teufel im Nacken. Durch seine Tat hatte er ihn wieder in sein Leben geholt. Er ahnte, dass er dieses Mal den Kampf verlieren würde.

»Himmel, Herrgott!« Viertaler stockte. »Wenn ich dir doch sage, Michi, dass ich nichts gesehen habe.« Er war wieder in seinem Element. Die bleierne Schwere, die ihn die letzten Monate gelähmt hatte, schien verschwunden. »Ich bin wie jeden Morgen mit dem Hund meine Runde gegangen. Auf der Brücke der Teufelsküche habe ich die Leiche entdeckt, besser gesagt, was von ihr noch übrig ist.« Er holte tief Luft. Der Anblick hatte auch ihn im ersten Moment schwer getroffen, obwohl er nach fast 30 Jahren Tätigkeit bei der Kripo einiges gewöhnt war.

»Was hat der Notarzt in den Totenschein geschrieben? *Natürlich* kann ja wohl nicht infrage kommen, oder? Immerhin dürfte klar sein, woran die Frau gestorben ist.«

Polizeiobermeister Michael Haas aus der Landsberger Polizeidienststelle unterbrach ihn. »Du woaßt ganz genau Martin, dass I dir da nix sogn derf, selbst wenn du oana vo uns warst. Du bist schließli seit drei Wocha in Pension und – deswegn a ganz normaler Zeuge wia jeda andere a. De *Spusi* aus Fürstenfeldbruck miassad jedn Augnblick do sei. Selbstmord konn ma ja ausschließn, oder? Bei der Todes- ursache.« Dabei machte er eine eindeutige Handbewegung quer zu seinem Hals.

»Wisst ihr schon, wer da liegt?«

»Es is bessa, wenn du jetzad gehst. Du verunreinigst uns mit deim Hund bloß an Tatort.«

Wie auf Kommando fing Hexle wie wild an zu bellen und zerrte an der Leine. Drei in weißen Ganzkörperanzü- gen gehüllte Männer kamen den Hang zur Teufelsküche herauf.

Viertaler hatte sowieso vorgehabt, zu gehen. Gegen die Männer der Spurensicherung hatte er nichts, aber Ingo Bayerl, den Kriminaloberkommissar aus Fürstenfeldbruck und mittlerweile sein Nachfolger, konnte er gar nicht lei- den.

»Dem G´scheithaferl will ich eh nicht begegnen«, murmelte er vor sich hin. »Ihr wisst ja, wo ich zu finden bin, wenn ihr noch was braucht.« Er hatte es jetzt eilig. »Komm Hexle, wir müssen jetzt noch dringend jemandem einen Besuch abstatten.«

»Grüß Dich, Gerti. Bist du nicht als Ehrenamtliche beim Roten Kreuz tätig, oder täusch ich mich da?« Martin Viertaler stand vor der Eingangstür von Gertrud Maier im Klösterl.

Die attraktive Mittfünfzigerin musterte ihn mit hochgezogener Augenbraue. »Danke, Martin. Mir geht es auch gut.« Mit einem Seitenblick auf den freudig schwanzwedelnden Border Collie ergänzte sie trocken: »Hexle scheint auch gut drauf zu sein.« Mit diesen Worten tätschelte sie den Hund.

Viertalers Wangen röteten sich. Er war wieder mal höchst undiplomatisch bei seiner Bekannten mit der Tür ins Haus gefallen. So pflegte er die beste Freundin seiner verstorbenen Frau zu bezeichnen. Sie hätte vermutlich *Freundin* bevorzugt, aber das war ihm zu viel der Nähe. Nach einer gefühlten Ewigkeit fand er eine Antwort: »Was hältst du davon, wenn wir zusammen gemütlich frühstücken? Das hast du doch schon mal vorgeschlagen.«

»Das habe ich tatsächlich schon dutzende Male angeregt.« Seufzend fügte sie hinzu: »Wenn du ein paar frische Semmeln beim Bäcker holst, mache ich Frühstück. Du hast Glück, ich habe heute keinen Unterricht mehr, sondern nur noch eine Lehrer-Weihnachtsfeier am Nachmittag.

Wortlos übergab er seiner Nachbarin den Hund und eilte zum Bäcker am Hauptplatz.

Fünfzehn Minuten später goss Gertrud Maier eine Tasse frisch gebrühten Kaffee in Viertalers Tasse. »Also, was hast du vorhin mit deiner Frage nach dem Roten Kreuz gemeint?«

Viertaler musterte sie aufmerksam, bevor er seine Frage präzisierte: »Ich interessiere mich für eine ehrenamtliche Tätigkeit, und wenn ich mich recht erinnere, bist du als Freiwillige in der Flüchtlingsbetreuung tätig. Vielleicht wäre das auch etwas für mich?«

Erstaunt stellte Gertrud die Kaffeekanne zurück auf den liebevoll gedeckten Tisch. Die hartgekochten Eier waren in gehäkelte Wärmer gehüllt, die Viertaler an mutierte schwarzweiße Kühe erinnerten.

»Fällt dir die Decke auf den Kopf, so allein in deinem Haus am Seelberg? Es freut mich ungemein, dass du als Ehrenamtlicher bei der Bewältigung der Flüchtlingskrise mithelfen willst. Weißt du, wir haben immer Bedarf, weil wir zu wenige sind.«

Viertaler nickte bedächtig. Er musste seine Worte mit Sorgfalt wählen, um das Gespräch in die beabsichtigte Richtung zu lenken. »Seit ich Ende Oktober meinen Resturlaub vor der Pension genommen habe, war ich eher mit aufräumen und neu ordnen beschäftigt. Ich habe es endlich geschafft, Franziskas Kleiderschrank auszusortieren.« Er stockte kurz.

Gertrud Maier sah ihn mitfühlend an. Sie ahnte, wie viel Energie ihn das gekostet haben musste.

»Ich habe sogar den Dachboden aufgeräumt und alles Überflüssige zur Deponie nach Hofstetten gebracht. Ich habe mein altes Leben entrümpelt, wenn man so will. Anschließend habe ich fast alle Zimmer neu gestrichen.«

Gertrud war so taktvoll, ihn nicht darauf hinzuweisen, dass es nur Bad und Toilette waren.

»Jetzt aber«, er nahm einen Schluck Kaffee, »will ich mich wieder den lebenden Menschen zuwenden.« Er sah sie über den Rand seiner Kaffeetasse hinweg an und hoffte, dass sie seinen Worten Glauben schenkte.

Ihre Augen strahlten. Vielleicht hatte sie den introvertierten Polizisten und Ehemann ihrer besten Freundin Franziska doch falsch eingeschätzt. »Wenn du willst, nehme ich dich morgen Nachmittag mit in die Flüchtlingsunterkunft in der Lechturnhalle. Da lernst du den Koordinator vom Roten Kreuz kennen. Der ist immer ab drei da.«

»Sehr schön«, murmelte Viertaler.

»An was für ein Fachgebiet hast du gedacht? Bei deiner Qualifikation bieten sich viele Themen an.« Gertrud Maier begann aufzuzählen: »Integrationspate für Behördengänge, Hilfe bei der Wohnungssuche, Infoabende zum deutschen Rechtssystem.«

Beschwichtigend hob er die Hände. »Ich weiß ja noch gar nicht, ob so ein alter Brummbär wie ich hilfreich wäre. Vielleicht ist es möglich, mir zunächst selbst ein Bild der Situation zu machen? Bislang kenne ich alles nur aus der Zeitung. Was hältst du davon, wenn ich mal mit einem Flüchtling spreche?«

Gertrud hielt einen Augenblick in ihrem Eifer inne, denn etwas fühlte sich komisch an. Dann fuhr sie zögerlicher fort: »Keine Sorge. Wir finden was für dich. Wenn du willst, trägst du bereits nächste Woche die Verantwortung für einen Flüchtling. Der Koordinator vom Roten Kreuz …«

»Nächste Woche? Also, ich würde gerne schon heute Vormittag mit meinem ersten Flüchtling sprechen. Warum die Sache aufschieben? Was meinst du, ginge das?«

Mit einem Mal betrachtete Gertrud Maier den ehemaligen Kommissar mit zusammengekniffenen Augen. »Warte mal, da ist doch etwas faul. Du willst gar nicht ehrenamtlich tätig werden. Ermittelst du vielleicht in irgendeiner Sache?« Sie legte die Stirn in Falten, und noch bevor Viertaler etwas sagen konnte, schimpfte sie los: »Martin, du bist offiziell seit drei Wochen in Pension! Und ich dumme Gans falle auf dich rein. Gib´s zu, du wolltest mich von Anfang an nur aushorchen.«

Verlegen rührte Viertaler in seiner Kaffeetasse, obwohl er gar keinen Zucker hineingetan hatte. Was sollte er dazu sagen – sie hatte ihn durchschaut. Er drapierte den Löffel sorgfältig auf der Untertasse und legte die Fingerspitzen aneinander. »Nun, was soll ich dir erzählen, du hast natürlich recht. Aber ich veranstalte das nur zum Besten für einen deiner Schützlinge.«

Gertrud stutzte. »Was meinst du damit?«

Er beschloss, die Karten auf den Tisch zu legen: »Es handelt sich um einen jungen Mann; einen Sportler. Heute in der Früh hat er deine Nummer gewählt auf seinem Mobiltelefon und es dann verloren.«

»Sela!«, platzte es aus ihr heraus. »Was ist mit ihm? Ist er verletzt? Woher weißt du das mit dem Anruf? Ich war gerade unter der Dusche, als das Telefon geklingelt hat.«

»Als du ihn zurückgerufen hast, habe ich sein Telefon auf dem Weg gefunden. Dabei ist mir deine Nummer aufgefallen.« In seiner ruhigen, bedächtigen Art erklärte er anschließend in groben Zügen, was sich am Morgen in der Teufelsküche zugetragen hatte. Wohlweislich sparte er die prekären Details dabei aus.

Je mehr Viertaler erzählte, desto bleicher wurde seine Nachbarin. »Und jetzt glaubt die Polizei, der Sela hat etwas mit der Leiche zu tun?«

Viertaler hob beschwichtigend die Hände. »Noch weiß niemand, was dort geschehen ist. Aber wenn meine Ex-Kollegen sein Mobiltelefon finden, rückt er schnell ins Zentrum der Ermittlungen. Ich habe allerdings dafür gesorgt, dass das noch eine Weile dauert. Ich denke, wir haben einen Vorsprung bis heute Nachmittag.« Er zwinkerte ihr aufmunternd zu. »Wenn du mir also hilfst, wissen wir vielleicht schon heute Mittag, ob dein Sela etwas damit zu tun hat oder nicht.«

»Er hat nichts damit zu tun«, erwiderte Gertrud Maier trotzig.

»Was macht dich da so sicher? Kannst du in ihn rein-schauen? Eines hat mich mein Beruf gelehrt: Seine Un-schuld ist erst bewiesen, wenn wir alle Fakten überprüft haben. Und manchmal reicht schon eine unbedachte Aus-sage, um eine Katastrophe auszulösen. Vor allem, wenn schon durch traumatische Erlebnisse eine Vorbelastung bestehen könnte. Was ich dir aber versprechen kann ist, dass ich unvoreingenommen sein werde. Mein Nachfolger bei der Kripo dagegen ist da nicht so zimperlich.«

Nachdem Gertrud wusste, dass es um Selahattin Bar-zani ging, wischte sie alle Bedenken beiseite. Eine Stunde später betrat sie an der Seite von Martin Viertaler die Flüchtlingsunterkunft in der Lechturnhalle. Schon im Vor-raum wimmelte es von jungen Männern, die sie neugierig beobachteten.

Viertaler betrachtete die auf ihn fremd wirkenden Bur-schen. »Fühlst du dich hier wohl?«, wollte er von seiner Bekannten wissen.

»Nun ja, ähm ... Was soll ich sagen?«

»Ach, vergiss es. Kannst du mal fragen, wo der Gute ist?«

»Er heißt Sela, schon vergessen?«

Doch Selahattin Barzani war nicht da. Sein Bettnach-bar Ali erzählte ihnen, dass Sela zum Einkaufen weg sei.

»Was meint er?« Ungeduldig mischte sich Viertaler in die Unterhaltung ein. »Gerti, denk dran, was geschieht, wenn der Erkennungsdienst sein Telefon findet. Dann sitzt der junge Mann schneller in Untersuchungshaft, als ihm lieb ist. Ich will ja nicht drängen, aber wir sollten uns beeilen.«

»Er kauft sich wohl ein neues Handy. Weißt du was, wir gehen rüber in die Stadtbücherei und trinken einen Kaffee, bis er wieder da ist. Von dort aus sehen wir vielleicht durch die großen Fenster, wenn er zurückkommt.«

Viertaler stimmte widerwillig zu und saß Minuten später erstaunt vor einer Tasse Cappuccino. »Ich wusste gar nicht, dass es so was Feines in der Bücherei gibt.«

»Du solltest öfter herkommen. Franziska war sehr gerne hier. Wir hatten viel Spaß, weißt du. Hier haben wir beschlossen, Kräuterhexen zu werden.«

»Ihr habt was?« Beinahe hätte sich der Ex-Kommissar verschluckt. »Sag das noch mal!«

»Wir haben beim Schmökern ein Buch gefunden über Naturheilkräuter. Das hat uns so fasziniert, dass wir beschlossen, es selbst einmal auszuprobieren.«

Ungläubig schüttelte Viertaler den Kopf. Wieder musste er sich eingestehen, dass er viele Dinge über seine verstorbene Frau nicht gewusst hatte. Nachdenklich nippte er an seinem italienischen Kaffee.

Gertrud Maier aber kam jetzt erst richtig in Fahrt. Detailreich erzählte sie ihm von den verschiedensten Kräutern und was man damit anstellen konnte.

Er hörte nur mit halbem Ohr zu und hing den Gedanken an seine verstorbene Frau nach. Vor allem an das, was er nicht von ihr wusste, weil er zu sehr mit seiner Arbeit verheiratet war. Unvermittelt bemerkte er draußen einen jungen Mann mit grauem Kapuzenpulli. Mit gesenktem Kopf und einer Plastiktüte in der Hand eilte er auf die

Turnhalle zu. Obwohl das Gesicht unter der Kapuze verborgen war, erkannte er ihn wieder. »Gerti! Da draußen ist dein Syrer.«

Ruckartig setzte sie sich auf, um aus dem Panoramafenster zu sehen. »Ja, das ist er.« Sie legte Viertaler die Hand auf den Arm. »Du kannst ihm doch helfen, Martin. Oder?«

Irritiert sah er sie an. »Was?«, brummte er. »Wenn wir noch länger warten, dann nicht mehr.«

Augenblicke später fanden sie Selahattin Barzani in der Lechturnhalle. Er saß auf seinem Feldbett und packte sein neues Smartphone aus. Überrascht sah er auf und erkannte seine Betreuerin. Neben ihr stand ein älterer Herr, der ihm irgendwie bekannt vorkam. »Gertrud!«, rief er. »What are you doing here?«

»Hi, Sela. Ich möchte dir einen guten Freund vorstellen. Er ist – war – bei der Polizei.«

Aus den dunkelbraunen Augen des jungen Syrers starrte Viertaler mit einem Mal blanke Angst entgegen.

»Gerti, kannst du ihm für mich ein paar Fragen stellen? Ich bin im Englischen ein wenig eingerostet.«

»Du kannst ihn gerne selbst fragen. Sela versteht dich gut.« Aufmunternd sah sie den jungen Syrer dabei an.

»Also gut.« Doch Viertaler kam nicht weiter, weil plötzlich Rufe und ein unheilkündender Lärm aus dem Vorraum hereindrangen. Noch bevor er seine Fragen stellen konnte, tauchten mehrere Polizisten im Schlafbereich auf. Rüde wurden er und Gertrud Maier beiseite gedrängt. Noch ehe irgendwer Einspruch erheben konnte, lag Selahattin auf dem Bauch, die Arme auf dem Rücken gefesselt.

Eben wollte Viertaler etwas zu den Polizisten sagen, als er die schnarrende Stimme seines Nachfolgers im Fürstenfeldbrucker Morddezernats vernahm: »Mich laust der Affe! Martl, was machst du denn hier? Wolltest du nicht angeln gehen am Lech-Stausee?«, fragte er ironisch. Dann stutzte er und fixierte mit zu Schlitzen verengten Augen den pensionierten Kommissar. Er bellte befehlsgewohnt: »Haas!«

Hinter ihm tauchte ein Uniformierter auf. »Kommissar Bayerl?«

»Nehmen Sie diese Zivilisten fest. Sie sind vermutlich in den Fall verwickelt. Zumindest behindern sie unsere Ermittlungen.«

Ungläubig sah der junge Mann von Viertaler zum Kommissar und wieder zurück.

»I kenn den Herrn. Er ist ...«

»... jemand, der unsere Ermittlungen behindert. Mitnehmen!«

Zögerlich nickte der Beamte. Verlegen wandte er sich an den früheren Vorgesetzten von Kommissar Bayerl: »Herr Viertaler, wenn Sie mir bitte folgen wollen?«

Kapitel 4

Dienstag, 22. Dezember 2015

Martin Viertaler saß im Befragungsraum der Polizei-inspektion Landsberg. Das spärliche Mobiliar war ihm von früheren Besuchen in Landsberg vertraut, doch der ehemalige Kriminalbeamte nahm keine Notiz davon. Er war aufgeregt, und es fiel ihm schwer, das zu verbergen. Polizeiobermeister Michael Haas hatte den ganzen Weg über kein Wort mit ihm gewechselt. Nun stand er neben ihm – alleine. Sein Kollege hatte Gertrud Maier in einen anderen Raum gebracht. Schließlich brach Viertaler das angespannte Schweigen: »Michi, wohin habt ihr meine Begleiterin gebracht? Wird sie auch befragt?«

Unsicher sah ihn der junge Beamte an. Er trat von einem Fuß auf den anderen und antwortete in seinem breiten oberbayerischen Dialekt. »I derf dir doch nix sogn, Viertaler.«

Der rollte mit den Augen. »Wie lange kennen wir uns jetzt? Wir haben immer gut und vertrauensvoll zusammengearbeitet.«

Schließlich gab sich Haas einen Ruck: »Also gut. Sie ist nebenan und wird vom G´scheithaferl aus Fürsti vernommen.«

»Verstehe. Dir mach ich keinen Vorwurf. Sag mir nur eins: Wieso wart ihr so schnell in der Lechturnhalle?«

Haas senkte die Stimme. Mit einem wissenden Grinsen im Gesicht stellte er fest: »Du hast uns nicht alles gesagt, was du gewusst hast! A Hund bist scho, Viertaler.« Nach einem anerkennenden Blick fuhr der Uniformierte fort: »Ich hab das Handy gefunden, als es läutete. Seltsamerweise lag es im Unterholz.« Dabei zog Haas die Augenbrauen hoch. »Dann haben wir schnell herausgefunden, dass es einem Flüchtling gehört, einem Araber. Und außerdem hat er deine Freundin angerufen und wohl nicht erreicht.«

»Bekannte. Sie ist meine Bekannte, Michi.«

»Passt schon. Ich hab nichts gesagt.« Haas klopfte dem alten Kommissar auf die Schulter. »Sauhund!« Dann ließ ihn ein Geräusch draußen auf dem Flur zurückzucken.

Schwungvoll öffnete sich die Tür des Befragungsraumes. Kriminaloberkommissar Ingo Bayerl kam nicht herein, er erschien. Zumindest war das seine Absicht. Viertaler konnte die selbstgefällige Art seines damaligen Stellvertreters und jetzigen Nachfolgers nie leiden.

Selbstbewusst konfrontierte Bayerl seinen ehemaligen Chef: »Also, Martl. Was hast du als Pensionär bei einem dringend Tatverdächtigen zu suchen?«

Viertaler ließ sich jedoch nicht einschüchtern, sah ihn nur herausfordernd an.

Als er nichts erwiderte, fuhr der Kommissar aus Fürstenfeldbruck fort: »Also gut. Du hast uns gegenüber mit keinem Wort erwähnt, dass du den Burschen kennst.«

»Ich kannte ihn nicht.«

»Wieso finden wir dich dann in dieser Asylunterkunft?«

Viertaler hob beschwichtigend die Hände. Betont lässig erklärte er: »Noch einmal fürs Protokoll. Ich habe auf der Brücke über der Teufelsküche eine weibliche Leiche ohne Kopf gefunden, als ich mit meinem Hund auf meiner morgendlichen Runde war.«

»Das wissen wir doch alles, Martl!«, unterbrach ihn Bayerl ein wenig zu laut. »Brauchst gar nicht so auf formell machen, du alter Fuchs. Ich kenn dich. Jetzt mal zu den Fakten.«

»Wie gesagt, ich fand also diese weibliche Leiche und habe sofort – wie es meine Bürgerpflicht ist – die Notrufnummer gewählt. Dann habe ich zugewartet, bis die Beamten der Polizeiinspektion Landsberg vor Ort waren. In der Zwischenzeit habe ich weder etwas verändert oder hinzugefügt, noch habe ich den Tatort kontaminiert. Der engagierte Beamte hier«, damit deutete er mit ausladender Handbewegung auf Michael Haas, »hat den Tatort gesichert, den Notarzt hinzugezogen, dass der Tod offiziell festgestellt werden konnte und mich befragt.«

Kommissar Bayerl rieb sich die Schläfen. Augenscheinlich befriedigte ihn Viertalers Antwort nicht. »Woher hast du gewusst, dass dieser Herr *Banani* aus Syrien am Tatort war? Und wie hast du ihn gefunden?«

»Wie oft soll ich es dir noch sagen, Ingo? Ich bin, nachdem ich meine Aussage zu Protokoll gegeben hatte zu Frau Maier, meiner Bekannten, gegangen. Wir waren zum Frühstück verabredet. Dabei hat sie mir erzählt, dass sie als Ehrenamtliche in der Flüchtlingshilfe engagiert ist. Und weil mich das Thema auch interessiert – jetzt, nachdem ich als Pensionär zu viel freie Zeit habe ...«

»Ich glaub dir kein Wort. Das Mobiltelefon des Tatverdächtigen lag seltsamerweise im Unterholz, beinahe zehn Meter vom Weg entfernt. Wie kam es da wohl hin?«

»Was weiß denn ich? Vielleicht hat er es vor lauter Panik weggeworfen, nachdem er die kopflose Leiche gefunden hatte. So ein Anblick ist ja nicht jedermanns Sache. Da verliert man leicht den Kopf.«

Michael Haas unterdrückte ein Lachen.

Ein wütender Seitenblick von Ingo Bayerl ließ ihn aber sofort verstummen. »Sehr lustig. Verarschen kann ich mich selber. Ich sag dir jetzt mal etwas«, damit beugte er sich vor und fixierte Viertaler mit kalten Augen. »Wenn du hier ermitteln willst, dann hast du dich geschnitten, Martl. Ich mach dich und deine Bekannte so fertig, dass du dir wünschst, du wärst nie an diesem Tatort vorbeigekommen.«

Viertaler erhob sich. »Sonst noch was, Ingo? Ich werde jetzt nach Hause gehen. Zusammen mit meiner Bekannten, Frau Maier.« Ohne eine Antwort abzuwarten, erhob er sich, ging zur Tür und verließ den Raum. Das Zuschlagen der Tür war in der ganzen PI Landsberg zu hören.

Es dauerte eine Weile, bis Polizeiobermeister Haas Gertrud Maier in den Eingangsbereich der Inspektion brachte. Dort bot ihr der alte Kommissar galant seinen Arm an und führte seine Nachbarin aus der Polizeiwache hinaus in die Katharinenstraße.

Sobald sie auf der Straße waren, entzog ihm jedoch Gertrud ihren Arm.

Verblüfft sah sie Viertaler an. Mit bebender Stimme und um Fassung ringend presste sie hervor: »Du hast mich benutzt, Martin. Und in diesen Fall hineingezogen. Heute Morgen war ich eine unbescholtene Bürgerin. Jetzt bin ich aktenkundig bei der Kripo. Hinzu kommt, dass du mir nicht vertraut und nur die Hälfte erzählt hast.«

»Wie bitte?«

»Martin! Du hast heute Morgen beim Frühstück berichtet, dass jemand zu Tode gekommen ist und Sela blöderweise dort vorbeigejoggt sei.«

»Ja und?«

»Ja und, ja und! Es handelt sich um eine Frau, und jemand hat ihr den Kopf abgeschlagen. Das ist doch ein bisschen was anderes, als einfach nur *zu Tode gekommen*«.

»Ich wollte dich nur schonen.« Ohne weiter auf die Anschuldigungen einzugehen, schlug er vor: »Komm, wir gehen was essen. Ich lade dich ein zum Bürgerbahnhof.« Er schaute auf seine Armbanduhr. »Bis wir dort sind, haben sich alle zu Mittag essenden Rentner wieder verdrückt und wir können ungestört reden.«

»Rentner!« Gertrud Maier stieß die Luft aus. »Du bist genaugenommen selber ein Rentner.« Stirnrunzelnd sah sie auf ihre Armbanduhr. »Ich habe bis 15:00 Uhr Zeit.«

Mit Hingabe verspeiste Viertaler ein Wiener Schnitzel mit Kartoffelsalat, den er gegen die Pommes Frites ausgetauscht hatte. »Das fettige Zeugs verursacht mir Magendrücken, weißt du?«, hatte er Gertrud gegenüber geäußert.

»Weißt du, was mir auf den Magen schlägt?« Gertrud war immer noch sauer. Ihr Salatteller mit gebratenen Putenstreifen stand unberührt vor ihr. »Deine Lügerei schlägt mir auf den Magen. Ich dachte, ich kann dir vertrauen. Als du mir vorgegaukelt hast, dass du dich für die Flüchtlingsarbeit interessierst, habe ich mich echt gefreut.« Dass sie ihn dadurch vielleicht öfter sehen würde, musste sie ihm ja nicht auf die Nase binden.

Zerknirscht hob er abwehrend die Hände. »Es tut mir leid. Ich wollte dich da wirklich nicht hineinziehen. Dass das jetzt so gelaufen ist, war nicht geplant.«

»Super! Das ist dir ausnehmend gut gelungen, mich aus diesem Fall herauszuhalten. Ich war vorhin in Guantanamo und du hast mich dorthin gebracht.«

Viertaler senkte den Kopf. So kam er nicht weiter, vor allem, weil emotionale Angelegenheiten nicht seine Stärke waren.

»Ich dachte schon, der unflätige Kerl praktiziert gleich *Waterboarding* an mir, wenn ich ihm nicht alles sage. Aber du musst dir keine Sorgen machen. Ich habe nichts gesagt. An mir hat sich dieses Bayerl-Buberl die Zähne ausgebissen.«

Viertaler sah seine Nachbarin bewundernd an. Er hatte Gerti unterschätzt. Sie war jahrelang die schräge Freundin seiner Frau gewesen, und seit er Witwer war, fühlte er sich von ihr bedrängt. Er hatte immer das seltsame Gefühl, dass sie etwas von ihm wollte – mehr sein wollte, als nur eine Nachbarin und Bekannte.

»Erde an Martin! Erde an Martin! Wie geht´s jetzt weiter?«

Ihre leuchtend blauen Augen funkelten. Zum ersten Mal fiel ihm auf, wie attraktiv sie mit ihren schulterlangen brünetten Haaren war, die sie gerne im Nacken zu einem lockeren Knoten band.

Verlegen senkte Gertrud den Blick und schob eine Haarsträhne hinter ihr linkes Ohr.

Viertaler räusperte sich. Er legte sein Messer weg, streckte seine Hand über den Tisch, über sein halbes Schnitzel hinweg und an Gertis Salatteller vorbei. »Wir sind jetzt Partner und werden diesen Fall gemeinsam lösen.«

Unschlüssig sah sie von seiner Hand zu ihm und wieder zurück. Sollte sie ihm vertrauen? Langsam bewegte sich ihre Hand in Richtung der seinen. Dann hielt sie erneut inne. »Das ist kein Spiel, Martin. Hier geht es um einen Menschen. Es geht um Sela und seine Zukunft.«

Er hielt seine Hand weiterhin ausgestreckt. »Es geht immer um Menschen. Das ist mir durchaus bewusst. Weißt du, ich habe diesen Beruf jahrzehntelang ausgeübt. Ich – wir – wollen beide die Unschuld deines Schützlings beweisen. Das heißt, wenn er unschuldig ist.«

Sie wollte etwas erwidern, aber er fiel ihr ins Wort: »Alles ist möglich. Das wenigstens habe ich während meiner langen Jahre als Leiter der Mordkommission gelernt. Das Offensichtliche muss nicht zur Lösung führen. Häufig ist es das Unerwartete, das uns von der Seite umhaut. Also: Bist du bereit, auch seine mögliche Schuld zu akzeptieren?«

Dieses Mal zögerte sie nur einen Wimpernschlag, bevor sie Viertalers Hand ergriff und entschlossen drückte. »Er ist unschuldig. Ich fühle es und du wirst es bald herausfinden. Intuition ist eine mächtige Angelegenheit, Martin.«

Sofort fragte sich Viertaler, ob diese Allianz mit Gerti wirklich so gut war. Andererseits war das vielleicht genau der unorthodoxe Ansatz, der hier gebraucht wurde.

Kapitel 5

»Was bildet der sich eigentlich ein?« Ingo Bayerl konnte sich nicht beruhigen. »Erst verwischt er am Tatort Spuren und dann rennt er auch noch mit seiner *Gutmenschin* in die Asylunterkunft.«

Mit einen lauten Knall warf er die Akte mit dem Vernehmungsprotokoll auf den Schreibtisch.

Michi Haas zuckte zusammen und senkte den Blick. »Wir haben keinen Beweis, dass er Spuren verändert hat.« Polizeiobermeister Haas bemühte sich, Hochdeutsch zu sprechen.

»Papperlapapp, Haas. Sie brauchen den nicht in Schutz zu nehmen. Fakt ist, dass er da war. Für mich ist der Fall so gut wie gelöst. Dieser *Banani* kommt in Untersuchungshaft.«

»Barzani, Herr Kommissar, der heißt Barzani.«

Ein böser Blick von Ingo Bayerl ließ ihn sofort verstummen. »Weiter im Text: Morgen früh wird er nach Augsburg verfrachtet und dem Haftrichter vorgeführt. Der Haftbefehl ist meines Erachtens dann nur noch Formsache, bei der Schwere des Verbrechens. Außerdem besteht Fluchtgefahr. Bei einem nicht anerkannten Flüchtling kann der Untersuchungsrichter gar nicht anders.«

»Aber das Motiv?«, schaltete sich nun Gustl Stockleitner ein. Der Polizeikommissar der PI Landsberg und Chef vom Dienst, hatte dem Wortgefecht der beiden bislang kommentarlos zugehört.

»Motiv, Motiv! Wir wissen ja noch nicht einmal, wer die Leiche ist. Kein Kopf, keine Papiere, keine Handtasche.

Ganz ungewöhnlich für eine Frau. Der Fundort muss deshalb auch nicht unbedingt der Tatort sein. Dafür würde auch sprechen, dass kaum Blut auf dem Boden zu sehen war. Liegt eigentlich schon eine Vermisstenanzeige vor?«

Schichtleiter Stockleitner schüttelte den Kopf und wollte gerade mit seinen Überlegungen fortfahren, als ihn Ingo Bayerl erneut unterbrach.

»Ich sag Ihnen, der ist einfach ausgetickt. Bei denen weiß man nie.« Bevor er aber zu einem ausführlichen Sermon über sein Lieblingsthema, die neuesten Erkenntnisse seiner Fortbildung über Traumatisierungsopfer, ansetzen konnte, klingelte sein Handy.

Er zog es aus der Jackentasche und sah auf das Display. »Die Spurensicherung. Da muss ich rangehen.«

Das Gesicht des Kripobeamten hellte sich während des kurzen Gesprächs mehr und mehr auf. Erwartungsvoll sahen ihn die Landsberger Polizisten an, nachdem er aufgelegt hatte.

Bayerl hob theatralisch die Hände. »Wir haben ihn. Wir haben den Kopf gefunden. Ein Spaziergänger hat ihn in einem Koffer im Wald direkt über der Teufelsküche entdeckt. Er selbst nicht, sein Dackel hat angeschlagen. Die Spurensicherung war noch vor Ort und hat den Koffer sichergestellt. Wir bekommen gleich ein Foto gemailt.«

Bei dem Wort *Koffer* stutzte Stockleitner. Ihm kam ein Zeitungsartikel in den Sinn. Bevor er diesen Gedanken weiterverfolgen konnte, unterbrach ihn der auffordernde Blick des Kriminaloberkommissars aus Fürstenfeldbruck. Sofort ging er um den Schreibtisch und blieb abwartend vor seinem Stuhl stehen, auf dem der Kommissar der Kripo immer noch saß. Bayerl machte keine Anstalten, aufzustehen, deshalb zog Stockleitner verärgert Tastatur und Maus zu sich her. Nach wenigen Mausklicks erschien ein Foto auf dem Bildschirm, das den Kopf einer älteren Frau zeigte. Graumelierte Haare umrahmten ein wächsernes Gesicht, die Augen waren geschlossen, die Lippen ein schmaler blutleerer Strich. Die Schnittstelle des abgetrennten Kopfes war nicht zu sehen.

Neugierig trat auch Michael Haas hinzu, um sich das Foto anzuschauen. Obwohl der Tod das Gesicht verändert hatte, erkannte er in der Frau seine ehemalige Friseuse aus dem Hinteranger. »Ich glaub´s nicht. Die kenne ich!«

Überrascht sahen ihn Bayerl und Stockleitner an. Der Fürstenfeldbrucker Kripobeamte fing sich als Erster wieder: »Super! Das dürfte uns eine Menge Ermittlungsarbeit sparen, vorausgesetzt das stimmt.«

Schichtleiter Gustl Stockleitner klopfte Haas anerkennend auf die Schulter. »Vor Weihnachten käme es auch nicht gut, wenn wir die Bevölkerung mit diesem Foto um Mithilfe gebeten hätten. Das wäre alles andere, als eine sensible Vorgehensweise.«

Michi Haas war verwundert an, denn das waren ungewöhnliche Worte. Sensibilität zeichnete Stockleitner nicht unbedingt aus. Auf die Befindlichkeiten seiner Mitmenschen, besonders seiner Untergebenen, nahm er selten Rücksicht. Knapp zwölf Jahre älter als Haas hatte er alle Möglichkeiten auf der Karriereleiter zielstrebig genutzt. Ein berufsbegleitendes dreijähriges Studium in Fürstenfeldbruck und in Münster hatte ihm den Weg in den gehobenen Dienst geebnet. Und auch da nahm er alles mit, was sich ihm bot. Jede Fortbildung und jede Überstunde. Und so war es nicht verwunderlich, dass ihm die Leitung einer Schicht in der Polizeiinspektion Landsberg übertragen wurde.

Derart ehrgeizig war Michi Haas nie gewesen, deshalb war er bisher nur Polizeiobermeister. Polizeihauptmeister wollte er noch werden, denn zu alt war er mit seinen 32 Jahren dafür noch nicht. Außerdem war ihm sein Privatleben sehr wichtig. Und genau das konnte er bei seinem Vorgesetzten schlecht einschätzen, dazu kannte er ihn zu wenig. Besser gesagt: Da ließ er sich zu wenig kennen. Wenn sich die Kollegen mal auf ein Bier trafen, war er nicht dabei. Es wurde auch gemunkelt, seine Frau sei vor drei Monaten mit den Kindern ausgezogen. Das kleine Reihenhaus im Osten von Landsberg stünde angeblich zum Verkauf. Aber Genaues wusste keiner in der PI Landsberg.

Kommissar Bayerl riss Haas aus seinen Gedanken: »So, Haas, drucken Sie dieses Foto aus und fahren zur Wohnung der Toten. Dort warten Sie auf die Spusi, und danach befragen Sie gleich das Umfeld der Toten. Den Täter haben wir und das Weitere wird sich morgen zeigen«. Er erhob sich und sah demonstrativ auf seine Armbanduhr, eine dieser hypermodernen Computeruhren. »Ich muss los, habe heute noch Weihnachtsfeier in der Kriminalpolizeiinspektion in Fürstenfeldbruck. Der Vertreter des Polizeipräsidenten aus Ingolstadt wird sich auch die Ehre geben. Der legt übrigens sehr viel Wert darauf, dass sich junge Kollegen regelmäßig fortbilden. Gerade die neuesten Untersuchungen aus dem Bereich der Traumaforschung mit Blick auf das Opfer-Täter-Profil liegen ihm am Herzen. So eine Fortbildung wäre bestimmt auch was für Sie, Stockleitner. So ambitioniert wie Sie sind.«

Dabei schlug er dem Schichtleiter kräftig auf die Schulter. »Ich sage Ihnen, die Gewaltdelikte aufgrund von Traumatisierungen werden zunehmen. Auch in so einem

Nest wie Landsberg. Unser abgetrennter Kopf ist erst der Anfang.«

Als sich die Tür hinter ihm geschlossen hatte, atmete Michi Haas hörbar aus.

»Der kann manchmal ganz schön anstrengend sein, nicht wahr, Herr Haas?«

Was sollte das denn jetzt? Haas war irritiert, denn Kritik an Gleichgestellten, selbst wenn es nur dezent war, gab es nicht. Michi Haas wusste nicht, was er antworten sollte, so überrascht war er.

»Herr Haas, Sie informieren mich, wenn die Spurensicherung durch ist. Wenn Sie die Identität zweifelsfrei geklärt haben, brauchen wir einen Angehörigen, der morgen in der Rechtsmedizin die Identität auch zweifelsfrei bestätigen kann.«

»Ich weiß, dass sie verwitwet war. Aber es müsste noch eine Tochter geben, wenn ich mich nicht irre. Den Friseursalon hat sie schon länger an einen Türken übergeben. Ich bin dort immer noch Kunde und werde bei ihm mit meinen Befragungen beginnen. Wenn jemand etwas weiß, dann er.«

»So machen wir´s, Haas.«

Einige Zeit später saß Gustl Stockleitner an seinem Schreibtisch, an den sich KOK Bayerl aus Fürstenfeldbruck vorher so selbstverständlich und ohne Rücksicht auf die Stellung und Funktion von ihm selbst gesetzt hatte. Eigentlich gab es für so einen Fall extra Besprechungszimmer, aber das G´scheithaferl, wie Bayerl hinter vorgehaltener Hand überall hieß, hatte sich darüber hinweggesetzt.

Lustlos blätterte er die neu angelegte Akte auf dem Tisch durch. Die Spusi hatte nichts wirklich Substantielles in der Teufelsküche entdeckt, nur einige Fußabdrücke. Und ohne den Dackel läge der Kopf vermutlich immer noch im Unterholz im Wald, da es im Winter keine Fliegen gab, die auf sterbliche Überreste hinwiesen.

Gustl Stockleitner stand auf, um das Fenster zu öffnen. Er brauchte frische Luft. Der Christbaum an der schräg gegenüberliegenden Katharinenkirche leuchtete in der Dämmerung und erinnerte ihn an das, was vorher in seinen Gedanken aufgeblitzt war. Ihm fiel ein, wo er den Zeitungsartikel gesehen hatte. Er fuhr den Computer wieder hoch und hatte auch gleich gefunden, was er suchte.

Tote Frau ohne Beine in einem Koffer im Lech gefunden. Mord von 1971 bis heute nicht geklärt.

Das Landsberger Tagblatt hatte diesen mysteriösen Fall vor kurzem in einer ihrer Ausgaben noch einmal aufgegriffen. Am 17. April 1971 hatte ein Herr Wunder eine am Becken durchgesägte Jugoslawin in einer Kiste im Lech gefunden, in der Nähe der Burgruine Haltenberg nördlich von Landsberg. Die Frau war ebenfalls um die Weihnachtszeit verschwunden. Den Täter hatte man nie gefasst.

Der Kommissar rieb sich die Augen. Vielleicht bestand ein Zusammenhang zwischen diesem Mord und ihrer kopflosen Leiche in der Teufelsküche. Vielleicht hatte der Bayerl mit seiner Aussage, dass der abgetrennte Kopf erst der Anfang war, doch recht. Hoffentlich nicht. Einen durchgeknallten Serienmörder konnte er in seiner jetzigen persönlichen Situation gar nicht brauchen.

Kapitel 6

Dienstag, 22. Dezember 2015

Die Gaststätte auf dem Vereinsgelände des TSV Landsberg im Industriegebiet war kurz vor sieben noch menschenleer, als Ernst Haschka sie betrat. Missmutig sah er sich um. Auf den Tischen lagen Nüsse und Mandarinen als Weihnachtsdeko. Überflüssiger Tand für ein in seinen Augen überflüssiges Fest. Er war nervös und hatte das Gefühl, dass ihm das Schicksal aus heiterem Himmel ein Bein gestellt hatte. Das erste Mal in seinem Leben drohten ihm die Fäden zu entgleiten; ihm, der sonst immer perfekt die Strippen zog.

Haschka ging zum Tresen, um sich einen Obstler zu bestellen. Er musste ruhiger werden, schließlich erwarteten seine Mitarbeiter einen Firmenchef, der sich auch in stürmischen Zeiten das Ruder nicht aus der Hand nehmen ließ. Zumindest dafür war die Betriebsweihnachtsfeier bestens geeignet, obwohl die wirtschaftliche Situation des alteingesessenen Stahlbaubetriebs keine Feier rechtfertigte. Dennoch war Haschka überzeugt, gerade jetzt die Fahne hochhalten zu müssen. Dafür war er auch bereit, seine 38 Mitarbeiter mit Essen und Trinken freizuhalten. Sie würden alle kommen, denn sie erhofften sich ein offenes Wort des Chefs darüber, wie er sich die Zukunft der kleinen Firma vorstellte.

Das hatte ihm seine neue Sekretärin Petra im Vertrauen erzählt. Sie war ein ziemlich heißer Feger, die mit ihrer sportlichen Figur und den langen schwarzen Haaren perfekt in sein Beuteschema passte. Ihm war zu Ohren gekommen, dass sie seit vier Wochen wieder solo war. Seitdem hatte er den Eindruck, dass sie seinen Avancen gegenüber aufgeschlossener schien. Doch das würde nur so bleiben, wenn er alle Fäden in der Hand behielt. In unsicheren Zeiten wie diesen unabdingbar.

Er musste sich eingestehen, dass er die Unsicherheit in der Firma im November selbst ausgelöst hatte. Das konnte er dem Schicksal nicht in die Schuhe schieben. Was blieb ihm anderes übrig, als dieses Jahr kein Weihnachtsgeld zu zahlen. Als Unternehmer musste er auf alles vorbereitet sein und die Liquidität war eben alles. Der Landsberger Knast war voll von Leuten, die sich der Konkursverschleppung schuldig gemacht hatten, natürlich immer im Glauben, es ginge weiter und die nächste Zahlung käme bestimmt. Bis eine Krankenkasse das Ausbleiben der Beiträge zur Anzeige brachte – dann war *Matthäi am Letzten*, wie sein seliger Vater zu sagen pflegte. Das würde ihm nicht passieren. Dafür hatte er Vorkehrungen getroffen – die heutige Weihnachtsfeier würde ihr übriges tun.

Die Weihnachtsfeiern seines alten Herrn waren ihm noch in guter Erinnerung. Gerne dachte er an längst vergangene Zeiten, als er ein kleiner Junge war, den der Vater stolz seinen Mitarbeitern präsentierte. Das war im Zederbräu am Hauptplatz in Landsberg, es wurde Schweinsbraten serviert und danach gab es Punsch mit Plätzchen. Alles war gut, es waren genügend Aufträge da. Stahlbau Haschka war noch eine Institution in Stadt und Landkreis Landsberg.

Die Gegenwart holte ihn abrupt ein. Er war jetzt verantwortlich; es lief nicht gut. Immer weniger Kunden kamen. Die Mund-zu-Mund-Propaganda funktionierte nicht mehr wie zu Zeiten seines Vaters, die Kunden wollten umworben werden. *Geiz ist geil* war die Devise. Jeder einzelne

Auftrag musste von seinem Vertrieb mühevoll akquiriert werden. Die Kosten stiegen kontinuierlich und die Erträge waren unter Druck. So wie er als Person.

Ein Geräusch hinter ihm riss ihn aus seinen Gedanken. Er drehte sich um. Durch die Tür trat sein Werkstattmeister Werner Brich.

»Gut, dass ich Sie noch alleine antreffe, Chef!«, fiel der stiernackige Mann sogleich mit der Tür ins Haus. »Ich muss mit Ihnen über unseren Jugo reden.«

»Servus, Werner. Ich habe dir schon hundertmal gesagt, dass du den Zeljko nicht so nennen sollst.«

Doch das überhörte der aus dem Fuchstal stammende Hüne und fuhr fort: »Der Kerl schafft es spielend, jeden Auftrag zum Problem werden zu lassen. Als Mädchen für alles mag er ja ganz nützlich sein, aber für Fachaufgaben ist er nicht zu gebrauchen. Sie wissen, dass wir morgen an Breitentaler Systeme liefern müssen. Und was macht der Jugo? Er schweißt die komplette Konstruktion nur mit Vierer Schweißnähten durch. Ich hab keine Ahnung, wie wir das ...«

Haschka legte seinem Stahlbaumeister beide Hände auf die breiten Schultern. »Jeder macht mal einen Fehler, Werner. Der Zeljko ist ...«

»... völlig talentfrei als Schweißer und obendrein eine faule Sau!«, schoss Brich nach. An seinem Hals traten fingerdicke Adern hervor. »Ständig haut er früher ab oder kommt später. Dann behauptet er immer, er wäre für Sie unterwegs gewesen. So kann ich nicht planen.«

»Werner! Beruhige dich. Der Zeljko ist eine arme Sau. Er ist vor Krieg und Elend geflohen. Damals, 1995. Du weißt doch, was die Serben den Bosniaken in Srebrenica angetan haben.«

»Aber Chef, der Zeljko ist kein Bosniak. Der ist ein bosnischer Serbe – das weiß doch jedes Kind. Der war Täter und kein Opfer! Der Kerl würde seine Großmutter verkaufen, wenn es ihm …«

»Jetzt ist aber Schluss!«, brach es aus Ernst Haschka heraus. Seine Gesichtsfarbe nahm ein bedrohliches Rot an. »Ich will derlei Verleumdungen nicht hören.« Zornig hielt er seinem Meister den Finger vor die Nase, bevor er weitersprach: »Mein Vater war damals ein Flüchtling wie der Zeljko, als er nach Kaufering kam. Er war noch ein kleines Kind, als meine Familie ihren Hof im Sudetenland verlassen musste.«

Der bullige Stahlbauer besah sich seine Schuhspitzen, während sein Chef ihm die Leviten las. Er hätte sich selbst in den Hintern beißen können, dass er das Thema überhaupt angesprochen hatte. Gegen Zeljko Drmic durfte niemand etwas sagen. Aus irgendeinem Grund hielt Ernst Haschka stets seine schützende Hand über den Jugoslawen.

»Hörst du mir überhaupt zu?«

Er fuhr aus seinen Gedanken hoch. Der Chef hatte ihn am muskulösen Oberarm gepackt.

»Werner!«

Brich nickte: »Natürlich, Chef. Selbstverständlich hör ich Ihnen zu.«

Haschka hielt inne und musterte seinen Meister misstrauisch. Dann hob er an, als ob er etwas sagen wollte, wartete einen Moment, um dann loszupoltern: »Wenn du glaubst, dass …« Der unvollendete Satz hing wie eine Drohung in der Luft.

»Was glaubt ihr beide denn? An´s Christkind?«

Haschka und Brich wirbelten herum. Hinter ihnen stand Petra, die Sekretärin des Chefs. Ihre langen schwarzen Haare hatte sie hochgesteckt und sie ging gut gelaunt auf die beiden ungleichen Männer zu. Sie schlang einen Arm um Brichs Hüfte, und sofort änderte sich die Stimmung des bärbeißigen Fuchstalers. »Komm Mädle, wir trinken ein Schnäpsle, bevor das hier losgeht.«

Haschka sah den beiden nach. Petra war nicht nur eine Augenweide, sie hatte auch ein ausgleichendes Wesen, das dem Betriebsfrieden guttat.

Ein kalter Luftzug traf Haschka im Nacken. Als er sich umdrehte, standen in der geöffneten Türe zwei Uniformierte und ein älterer Herr. Die drei blickten sich suchend um. Was wollte die Polizei hier? Seine Halsschlagader pulsierte. Ihn überkam das Gefühl eines nahenden Unheils. Unsicher ging er auf die drei zu. »Kann ich Ihnen helfen?«

»Wir suchen Frau Petra Schleich, ist sie hier?«, erklärte ihm der ältere der beiden Polizisten.

»Frau Schleich ist meine Assistentin. Was wollen Sie von ihr?«

»Das werden wir ihr selber sagen. Wo ist Frau Schleich?«

»Ich bin der Geschäftsführer. Wir haben heute unsere Weihnachtsfeier.«

»Wir wollen Sie nicht stören, aber möchten jetzt bitte sofort mit Frau Schleich sprechen. Ich denke, wir haben uns klar genug ausgedrückt.« Der Beamte machte einen Schritt auf Haschka zu.

Der gab klein bei und trat zur Seite. »Petra steht dort drüben am Tresen mit dem älteren Herrn.« Als Haschka

Anstalten machte, die drei Herren zu begleiten, stoppte ihn der jüngere Polizist mit einer knappen Handbewegung. »Wir machen das alleine.«

Haschka sah, wie sich die Uniformierten und der Herr im Anzug bei Petra vorstellten. Nach einem kurzen Wortwechsel verschwanden alle zusammen im Nebenraum. Mittlerweile trafen nach und nach die anderen Mitarbeiter ein, die den Chef per Handschlag begrüßten, der sich aber kaum darauf konzentrieren konnte. Immer wieder sah er zur verschlossenen Tür hinüber.

Nach wenigen Minuten verließen die drei Herren den Nebenraum und die Gaststätte.

Sofort eilte Haschka in das Nebenzimmer, um nach Petra zu sehen. Die saß zusammengesunken an einem Tisch, den Kopf in die Hände gestützt. Behutsam berührte er sie an der Schulter.

Sie sah ihn an. Aus ihren braunen Augen war alle Fröhlichkeit verschwunden. »Meine Mutter ist tot«, flüsterte sie kaum verständlich.

Kapitel 7

Mittwoch, 23. Dezember 2015

Grausamer Mord in der Teufelsküche – Identität des Opfers noch nicht einwandfrei geklärt. Gertrud Maier stieß einen hörbaren Seufzer aus. Diese Schlagzeile auf der Titelseite des Landsberger Tagblatts sprang ihr entgegen, als sie früh am Morgen die Zeitung aus ihrem Briefkasten zog. Das war abzusehen gewesen, nachdem ihr gestern auf dem Heimweg vom Bürgerbahnhof bereits Reporter mit Kamera und Mikrofon bewaffnet begegnet waren. Sogar ein Übertragungswagen des Bayerischen Rundfunks stand am Abend noch auf dem Hauptplatz. Woher bekamen die so schnell ihre Informationen? Doch so schlimm wie damals bei Uli Hoeneß war es noch nicht. Da waren die Mitglieder der schreibenden Zunft in Scharen in Landsberg eingefallen. Tagelang hatten sie mit ihren Kameras das Gefängnis am Hindenburgring belagert, nur um ein Foto des prominenten Häftlings zu ergattern.

Und für eine Zeitlang rückte damit auch ein anderer ehemaliger Insasse der Strafvollzugsanstalt wieder neu in das Bewusstsein der Bevölkerung: Adolf Hitler. Sie hasste es, dass ihre Heimatstadt immer wieder mit dem braunen Gedankengut in Verbindung gebracht wurde. Etwas, was ihr schon als Jugendliche zugesetzt hatte. Die Verflechtungen der Stadt und ihrer Bewohner mit der NS-Diktatur empfand sie wie einen dunklen Schatten über ihrer Enkelgeneration. Vielleicht war ihr deshalb auch die Arbeit mit den Flüchtlingen so wichtig.

Wie mochte es Selahattin jetzt wohl gehen? Sie fröstelte. Die gestrigen Ereignisse machten ihr zu schaffen. Sie hatte schlecht geschlafen, etwas, was sie nicht kannte. Sie zog ihre dicke Strickjacke über den Schlafanzug und goss Wasser in die Teekanne. Das würde ihr angeschlagenes Nervenkostüm hoffentlich beruhigen. Ein Mord in Landsberg, noch dazu ein derart grausiger, und ihr Schützling als Tatverdächtiger verhaftet! Sie hatte die halbe Nacht überlegt, wer für diese Tat verantwortlich sein könnte. An Sela´s Unschuld hatte sie nicht den geringsten Zweifel. Vielleicht hing dieses Unglück mit den Raunächten zusammen. Das arme Opfer war jedenfalls in der kürzesten Nacht des Jahres, der Thomasnacht, zu Tode gekommen. Und noch dazu an einem Ort, der mit vielen Sagenmotiven befrachtet war. Eigentlich ein abstruser Gedanke. Von ihrer Großmutter wusste sie, dass gerade diese magischen Nächte ihre eigenen Gesetze hatten. Dass die Schatten der Anderswelt die Grenze zu den Lebenden ohne weiteres überschreiten konnten, um in die Herzen der Menschen Dunkelheit und Angst zu säen. Nicht schwer, in der dunklen Zeit zwischen den Jahren in der das Licht darauf wartete, erst wiedergeboren zu werden. Wer war so davon eingenommen, dass er ein solches Verbrechen begehen konnte?

Sie schüttelte den Kopf, so als wollte sie diese Gedanken damit vertreiben. Sie würde jetzt zuerst einmal in Ruhe die Zeitung lesen. Obwohl Mittwoch ihr Hauptunterrichtstag war, brauchte sie erst um 09:30 Uhr in der Schule zu sein. Die Kinder hatten zwei Stunden bei der Klassenlehrkraft und anschließend bis 11:20 Uhr eine kleine Weihnachtsfeier in der Grundschule am Spitalplatz, an der sie textiles Gestalten unterrichtete.

Eingekauft hatte sie bereits, der Christbaum stand auch schon, und dank ihres neuen Ständers war das keine komplizierte Angelegenheit mehr wie im letzten Jahr. Fehlte nur noch der Weihnachtschmuck. Das Klingeln des Telefons unterbrach ihre Überlegungen. »Ja, Maier«.

»Wir müssen uns unbedingt sehen. Bin in zehn Minuten bei dir.«

»Ritualmord, so ein Quatsch! Wie kommst du denn darauf? Nur weil die Tote kopflos war und in der Teufelsküche lag?« Viertaler hatte einen hochroten Kopf. Ihm fehlte der Zugang zu solch einer Logik. »Und was soll das mit dem Tod in der Thomasnacht als Beginn der Raunächte? Der 21. Dezember ist eine Nacht wie jede andere. Zugegeben, da ist Wintersonnenwende. Ich glaube aber nicht, dass sich unser Mörder gedacht hat: Oh, heute ist die erste Raunacht, da werd ich mal eine Frau von ihrem Kopf befreien.« Fast musste er über seinen eigenen Witz lachen.

»Aber im Bahnhofscafé hast du selbst gesagt, dass alles möglich ist. Und dass es häufig das Unerwartete ist, das uns von der Seite umhaut.«

Viertaler stockte. Chapeau! Gut gekontert. Sie überraschte ihn immer mehr. »Aber du glaubst doch nicht, dass der Mord etwas mit der Sagenwelt des Lechrains zu tun hat?« Dabei hielt er ihr demonstrativ das Buch des Freiherrn von Leoprechting vor die Nase, das sie aus ihrem gut sortierten Bücherregal geholt hatte.

»Martin, du verstehst mich falsch. Ich glaube natürlich nicht, dass ein Geist oder eine Hexe oder andere übersinnliche Mächte, wie das *Wilde Gjäg* für den Tod der Frau verantwortlich sind. Aber vielleicht findet sich das Motiv in diesen Geschichten. Vielleicht will uns der Täter einen Hinweis geben. Gerade in den Sagen Leoprechtings drücken sich die Ängste der Menschen aus. Und diese Ängste wurden dann in den Erzählungen oder auch Handlungen konkret. Das ist mittlerweile psychologisch bewiesen. Vielleicht wurde die Frau umgebracht, weil sie zum Beispiel wie das *Feidlnandl* von Pitzling Angst verbreitete. Oder weil sich jemand von ihr in seiner Existenz bedroht fühlte. Und die Teufelsküche hat der Mörder oder die Mörderin bewusst gewählt. Sozusagen als Botschaft. Und das würde dann auch den Schluss zulassen, dass er oder sie die Gebräuche unserer Heimat gut kennt. Engt unter Umständen auch den Täterkreis ein.« Gertrud Maier hatte sich immer mehr in Rage geredet. Sie liebte diese Sagen. Sagten sie doch mehr über die Menschen der damaligen Zeit aus, als man es in den Zeilen von trockenen Geschichtsbüchern fand.

Martin Viertaler hielt sein angebissenes Croissant in der Hand und hörte ihr verwundert zu. Dass sie einen Hang zum Esoterischen hatte, das hatte er schon immer gewusst. Schließlich war sie die beste Freundin seiner Frau gewesen. Aber dass sie ein Sagenbuch als Grundlage für eine Mordermittlung hernahm, das ging wirklich etwas zu weit. Trotzdem konnte er sich ihrer Logik nicht ganz verschließen. Vielleicht war da doch was dran. Und er musste sich eingestehen, dass sowohl Fundort der Leiche und Zeitpunkt des Mordes schon außergewöhnlich waren.

»Magst du noch einen Kaffee?«

Er schüttelte den Kopf. »Nein, danke. Du musst ja auch bald weg und ich wollte meine Einkäufe für die Feiertage noch heute Vormittag erledigen. Viel brauche ich nicht. Anna kommt jetzt doch nicht über Weihnachten.

Kann ich verstehen. Das wäre viel zu viel Stress. Ganz abgesehen davon, was so ein Flug kostet.« Viertaler bemühte sich, das beiläufig klingen zu lassen.

Doch Gertrud hörte die Enttäuschung in seiner Stimme. Sie konnte sich vorstellen, dass ihn der Besuch seiner Tochter gefreut hätte, auch wenn sie seine Schlussfolgerungen nachvollziehen konnte. Aber das Herz akzeptierte logische Gründe in den seltensten Fällen. Das wusste sie aus eigener Erfahrung nur zu gut. »Weißt du was? Du kommst heute Abend nochmal her und ich mache uns einen Punsch. Außerdem brauche ich sowieso noch jemanden, der mir beim Aufstellen des Christbaums hilft.« Dass der bereits im kleinen Wohnzimmer nebenan seinen Platz hatte, brauchte sie ihm nicht auf die Nase zu binden. »Vielleicht ergibt sich im Laufe des Tages noch eine heiße Spur. Oder die Polizei weiß dann, wer die Tote ist. Du hast doch noch beste Kontakte, oder?«

Martin überlegte kurz. »Das ist eine gute Idee. Ich werde heute Abend mal den Michi anfunken. Wenn wir etwas erfahren, dann von ihm. Die anderen kann man alle vergessen.«

Gertrud Maier stand an der Haustüre und schaute ihm nach, wie er durch das Klösterl Richtung Lechbrücke verschwand. In den letzten beiden Tagen hatten sie mehr miteinander geredet, als in all den Monaten zuvor. Natürlich waren sie sich gelegentlich begegnet. Aber über die üblichen Floskeln hinaus war kein Gespräch entstanden. Er hatte in den letzten beiden Jahren viel von seiner Dynamik und Spannkraft verloren. Heute aber schien es ihr, dass seine Schultern weniger gebeugt waren als sonst. Sie war gespannt, auf was sie sich da eingelassen hatte. Und damit meinte sie nicht nur den Mordfall.

Kapitel 8

Mittwoch, 23. Dezember 2015

»Können wir jetzt endlich anfangen?« Kriminaloberkommissar Ingo Bayerl zeigte ungeduldig auf die große Uhr an der Wand im Sektionssaal des Rechtsmedizinischen Instituts in München. »Wir müssen schließlich bis elf Uhr fertig sein, weil dann unsere Zeugin kommt, die das Opfer identifiziert. Außerdem steht Weihnachten vor der Tür, und ich wollte mit meiner Freundin noch auf den Christkindlmarkt.«

»Was Sie wollen, interessiert hier niemanden.« Die Rechtsmedizinerin vom Dienst versuchte erst gar nicht, diplomatisch zu sein. »Hektik hat hier nichts verloren. Außerdem«, damit fixierte Frau Dr. Brahms-Kurbjeweit den Kommissar aus zusammengekniffenen Augen, »sind Sie nicht der Einzige, der Weihnachten feiern will.«

Kommissar Ingo Bayerl öffnete den Mund, um etwas zu sagen.

»Was?«, blaffte sie ihn an. »Ich habe auch ein Privatleben, meine Herren.« Sie zeigte auf ihren Assistenten, der neben ihr stand: »An uns beiden bleibt die ganze Arbeit hängen. Wir müssen den Papierkram erledigen und am Ende auch noch putzen und aufräumen. Wissen Sie, Herr Kommissar, alle anderen Kollegen, einschließlich der Schreibkräfte, sind schon im Weihnachtsurlaub – die haben Familie. Nur wir sind noch da, um uns um Ihren Fall zu kümmern. Aber eines sage ich Ihnen: Mit Ergebnissen brauchen Sie vor den Weihnachtstagen nicht mehr zu rechnen. Auch das Labor hat nur eine Notbesetzung.«

Staatsanwalt Dr. Markus Huber versuchte einen jovialen Einwurf: »In dieser Hinsicht kann ich Sie beruhigen: Die Todesursache«, dabei nickte er in Richtung des entkleideten, kopflosen Leichnams, »dürfte ja wohl unstrittig sein. Ich denke, das Labor werden wir dazu nicht bemühen müssen, oder?«

Die Rechtsmedizinerin fuhr herum und funkelte ihn streitlustig an: »Ist mir da etwas entgangen? Hat der Herr Staatsanwalt einen VHS-Kurs in Leichenschau gemacht?«

Unsicher nestelte der jugendlich wirkende Staatsanwalt an seinem Hemdkragen. »Frau Brahms-Kurbjeweit, wir wollen das so schnell wie möglich hinter uns bringen. Wir alle haben uns Weihnachten verdient.«

»Doktor! Frau *Doktor* Brahms-Kurbjeweit. So viel Zeit muss sein.« Als alle betreten zu Boden schauten, fuhr sie fort: »Dann fangen wir mit den Fingerabdrücken an. Damit kann die KTU schnell einen Abgleich mit in der Wohnung gesicherten Abdrücken durchführen.« So schnell, wie sie sich echauffiert hatte, wechselte sie in einen geschäftsmäßigen Modus. Während ihr Assistent die Fingerabdrücke nahm, sprach sie in ihr Diktiergerät: »Weibliche Leiche, Alter 65, abgetrennter Kopf ...«

Ingo Bayerl beobachtete fasziniert, mit welcher Professionalität die Rechtsmedizinerin die Obduktion durchführte. Er hatte nun schon zum dritten Mal das zweifelhafte Vergnügen, die Doppelnamen-Furie bei ihrer Arbeit zu erleben. Er mochte sie nicht, und genau genommen war dieses zweimal geschiedene Kampfweib eine wunderbare Bestätigung dafür, Single zu bleiben.

Eigentlich konnte ihm nichts Besseres passieren, als die akribisch arbeitende Nervensäge, denn ihr unterlief

kein Fehler, was sich positiv auf seine Ermittlungen aus-
wirkte. Immerhin hatte er gestern auf der Weihnachtsfeier
dem Kriminaldirektor Freyschle vollmundig versprochen,
den Fall schnell aufzuklären. Der drängte wegen der offen-
sichtlichen Beteiligung eines Flüchtlings aus dem arabischen Raum auf schnelle und einwandfreie Ergebnisse.
Dieser Fall war seine Bewährungsprobe. Eine wunderbare
Chance, aus dem langen Schatten seines Vorgängers Martin Viertaler zu treten. Eine schnelle Aufklärung würde seiner Karriere bei der Kripo einen Schub geben. Teamleiter
beim K1 musste dann nicht das Ende bedeuten. Bei diesen
Gedanken lächelte er.

»Was gibt´s da zu lachen?« Frau Dr. Brahms-Kurbjeweit fixierte Bayerl mit einem grimmigen Blick. Augenblicklich stieg ihm eine unangenehme Röte ins Gesicht.
»Sie können mir gerne zur Hand gehen, Herr Kommissar.
Dann wird Ihnen das Grinsen schon vergehen.«

Angeregt in ein Gespräch vertieft verließen Staatsanwalt Dr. Huber und Kommissar Bayerl gerade das Rechts-
medizinische Institut in der Münchener Frauenlobstraße,
als Michael Haas und Petra Schleich dort eintrafen. Bayerl
bedeutete Haas zu warten. Er verabschiedete sich vom
Staatsanwalt und stellte sich Petra vor: »Ich bin der leitende Beamte, der die Mordermittlung im Fall Ihrer Mutter
durchführt. So leid es uns tut, es besteht wohl kein Zweifel
mehr, dass es sich bei der Toten um ihre Mutter handelt.
Immerhin haben gestern noch die Kollegen der Spurensicherung in der Wohnung ihren Reisepass gefunden.«
Dann deutete er auf Polizeiobermeister Haas. »Der Kollege

hier wird Sie hineinbegleiten und Sie dann auch wieder nach Hause fahren.«

Petra Schleich hatte die Ausführungen des Kripobeamten ausdruckslos hingenommen. Ihre Arme umklammerten einen kleinen schwarzen Rucksack, so, als würde ihr dieser Schutz bieten. Tiefe Schatten unter ihren Augen verrieten, dass sie vermutlich wenig geschlafen hatte letzte Nacht. Zwei scharfe Falten um die Mundwinkel verliehen ihrem sonst hübschen Gesicht einen bitteren Ausdruck.

Ingo Bayerl war froh, dass er sie heute nicht begleiten musste. Er nickte POM Haas zu und verabschiedete sich.

Haas und Petra Schleich betraten den Sektionssaal, wo sie von Frau Dr. Brahms-Kurbjeweit in Empfang genommen wurden. Michael Haas blieb pietätvoll am Eingang stehen. Mit unsicheren Schritten näherte sich Petra der Bahre. Frau Brahms-Kurbjeweit sah sie mitfühlend an und zog das Tuch weg. Dabei achtete sie sorgfältig darauf, nur das Gesicht zu enthüllen. Ein Zittern durchlief den Körper der jungen Frau. Für einen kurzen Moment schien sie das Gleichgewicht zu verlieren. Michael Haas wollte ihr gerade zu Hilfe eilen, doch einen Augenblick später hatte sie sich wieder gefasst. Sie nickte der Rechtsmedizinerin zu. Ohne ein Wort drehte sie sich um, und verließ den Raum.

Haas wollte ihr folgen, blieb aber am Eingang stehen. »Um Ihren Job beneide ich Sie nicht, Frau Doktor.«

»Es ist nicht jeder Fall gleich«, antwortete sie nach einem kurzen Zögern. »Manche Fälle nehmen mich schon mehr mit, als andere, und das bei mehr als 500 Fällen im Jahr. Aber das kennen Sie sicherlich auch aus Ihrer eigenen Berufspraxis.«

Michi nickte. »Das stimmt. Als ich die kopflose Tote in der Teufelsküche gefunden habe, ist mir bei dem Anblick auch erst einmal die Luft weggeblieben.«

»Der ermittelnde Kripobeamte hätte das jetzt aber nicht zugegeben. Das scheint ja ein ganz harter Hund zu sein.« Dabei verdrehte sie die Augen.

Haas schmunzelte, obwohl ihm in dieser Umgebung nicht danach zumute war. Er wandte sich zum Gehen, hielt aber noch einmal inne: »Steht die Todesursache schon fest?«

Dr. Brahms-Kurbjeweit zögerte kurz. »Also gut! Von mir haben Sie es aber nicht.« Sie zwinkerte ihm zu und setzte ihn mit knappen Worten ins Bild.

Michi Haas verabschiedete sich: »Dann bedanke ich mich mal und wünsche Ihnen frohe Weihnachten.«

»Ich weiß nicht, ob das heuer so froh wird. Ich habe bis jetzt noch kein einziges Plätzchen gebacken. Wenigstens Vanillekipferl muss ich heute Abend noch machen. Ohne die fehlt mir etwas an Heilig Abend.«

Mittwoch, 23. Dezember, Café Villa Rosa, Landsberg

Um Punkt drei Uhr am Nachmittag betrat Polizeiobermeister Michael Haas den kleinen Gastraum des Cafés. Er sah sich um und entdeckte Martin Viertaler in einer Ecke der gemütlichen *Villa Rosa*. Vor ihm stand ein halb leeres Glas Punsch. Der ehemalige Kommissar hatte ihm gestern Abend noch auf die Mailbox gesprochen, um ihn auf einen Kaffee einzuladen. Haas wusste, worauf das hinauslaufen würde. Der alte Ermittlerfuchs wollte Infos von ihm, die er ihm eigentlich nicht weitergeben durfte. Trotzdem hatte er sich per SMS mit ihm verabredet. Er würde das jetzt auf sich zukommen lassen. »Servus, Viertaler!«

»Wie siehst du denn aus, Michi?« Viertaler zwinkerte dem in Jeans und Winterjacke gekleideten Ex-Kollegen zu. »Gibt´s Probleme?«

Haas winkte ab. »Ich war heute in der Rechtsmedizin in München mit der Tochter des Opfers.«

»Ihr habt die Identität festgestellt?«

»Weißt du das noch nicht? Das pfeifen doch schon die Spatzen von den Dächern. Irgend ein Depp hat es dem Kreisboten gesteckt. Die Wochenzeitung hat nämlich eine Internetseite. Und da steht es seit eineinhalb Stunden.«

Viertaler war sprachlos. Ein derartiges Leck bei der Polizei hatte er in all seinen Dienstjahren nicht erlebt.

Stolz berichtete Haas: »Die Identität ist zweifelsfrei. Ihre Tochter hat sie identifiziert. Der Abgleich der Fingerabdrücke war dann nur noch Formsache.«

Neugierig sah ihn Viertaler an: »Warst du bei der Obduktion dabei?«

»Nein, ich habe nur die Tochter nach München reingefahren und anschließend ein bisschen, sagen wir mal nachgefragt.«

»Und? Wer ist es jetzt?«

Haas erzählte ihm, dass es sich um die 65jährige Helga Schleich handelte. »Die hatte mal einen Friseursalon im Hinteranger. Daher kannte ich sie auch. Ein Hund hat den Kopf im Gebüsch oberhalb der Teufelsküche entdeckt. Als die Spusi uns daraufhin ein Foto zuschickte, habe ich sie gleich erkannt.«

Viertaler nickte anerkennend. »Den Friseursalon kenne ich auch. Der ist jetzt an einen Türken verkauft, soweit ich weiß. Früher war ich da auch hin und wieder. Gute Handwerkskunst, aber ein wenig altbacken.«

»Die Frau, oder was?«

»Nein, ihr Salon und die Schaufensterauslage. Alles ein wenig in die Jahre gekommen, wenn ich mich recht erinnere. Was kam denn raus bei der Obduktion?«

Haas wich aus: »Das G´scheithaferl aus Fürsti war auch da mit einem Staatsanwalt. Und die Leitung der Obduktion hatte unsere alte Bekannte, die Brahms-*Kurbel*.«

Viertaler schmunzelte. »Nicht zu fassen. Und die hat dir die Ergebnisse der Obduktion ausgeplaudert?«

»Ich habe halt meinen Charme sprühen lassen«, erklärte Haas selbstbewusst.

Die Bedienung kam an den Tisch. »Möchte der junge Mann auch etwas?«

»Komm, Michi, ich lade dich ein. Was darf sie dir bringen?« Als Haas mit einem Cappuccino versorgt war, rückte Viertaler näher und senkte die Stimme: »Also, was hat die alte Kampfamazone herausgefunden?«

»Dass der Kopf nicht mehr drauf war, weißt du ja schon.«

Viertaler verdrehte die Augen. »Die Fakten, Michi!«

»Die darf ich dir eigentlich nicht weitergeben, Viertaler. Und das weißt du auch.«

Viertaler hatte damit gerechnet, dass sein junger Ex-Kollege Skrupel haben würde. Er berührte ihn an der Schulter. »Ich will auch keine Ermittlungsergebnisse.«

Polizeiobermeister Haas nickte kaum merklich.

»Du willst doch dieses abscheuliche Verbrechen genauso aufklären wie ich. Ich denke, wir sind einer Meinung, dass der Bayerl Ingo nicht in der Lage ist, diesen mysteriösen Fall zu lösen.«

Bei dieser Bemerkung zuckte Michi zusammen. Er räusperte sich. »Meiner Meinung nach ermittelt der Herr Bayerl vielleicht in die falsche Richtung. Aber grundsätzlich finde ich ja ...«

»... dass mein Nachfolger zu schnell auf das Offensichtliche setzt und zu Vorverurteilungen neigt.«

Wieder nickte Haas. »So wollte ich es gerade erklären. Besser kann man es nicht ausdrücken.«

»Meine Rede, Michi. Meine Rede. Ich kann deine Bedenken nachvollziehen. Vorschlag: Weißt du, ich habe mir den Tatort auch angesehen, während ich auf euch gewartet habe. Ich sage dir jetzt mal meine Theorie und du könntest vielleicht nicken, wenn ich recht habe. Was meinst du?«

Haas überlegte. »Okay! Aber wenn du etwas herausfindest, bin ich der Erste, der es erfährt.«

»Mein Wort drauf.« Verschwörerisch senkte Martin Viertaler die Stimme: »Also, meines Erachtens ist der Fundort auch der Tatort. Es gab kaum Blut dort, weshalb ich glaube, dass der Kopf *post mortem* abgetrennt wurde. Aufgrund der nicht mehr wegdrückbaren Totenflecke und der gut ausgeprägten Leichenstarre dürfte der Tod zehn bis zwölf Stunden vorher eingetreten sein.« Er sah Haas auffordernd an.

Michi war überrascht. »Hast du die Leiche angefasst?«

Viertaler fühlte sich ertappt. Zögerlich erwiderte er: »Ja, irgendwie Routine, weißt du?« Dann setzte er schnell nach: »Aber ich hatte Handschuhe an.«

»Martin! Ich bin jetzt echt von den Socken. Wenn das der Bayerl rauskriegt, macht er dich fertig. Die Spurensicherung hat vielleicht auch von dir DNA gefunden.«

Der alte Kripobeamte beeilte sich, den jungen Polizisten zu beschwichtigen. »Du kannst mir glauben, Michi, ich war vorsichtig und meinen Hund hatte ich weit weg vom Tatort angebunden.«

Haas verdrehte die Augen. »Du bringst mich noch in Teufels Küche.«

Viertaler legte ihm die Hand auf den Arm. »Du hast doch nichts zu befürchten. Wenn jemand auffliegt, weil er in der Teufelsküche den Tatort kontaminiert hat, dann nur ich.« Als sich Michi wieder beruhigt hatte, fuhr der frühere Ermittler fort: »Ich nehme an, dass die Leiche höchstens eine Stunde vor dem Auffinden enthauptet wurde. Mit einer Säge, schätze ich.«

Haas gab zu bedenken: »Damit könnte es theoretisch der Flüchtling gewesen sein, wie KOK Bayerl behauptet.«

»Das ging mir auch durch den Kopf. Aber bei einem Fall mit solcher Brisanz, wäre es töricht, nur die erstbeste Spur zu verfolgen.«

Der junge Polizist schmunzelte: »Das dürfte auch im Sinne deiner Bekannten sein, Martl. Oder?«

Viertaler ignorierte diesen Einwurf. »Nur woran das Opfer wirklich gestorben ist, da tappe ich im Dunkeln. Soweit ich gesehen habe, gab es keine äußeren Verletzungen. Gift kam wohl auch nicht infrage.«

»Was bleibt dann noch übrig?«

Viertaler schnippte mit den Fingern: »Verletzung an Hals oder Kopf. Der war ja nicht mehr da. Aber da es kaum Blut gab, schätze ich mal Genickbruch oder Gehirnblutung.«

»Du hast nichts verlernt, Martl.«

Viertaler nahm das als Zustimmung. »Bleibt also nur noch die Frage, ob jemand nachgeholfen hat.«

»Das musst du schon selbst herausfinden. Aber vielleicht hilft dir bei deinen Ermittlungen, dass die Dame kurz vor ihrem Tod so etwas wie einen Milchkaffee und ein Stück Kuchen mit Mohn verzehrt hat.«

Der pensionierte Kommissar warf ein: »Hat sie den zu Hause getrunken?«

»Das hat die Spusi ausgeschlossen.«

»Dann bietet sich das Lokal in der Teufelsküche an.«

»Das kannst du dir sparen. Habe ich schon recherchiert. Das Lokal ist am Montag immer zu; zumindest im Winter. Da war sie nicht.«

Anerkennend klopfte Viertaler dem jungen Schutzpolizisten auf die Schulter. »Respekt, du solltest zur Kripo wechseln. Bleibt die Frage, wo Frau Schleich ihren letzten Mohnkuchen gegessen hat. Man müsste schleunigst die Cafés und Gaststätten in der Altstadt abklappern.«

Haas trank seine Kaffeetasse leer: »Du kannst ja dein Glück versuchen. Ich muss jetzt ins Bett.«

Kapitel 9

Er saß am Küchentisch, vor ihm eine Tasse mit einer nicht dampfenden Flüssigkeit. Er besah sie sich genauer. Tee oder Kaffee waren es nicht. Vielmehr sah es wie geronnenes Blut aus.

Er vernahm ein Geräusch von der Diele her. Ein Knarren, so als ob eine alte Tür mit rostigen Scharnieren langsam geöffnet wurde. Unvermittelt betrat eine junge, verschleierte Frau die Stube.

Während er sich noch fragte, wer sie wohl sei, betrat ein Mann den Raum, in seinen Händen ein Gewehr. Sein Gesicht kam ihm bekannt vor. Panik ergriff ihn.

Die Frau begann zu schreien. Der Schrei fuhr ihm durch Mark und Bein. Er wollte aufspringen, sie beruhigen, aber seine Beine versagten ihm den Dienst.

Da fiel ein Schuss und er erwachte.

Kapitel 10

Mittwoch, 23. Dezember 2015

Es war schon dunkel, als Martin Viertaler das kleine Café verließ und sich auf den Heimweg machte. Im Vorderanger herrschte geschäftiges Treiben – Endspurt auf der Jagd nach den passenden Weihnachtsgeschenken. Wenigstens darüber brauchte er sich keine Gedanken zu machen. Anna freute sich am meisten über einen finanziellen Zuschuss für ihre Urlaubskasse. Er sollte vielleicht für Gertrud noch eine Kleinigkeit besorgen. Sie las doch so gern. Er verwarf den Gedanken sofort wieder, als er durch die großen Schaufenster des Bücherladens sah. Dort brummte es, wie in einem Bienenstock. Schnell ging er weiter Richtung Fußgängerzone. Einige Budenbetreiber bauten dort gerade ihre Stände vom Weihnachtsmarkt ab.

Unentschlossen blieb Martin stehen und überlegte, wie er in dem Fall Schleich an weitere Informationen kommen konnte. Die scheinbare Wahrheit in diesem Fall warf einen dunklen Schatten, der die Details verbarg. Das spürte er. Aber gerade diese entschieden oft über Erfolg oder Misserfolg einer Ermittlungsarbeit. Sein knurrender Magen erinnerte ihn daran, dass er seit dem Frühstück bei Gerti nichts mehr gegessen hatte. Das Glas Punsch vorhin sorgte auch nicht unbedingt für einen klaren Kopf. Was er jetzt brauchte, waren eine Butterbreze und eine Tasse Milchkaffee. Er schaute auf seine Uhr. Eine knappe Stunde bis Ladenschluss. Zielstrebig steuerte er die Bäckerei am Hauptplatz an. Dort verzog er sich mit seinem Tablett in den hinteren Teil des angeschlossenen Cafés, das um diese Uhrzeit fast leer war. Hier konnte er in Ruhe nachdenken, und der Milchkaffee weckte mit jedem Schluck ein bisschen mehr seines Jagdinstinktes.

»Da wird doch der Hund in der Pfanne verrückt! Martin, altes Haus.«

Viertaler fuhr herum. Hinter ihm saß eine Dame in den Sechzigern, die ihn anlächelte. Sabine vom Hundeverein, die gegenüber in der Gogglgasse wohnte. Er verdrehte innerlich die Augen. Mit der Ruhe war es vorbei, denn sie redete immer ohne Punkt und Komma. Aber andererseits kam sie ihm wie gerufen. Wenn jemand etwas über die alte Schleich wusste, dann sie. »Willst du dich zu mir setzen?« Dabei deute er auf den freien Stuhl, der ihm gegenüberstand.

Das ließ sich Sabine nicht zweimal sagen. Freudestrahlend nahm sie seine Einladung an.

»Wir haben uns lange nicht gesehen. Wo ist dein Schäferhund?« Das war die falsche Frage gewesen.

Ihre Augen füllten sich mit Tränen. »Musste ich vor einem halben Jahr einschläfern lassen.« Sie suchte nach einem Taschentuch.

Viertaler hielt ihr die Serviette hin, die neben seinem Teller lag. »Das tut mir aber leid. Rex hieß er, oder?«

»Er hieß Hasso«, erwiderte sie ein wenig gekränkt. Sie schnäuzte sich und steckte das Tuch in den Ärmel ihres Pullovers. »Und du? Bist du noch bei der Polizei?« Sie sah in neugierig an.

Das war Sabine. Jede Chance nutzend um an Klatsch und Tratsch zu kommen. Aber heute würde er den Spieß einmal umdrehen. »Nein, ich bin seit einem Monat in Pension. Und ich bin froh darüber. Denn der Mord in der Teufelsküche würde mir ganz schön an meine Substanz gehen.« Dabei senkte er verschwörerisch die Stimme.

Sofort hakte sie nach. »Meinst du die Frau, der man den Kopf abgehackt hat?« Ohne auf die Bestätigung durch Viertaler zu warten fuhr sie fort: »Das war die Schleich, die den Friseursalon im Hinteranger hatte. Das pfeifen mittlerweile die Spatzen von Landsbergs Dächern.«

Viertaler spielte den Überraschten.

Ihre Augen strahlten. Endlich wusste sie anscheinend mehr, als ein – zugegebenermaßen ehemaliger – Kommissar. »Sie kam Montags immer hierher, um eine Mohnschnecke oder eine Sachertorte zu essen. Ich bin ja auch hin und wieder hier, und da haben wir uns unterhalten. Wie man halt so redet, wenn man sich öfter sieht.«

Martin konnte sich die Gespräche lebhaft vorstellen. Er nickte ihr aufmunternd zu.

»Die wusste über alles und jeden Bescheid und hat immer die Leute ausgerichtet. Mir war sie ehrlich gesagt unsympathisch.«

Das wunderte Viertaler nicht. Wer sah schon gern seinen eigenen Schatten, gespiegelt im Gegenüber des anderen.

Der pensionierte Kommissar kam kaum dazu, seine Butterbreze zu verspeisen. Sabine ohne Hund versorgte ihn mit vielen notwendigen aber auch überflüssigen Informationen. Nach einer halben Stunde wusste er, dass die alte Schleich Haus und Friseursalon an den Türken Ali Kartal verkauft hatte. Das damit verbundene Wohnrecht auf Lebenszeit hatte der neue Besitzer mittlerweile mehr als bereut. Der Mieter im Dachgeschoss, Tobias Kluge war auch nicht gut auf sie zu sprechen. Sie hatte kaum Kontakt zu ihrer Tochter, obwohl die mittlerweile wieder in Landsberg lebte. Deren Freund hatte sie angeblich auch vergrault. Von so manchem ehrbaren Bürger kannte sie die Leiche in seinem Keller.

Viertaler rieb sich zufrieden die Hände. »Schön, dass wir uns getroffen haben. Das war wirklich ein angenehmes Gespräch mit dir.«

Sabine ohne Hund errötete leicht. »Vielleicht können wir die Unterhaltung fortsetzen. Ich bin meistens montags hier.« Dabei schaute sie ihn hoffnungsvoll an.

Das glaubte er jetzt weniger, aber das musste er ihr nicht so deutlich sagen. »Gern, vielleicht ergibt sich mal wieder eine Möglichkeit.« Er nickte zum Abschied und wählte beim Hinausgehen Gertrud Maiers Nummer. »Gerti? Ich bin in einer halben Stunde bei dir. Passt dir das? Ich bring auch Neuigkeiten mit.«

Er nutzte eine Lücke in dem dichten Verkehr, um die Straße am Hauptplatz zu überqueren. Das Konzept des *Shared Space*, des Straßenraums für alle mit gegenseitiger Rücksichtnahme, schien sich noch nicht so durchgesetzt zu haben. Zumindest war das sein Eindruck. Die Mitarbeiter der Buchhandlung räumten gerade ihre Auslagen in den Laden. Irgendetwas wollte er doch noch besorgen, aber der Gedanke war in den Untiefen des Wortschwalls von Sabine verlorengegangen.

»Komm rein und mach die Tür zu«, warf sie ihm über die Schulter zu. Noch ehe Viertaler etwas erwidern konnte, war Gertrud Maier im Inneren des schmalen Hauses im Klösterl verschwunden. Er blieb noch stehen, während ihr Hexle schwanzwedelnd hinterherlief.

Eigentlich war dieser fast schon geschäftsmäßige Umgangston sein Metier. Vorsichtshalber, um keine falschen Hoffnungen zu schüren. So eng wie jetzt war ihr Kontakt seit dem Tod von Franziska nicht gewesen, geschweige denn, dass sie sich regelmäßig getroffen hätten.

Aus dem Inneren des Hauses vernahm er gedämpft Gertrud Maiers Stimme: »Hinter der Tür liegen Filzpantoffeln, wenn du welche brauchst. Der Boden ist zu kalt ohne Hausschuhe.«

Ein diskreter Hinweis, seine Schuhe auszuziehen. Auch das war neu. Die letzten beiden Male war er in Straßenschuhen an ihrem Küchentisch gesessen. Auf den Abend war er gespannt. Er war noch gar nicht ganz fertig, als Gertrud zurückkam und ihm einen Steinbecher mit einer dampfenden Flüssigkeit hinhielt. Ein intensiver Geruch nach Kräutern und Alkohol drang in seine Nase.

»Der wärmt von innen.«

Viertaler zögerte und zog eine Augenbraue hoch.

Erklärend schob sie nach: »Das ist ein altes Rezept mit Wein, Schlehenbrand und Kräutern, das Franzi und ich in dem Kräuterbuch aus der Bücherei gefunden haben. Uns hat es geschmeckt.«

Fast unmerklich zuckte er. Er konnte sich nicht daran gewöhnen, dass Gertrud so unverblümt seine verstorbene Frau erwähnte. Ihm selbst fiel das auch nach zwei Jahren immer noch schwer. Seine kurzzeitige Sprachlosigkeit versuchte er witzig zu überspielen. »Dann werde ich mal euer Hexengebräu probieren. Bekomme ich dann das *zweite Gesicht,* so wie in einer deiner Sagen?«

»Wenn du genug intus hast, holt dich das wilde Gejäg«, brummelte sie und ging ins Wohnzimmer voraus.

Jetzt sah er, warum sie auf den Hausschuhen bestanden hatte. Ein wunderschöner alter Teppich bedeckte den Boden. Vor dem Fenster in den Garten stand eine kleine

Tanne, die intensiven Waldgeruch verströmte, und ringsherum lagen jede Menge bunt bedruckter Kartons.

»Was hältst du davon: Wir besprechen das weitere Vorgehen, während du mir beim Schmücken des Christbaums hilfst?«

Das war genau das, was nicht wollte, denn am Morgen hatte sie nur vom Aufstellen des Christbaums gesprochen. Gerti hatte ihn in eine Situation manövriert, aus der er kaum auskonnte. Zumindest nicht, ohne ihr auf die Füße zu treten. Darum tat er, was er immer in solchen Momenten tat. Er brummte etwas Unverständliches. Das konnte man als Zustimmung oder Ablehnung interpretieren.

Doch Gertrud Maier kannte ihn besser, als ihm lieb war. »Ich nehme das mal als ein *Ja*. Trink deinen Punsch, dann kannst du mir auch die Neuigkeiten erzählen, von denen du am Telefon gesprochen hast.« Sie setzte sich auf die Couch und sah ihn aufmunternd an.

Seufzend ließ er sich im Sessel gegenüber nieder. Die Hände um die warme Tasse gelegt, sortierte er seine Gedanken. »Du weißt sicher schon, wer das Opfer ist, oder?«

Gerti sah ihn fragend an. »Woher soll ich das wissen? Pfeifen das jetzt die Spatzen von den Dächern? Bis zu mir ist es auf jeden Fall noch nicht durchgedrungen.«

Der leicht schnippische Unterton ließ ihn aufhorchen. »War das nicht auch Gesprächsthema heute in deiner Schule?« Er wartete ihre Antwort nicht ab, und fuhr fort: »Kannst du auf der Website des Wochenblattes nachlesen. Es ist die Friseurmeisterin Helga Schleich.«

»Das wundert mich nicht!«, entfuhr es Viertalers Nachbarin. »Ihr Ruf als wandelnde Bildzeitung ist ihr vorausgeeilt.«

»Dann hast du ja offenbar doch schon ein Bild von der Faktenlage. Die Dame war nicht ohne, weshalb wir eine ganze Reihe von Verdächtigen haben, die unser Mordopfer vom Leben zum Tod befördern wollten.«

»Das ist gut. Sehr gut sogar. Selahattin war es nämlich nicht.«

»Ich muss dich enttäuschen, *Miss Marple*, der junge Syrer gehört noch immer zum Kreis der möglichen Täter. Erinnere dich, er war am Tatort und sitzt deshalb in München in Untersuchungshaft. Auch wegen der Fluchtgefahr.«

»Fluchtgefahr?« Gerti sprang auf. »Der Sela ist zu uns geflüchtet vor Krieg, Mord und Zerstörung. Wohin bitte sollte der fliehen?«

Der pensionierte Kommissar versuchte sie zu beruhigen. »Bei Ausländern unterstellt der Gesetzgeber immer eine Fluchtgefahr.«

Sie wollte protestieren, aber er fiel ihr ins Wort: »Bleiben wir mal unvoreingenommen. Auch wenn´s dir schwerfällt. Vorhin im Café am Hauptplatz hat mir Sabine einiges erzählt.

»Sabine? Ich dachte, du triffst dich mit dem jungen Polizisten.«

Da schwang tatsächlich erneut dieser scharfzüngige Unterton mit. Ohne auf ihren Einwurf einzugehen, gab er in kurzen knappen Sätzen wieder, was ihm vorher Sabine ohne Hund mit deutlich mehr Worten getratscht hatte.

Bei der Erwähnung von Tobias Kluge unterbrach sie ihn, und legte die Stirn in nachdenkliche Falten. »Ist das nicht der Musiklehrer, der an der Musikschule Saxophonunterricht gibt?«

»Kennst du den?«

»Nicht persönlich. Nur von seinen Konzerten. Er spielt in einem Bläserensemble mit, das morgen auch die Christmette in der Heilig-Kreuz-Kirche gestaltet.«

»Die Schleich hat das Gerücht verbreitet, dass er schwul ist. Angeblich vergreift er sich auch an seinen Privatschülern, die er zusätzlich zu Hause unterrichtet. Und das ist mittlerweile wohl auch der Stadt zu Ohren gekommen.«

Gertrud war fassungslos. »Wenn das stimmt, kostet ihn das seine Existenz. Ganz abgesehen von der Rufschädigung. Etwas bleibt immer hängen, selbst wenn es sich als unwahr herausstellt. Was ich persönlich glaube. Aber deshalb jemanden umbringen?«

»Das wäre ein starkes Motiv. Es wurden Menschen schon für weit weniger umgebracht.« Der ehemalige Kommissar wusste, wovon er sprach.

Gertrud nahm ihm die Tasse aus der Hand. »Ich hol dir noch einen Punsch. Kannst du bitte schon mal die Lichterkette anbringen.« Sie deutete auf die Schachtel neben der Couch.

Leise seufzend stand Martin auf. Während er Kerze um Kerze an den Weihnachtsbaum drapierte, sah Gertrud ihm ungewohnt schweigend zu.

»Und?« Nachdem er die letzte Kerze befestigt hatte, wandte er sich Beifall heischend Gertrud zu.

»Wie machen wir jetzt weiter?«

Das war nicht die Antwort, die er erhofft hatte. »Also als nächstes die Kugeln ...«

»Ich meine nicht den Baum, sondern was wir tun können, um die Unschuld von Sela zu beweisen?« Ratlos hob sie die Schultern.

Martin war überfordert, denn so kannte er Gertrud nicht. Sie war bisher diejenige gewesen, die für alles eine Lösung hatte und immer die Ruhe selbst. Jetzt wirkte sie seltsam verloren, als sie vor ihm stand.

»Weißt du was? Wir gehen morgen zusammen in die Christmette in die Heilig-Kreuz-Kirche und schauen uns diesen Tobias mal an.« Er hielt kurz inne. »Und anschließend essen wir bei mir zu Abend.« Der zweite Satz war ihm so rausgerutscht. Kleine Schweißperlen bildeten sich in seinem Nacken. Unsicher sah er Gertrud an.

Sie lächelte. Das erste Mal an diesem Abend. »Das ist eine gute Idee. Ich hole dich um fünf ab.« Sie deutete auf den Baum. »Den Rest mache ich morgen Vormittag. Ich werde auch einen Brief an Selahattin schreiben, und einen ehemaligen Nachbarn anrufen, der Justizbeamter in der JVA Landsberg ist. Der kann mir sicher sagen, ob und wann ich Sela in Stadelheim besuchen darf.«

Martin bezweifelte insgeheim, ob dieser begeistert war, wenn Gertrud an Heilig Abend solche Fragen stellte. Er sagte aber nichts, und war froh, dass sie ihren Elan wiedergefunden hatte.

»Magst du noch einen Hexenpunsch?« Sie zwinkerte ihm zu und deutete auf die leere Tasse.

»Nein danke. Ich muss jetzt los.« Als er in die Küche ging, um Hexle zu holen, die unter dem Tisch leicht schnarchte, schwankte er ein wenig. Dieses Teufelsgebräu hatte es wirklich in sich. Heute Nacht würde er gut schlafen.

Auch Gertrud schlief tief und traumlos. Die gesichtslosen Schatten der Nacht, die gestern ihre langen Finger nach ihr ausgestreckt hatten, suchten sie heute nicht heim.

Sie lagen aber auf der Lauer, wie ein unsichtbarer Feind. Bereit zum Angriff, wenn man diesen am wenigsten erwartet.

Kapitel 11

»Danke, Roman. Du hast mir sehr geholfen.« Gertrud beendete das Telefongespräch mit ihrem ehemaligen Nachbarn aus Erpfting. Entmutigt starrte sie auf die Notizen, die vor ihr lagen. Neben dem Stichwort *Briefkontrolle* hatte sie drei Ausrufezeichen gesetzt. Das hatte sie sich einfacher vorgestellt. Der Brief an Sela wurde zuerst vom Haftrichter oder dem Staatsanwalt gelesen. Dagegen hatte sie nichts, aber unter diesen Voraussetzungen konnte es mehrere Wochen dauern, bis Sela ihre Nachricht in Händen hielt. Ähnlich verhielt es sich mit dem Besuchsrecht. Sie mochte sich gar nicht ausmalen, wie es ihm ging, so ganz ohne Kontakt zu seinem bisherigen Lebensumfeld. Sie schob die Lesebrille zurück und rieb sich die Augen. Nach den Feiertagen würde sie den Pflichtverteidiger Rainer Bauer anrufen. In seinen Unterlagen war sie als Kontaktperson von Selahattin Barzani vermerkt. Vielleicht konnte der Anwalt das Prozedere beschleunigen. Erleichtert über die neue Perspektive gingen ihr die Zeilen für ihren Schützling dann schnell von der Hand.

Mit einem dicken Magneten hing sie den Brief als Erinnerung für den Anruf an den Kühlschrank. Dabei flatterte ein gelber Klebezettel zu Boden. VERABSCHIEDUNG! Das durfte sie auch nicht vergessen. Im Sommer wurde die Rektorin von der Grundschule am Spitalplatz verabschiedet. Gertrud war für die Einladungen an die Ehemaligen der Schule zuständig. Den Entwurf hierzu würde sie nach Neujahr machen. Sie kreiste ihre Schultern, die sich verspannt anfühlten. Obwohl sie die letzte Nacht wesentlich besser geschlafen hatte, fühlte sie sich zwischendurch seltsam antriebslos. So, als hätte sie eine angezogene Handbremse in sich, die sich nicht lösen ließ. Sie ahnte nicht, dass die kommenden Ereignisse ihre Schatten bereits vorauswarfen.

Warum nur hatte er gestern vorgeschlagen, den Heiligen Abend gemeinsam zu feiern. Da war bestimmt der *Hexenpunsch* schuld, den sie ihm dauernd nachgeschenkt hatte. Nicht nur, dass ihn die Entscheidung heute aus seiner selbst gewählten Einsamkeit riss, er hatte sich auch in das Einkaufsgewühl eines 24. Dezembers stürzen müssen. Die bereits besorgten Wiener mit Sauerkraut fand er nicht ganz so passend.

Während Martin Viertaler diese Gedanken durch den Kopf gingen, rückte er in der Schlange bei seinem Lieblingsmetzger wieder ein Stückchen weiter. Auf einmal schob sich doch tatsächlich von hinten eine ältere Dame an der langen Reihe vorbei. Noch bevor Viertaler etwas sagen konnte, wurde sie von den anderen Wartenden mit unweihnachtlichen Worten ausgebremst. Erschrocken drehte er den Kopf – Sabine ohne Hund! Hoffentlich hatte sie ihn nicht gesehen! Doch die war so mit ihrer Empörung beschäftigt, dass sie ihn gar nicht bemerkte, als sie an ihm vorbeirauschte. Martin hörte sie nur noch murmeln: »Ich hätte sowieso nur zwei Rouladen gebraucht«, bevor sie mit hochrotem Kopf die Metzgerei verließ. Endlich war er an der Reihe. Mit einer Fleischpfanne, fertigen Spätzle und dem Blaukraut aus der Rolle trat er den Heimweg an. Das würde seine Kochkünste nicht überstrapazieren. Und als

Nachspeise lag im Gefrierfach ein weihnachtliches Zimteis bereit.

Die Uhr der Stadtpfarrkirche schlug zwölf. Da blieb noch genug Zeit für Mittagsschlaf und eine große Runde mit dem Hund, bevor Gertrud kam. Eigentlich wollte er sich den Tatort in der Teufelsküche noch einmal anschauen. Das könnte er gleich mit dem Gassi gehen verbinden. Diesen Gedanken verwarf er jedoch, als er nach seinem *kurzen* Nickerchen drei Stunden später auf die Uhr sah. Die Teufelsküche musste warten. Er ließ Hexle in den Garten und begann mit den Vorbereitungen für das Essen. Als Gertrud um 17:00 Uhr klingelte, stand Martin frisch geduscht und zufrieden in der kleinen Wohnküche und betrachtete den gedeckten Tisch mit den Weihnachtsservietten. Ein Relikt aus einer Zeit, als ihm dieses Fest noch mehr bedeutet hatte.

Sie wählten den Weg durch die Altstadt von Landsberg und nicht den Treppenaufgang gleich direkt zur Neuen Bergstraße. Eine besondere Ruhe hatte sich auf dem Hauptplatz mit dem großen, hell erleuchteten Christbaum ausgebreitet. Kein Vergleich zu dem hektischen Durcheinander fünf Stunden vorher. Vereinzelt spazierten noch Familien mit Kindern, die aufgeregt hüpften, als würde dadurch die Zeit bis zur Bescherung schneller vergehen. Aber es waren auch Menschen unterwegs, die vor der Einsamkeit in ihrem Zuhause an diesem besonderen Abend flüchteten, wohl wissend, dass sie diese über kurz oder lang einholen würde.

Martin fragte sich, was Gertrud sonst an diesem Abend gemacht hätte. So ganz allein. Er wusste es nicht, und fast schämte er sich dafür. Wollte er es eigentlich wissen? Er musterte sie unauffällig von der Seite. Sie wirkte in sich gekehrt. Ihr gemeinsamer Weg war bis auf belanglose Phrasen recht einsilbig verlaufen. Die Malterstiege bot sich dann durch den steilen Anstieg auch nicht mehr für eine Unterhaltung an. Oben angekommen hielt ihr Viertaler etwas außer Atem das schwere Portal auf und wäre am liebsten auf dem Absatz umgedreht. Die Jesuitenkirche auf der Anhöhe über der Altstadt war bereits um halb sechs bis auf den letzten Platz besetzt. Während er sich suchend umsah, fasste ihn Gertrud am Ärmel und zog ihn zu einem der Seitenaltäre. Dort gab es noch zwei Stehplätze. Prima, so hatte er sich das nicht vorgestellt.

Er ließ die Augen über die Menge schweifen. Einige bekannte Gesichter, die ihm zunickten und Gertrud an seiner Seite neugierig musterten. Er rutschte etwas weiter von ihr weg, was in dem dichten Gedränge nicht einfach war. Noch dreissig Minuten bis der Gottesdienst begann, und seine Lendenwirbelsäule tat ihm jetzt schon weh. Sein Blick wanderte über den Altarraum hoch zur Decke, wo das Kreuz mit der Aufschrift *In hoc Vince* thronte. Erinnerungen an vergangene Kindermetten tauchten auf; ein Ritual, das sie lange gepflegt hatten. Zweimal hatte Anna sogar beim Krippenspiel mitmachen dürfen, einmal als Hirte und einmal als Schaf. Fasziniert hatte sie am Schluss immer das Kreuz betrachtet, das sich ihr zuwandte, egal, von welcher Seite sie es anschaute. Es kam ihm vor, als wäre es gestern gewesen. Er spürte, wie sein Hals eng wurde.

Vertraute weihnachtliche Klänge auf der Orgel holten ihn in die Gegenwart zurück. Gertrud hielt ihm das Gesangbuch hin. Demonstrativ schüttelte er den Kopf. Singen würde er bestimmt nicht. Mit einladenden Worten begrüßte der Pfarrer anschließend auch die Besucher, die nur an Weihnachten, den Weg in die Kirche fanden. Dazu gehörte er auch, obwohl er als Kind und Jugendlicher Ministrant war. Irgendwann hatte er die Kirche infrage gestellt – ihre bildlich in Stein gehauenen Lehrmeinungen. Daraufhin hatte er sich mehr und mehr von ihr entfernt. Ihre Verstrickungen in der Geschichte und ihre Darstellung in der Gegenwart hatten es ihm leicht gemacht. Vielleicht hatte er es sich auch selbst zu leicht gemacht. Den letzten Schritt des Austritts als logische Konsequenz war er nicht gegangen. Auch mit Rücksicht auf Franziska. Ihr war es wichtig gewesen, dass Anna religiös erzogen wurde. Das hatte er immer unterstützt, obwohl sich Franziska selbst nicht als religiösen, wohl aber als gläubigen Menschen sah. Den Unterschied hatte er nie ganz verstanden. Bis zu ihrem Tod. Er hatte damals das Fenster geöffnet, *dass ihre Seele nach Hause gehen konnte*. So hatte sie es ausgedrückt. Und für den Wimpernschlag eines Augenblicks wusste er, dass alles gut war.

Gertrud stupste ihn an. Nur mühsam gelang es ihm, sich auf das Jetzt zu konzentrieren. Auf der Empore ertönten die Klänge eines Bläserensembles. Deshalb waren sie doch hier! Sie wollten sich diesen Tobias anschauen. Umso größer war ihre Enttäuschung, als sich der Pfarrer bei dem Ensemble bedankte, das nicht in der vollen Besetzung gespielt hatte. Herr Kluge war kurzfristig erkrankt. Viertaler zog fragend die Schultern hoch und schaute zu Gertrud. Die schüttelte den Kopf. Es schien, als hätte sich der Kreis der Verdächtigen gerade erweitert.

Die angelehnte Haustür fiel ins Schloß. Das war Gertrud, die noch etwas aus ihrer Wohnung holen wollte. Das Essen war fertig und vertrug kein Warmhalten mehr.

»Hier, das ist für dich.« Sie hielt ihm einen kleinen geschmückten Mini-Weihnachtsbaum in einem Holzständer hin. In der anderen Hand ein Geschenk, eingewickelt in rotes Papier mit goldenen Sternen.

Mist, jetzt wusste er, was er vergessen hatte. Er fühlte, wie eine leichte Röte in sein Gesicht kroch.

»Ich hab aber gar nichts für dich«, stammelte er.

»Das musst du auch nicht. Darin«, und sie deutete mit dem Kopf auf das Päckchen, »ist nur eine Kleinigkeit. Und mit dem Bäumchen hast du auch etwas Weihnachtliches. Bis auf die Servietten kann ich hier sonst nichts entdecken.«

Viertaler suchte nach Worten und brummte: »Danke. Stell ihn einfach ins Wohnzimmer neben die Couch. Und jetzt lass uns essen, sonst wird es kalt.«

Damit hoffte er, die für ihn etwas peinliche Stimmung zu übergehen. Er holte die Pfanne vom Herd und stellte sie auf den Tisch. Spätzle und Blaukraut füllte er in Schüsseln um. Das hatte Franziska auch immer so gehandhabt.

Gertrud nickte anerkennend. »Da hast du dir ja viel Arbeit gemacht, Martin. Bratwürste und Sauerkraut hätten es auch getan – mein Standardessen an Heilig Abend. Aber eine Filetpfanne ist nicht zu verachten.« Sie nahm ihm den Schöpfer aus der Hand und füllte seinen Teller, bevor sie ihren auftat. Dann hob sie ihr Weinglas und prostete ihm zu. »Frohe Weihnachten. Martin.«

Gertrud saß kaum, als sie das Gespräch auf den fehlenden Tobias brachte. »Das war schon komisch, dass der heuer mit seinem Saxophon nicht in der Kirche mitgespielt hat. Wo er doch sonst jedes Jahr dabei war. Oder was meinst du?«

»Das muss aber noch lange nichts heißen«, entgegnete Martin. «Du hast doch gehört, dass der Pfarrer gesagt hat, er sei kurzfristig erkrankt.«

»Kurzfristig erkrankt! Soll er hingehen und sich entschuldigen, weil er jemanden umgebracht und dann auch noch *postmortal* den Kopf abgeschnitten hat.« Gerti wurde mit jedem Wort lauter.Martin hörte ihr staunend zu. »Woher weißt du denn, was eine *postmortale* Leichenzerstückelung ist?«

»Du hast doch selbst erzählt, dass fast kein Blut zu sehen war. Und da hab ich einfach mal meine Nichte über Facebook angeschrieben. Die studiert nämlich Medizin. Und die hat mir das genau erklärt.«

Viertaler war beeindruckt und schwieg.

»An dem Tobias müssen wir dranbleiben. Ich spüre das. Und ich weiß auch schon wie. Ich frage nach den Feiertagen meine Kollegin. Ihre Tochter hat bei ihm Saxophonunterricht. Vielleicht weiß die etwas.«

Sie stand auf und begann die Teller zusammenzustellen. »Ich räume das Geschirr in die Spülmaschine, und du kannst währenddessen dein Geschenk auspacken. Bin gespannt, ob es dir gefällt.«

Martin Viertaler stöhnte unhörbar, denn Gertrud überforderte ihn. Fast widerstrebend nahm er das Päckchen und löste den Tesafilm.

Was er sah, machte ihn sprachlos.

Kapitel 12

Donnerstag, 24. Dezember 2015

Petra Schleich saß in ihrem Wohnzimmer und starrte die IKEA-Schrankwand an. Im Hintergrund lief eine der üblichen Uraltschnulzen im Fernsehen. Die Identifizierung ihrer toten Mutter gestern lag ihr noch immer im Magen. Auf dem vor ihr stehenden Teller fanden sich angetrocknete Senfreste und halb gegessene Bratwürste; ein hilfloser Versuch, etwas wie ein Weihnachtsgefühl zu erzeugen. Der Geruch von Bratenfett hing noch immer in der Luft. Rote, würzige Würste mit Kartoffelsalat gab es stets an Heilig Abend, laut ihrer Mutter seit Generationen das Traditionsgericht in der Familie.

Ihre Mutter: Wenn sie die Augen schloss, sah sie ständig das wächserne Gesicht mit den schmalen Lippen vor sich. Alles Leben war aus dem toten Körper ihrer Mutter verschwunden und mit ihm ihre Seele. Mit all den Schattenseiten, die sie als Mensch ausgemacht hatten. Neben dem Teller lag die erste Beileidskarte, die sie heute Mittag aus dem Briefkasten geholt hatte. Die Absenderin kannte sie kaum – eine Frau aus dem Hinteranger. Die Weisheit des muslimischen Gelehrten Khalil Gibran auf der Karte hatte sie in ihrer Einfachheit mit der Wucht einer Sturmböe getroffen: *Und seit jeher war es so, dass die Liebe erst in der Stunde der Trennung ihre eigene Tiefe erkennt.* Die Wahrheit dahinter spiegelte ihre eigenen Empfindungen wider.

Als sie vor einem Jahr zusammen mit Julian nach Landsberg gezogen war, hatte sie gehofft, dass sich das angespannte Verhältnis zu ihrer Mutter verbessern würde.

Doch das Gegenteil war der Fall gewesen. Nicht nur, dass Helga Schleich gegen ihre neue Stelle bei Stahlbau Haschka opponiert hatte, sie ließ auch kein gutes Haar an ihrem Freund. Das ging so weit, dass Julian vor ein paar Wochen ausgezogen war. Er hatte sich mehr Rückhalt von Petra erwartet. Diesen Vorwurf hatte sie bis zu seinem Auszug ausgeblendet. Schatten des Zweifels hatten sich mehr und mehr in ihr Bewusstsein gefressen. Der Versuch eines klärenden Gesprächs mit ihrer Mutter am letzten Sonntag hatte in einem entsetzlichen Streit geendet. Petra war sich danach sicher, dass sie nie wieder mit ihr sprechen würde. Dass das nun zur unumkehrbaren Wahrheit geworden war, machte ihr schwer zu schaffen. Jetzt, wo ihre Mutter nicht mehr da war, merkte sie erst, wie sehr sie ihr trotz allem fehlte. Am Fest der Liebe war sie nun eine Vollwaise, da ihr Vater schon vor Jahren verstorben war.

Noch nicht einmal ihre große Liebe, Julian, war ihr geblieben. Auch hier spürte sie, wie der Spruch des islamischen Gelehrten die Wahrheit in den Schatten zeigte. Sie blickte sich um. Ein einsamer Haken an der Wand zu ihrer Linken verriet, dass dort früher ein Foto gehangen hatte. Julian hatte die Aufnahme aus dem gemeinsamen Urlaub an der *Costa del Sol* in Spanien bei seinem Auszug mitgenommen. Die trostlose Leerstelle verstärkte das Gefühl des Alleinseins. Sie vermisste sogar das alberne FC-Bayern-Fähnlein, das auf Knopfdruck die Hymne von Julians Lieblingsverein abspielte.

Sie stand auf und öffnete das Fenster. In der Ferne läuteten die Glocken der Kirche St. Katharina, und mit einem Mal traten ihr Tränen in die Augen. Sie musste mit jemandem reden. Doch ihre Freundinnen waren entweder zu ihren Eltern oder Verwandten gefahren, oder aber sie feierten mit ihren eigenen Familien im engsten Kreis. Da war sie eine Fremde und fehl am Platz. Sie holte ihr Mobiltelefon aus ihrer Handtasche und wählte instinktiv eine vertraute Nummer. »Julian?«

Schweigen in der Leitung.

»Julian, bist du das? Ich bin´s, Petra.«

»Hallo Petra. Lange nichts von dir gehört. Was verschafft mir die Ehre deines Anrufs?«

An seiner Stimme erkannte sie, dass er getrunken haben musste. »Sie ist tot, Julian.«

»Tot?« Eine längere Pause entstand. »Du meinst deine Mutter?«

»Du hast es also schon gehört?«

»Es war in der gesamten Stadt zu hören. Kann nicht behaupten, dass es mir leidtut. Nach allem, was passiert ist.«

»Aber sie war trotz allem meine Mutter!«, erwiderte Petra Schleich. »Bei allem, was zwischen uns vorgefallen ist, war sie immer noch meine Mutter.«

»Das mag schon sein. Aber sie hat mir das Leben zur Hölle gemacht, schon vergessen? Weißt du nicht mehr, wie sie mich bei all unseren Freunden verleumdet hat? Ich sei ein Erbschleicher. Hätte es auf euren Friseursalon abgesehen. Dabei war sie nur eifersüchtig auf mich. Weil du mehr Zeit mit mir, als mit ihr verbracht hast.«

»Ich weiß, das war nicht richtig von ihr.«

»Aber dennoch hast du dich nie ganz auf meine Seite gestellt. Ich hatte ständig das Gefühl, dass ich gegen euch beide ankämpfen muss. Ich konnte einfach nicht mehr. Was glaubst du, warum ich bei Ulli wohne? Meinst du, es macht mir Spaß auf der Ausziehcouch?«

Petra Schleichs Hand, die das Handy hielt, zitterte. »Ich wollte dir lediglich mitteilen, dass sie ... dass sie nicht mehr lebt. Dass du das gleich zur Abrechnung nutzen willst, trifft mich schon.« Sie nahm die andere Hand zu Hilfe, um das Zittern zu unterdrücken.

Julian ging nicht auf ihren Einwurf ein. Der Alkohol ließ ihn nur noch um sich selbst kreisen. Petra gelang es nicht, ihn in seinem Redeschwall zu unterbrechen. Jeder Versuch einer vernünftigen Argumentation ging im Selbstmitleid Julians unter. Ein kurzes Glockenzeichen auf dem Mobiltelefon schreckte sie auf. Sie starrte auf das Display. Eine SMS-Nachricht von ihrem Chef war eingegangen.

»Petra? Bist du noch da?«

»Ja – ich bin noch da.«

»Ich dachte, die Verbindung wäre unterbrochen. Wie dem auch sei, du verstehst sicher, dass ich mir nicht die Augen aus dem Kopf weine. Sorry!«

»Dann hat unser Gespräch keinen Sinn mehr.« Sie beendete das Telefonat, ohne sich von ihm zu verabschieden.

Sie holte die eingegangene Kurznachricht auf das Display. HALLO PETRA, WIE GEHT ES DIR? WENN DU IN DIESER SCHWEREN ZEIT ETWAS BRAUCHST, MELDE DICH EINFACH. ICH BIN IMMER FÜR DICH DA.

Wieder traten ihr Tränen in die Augen. Ernst war ihr gegenüber immer so fürsorglich, und in diesem Augenblick traf er den richtigen Ton. Mit einem Mal erschien ihr Julian unreif und beziehungsunfähig. Waren die letzten fünf Jahre mit ihm ein Trugschluss? Zu Beginn ihres zweiten Studienjahres an der Uni München war er ihr bei einer Semester-Opening-Party aufgefallen. Mit seinen blauen Augen, braungebrannt und den schulterlangen, blonden Haaren wirkte er ungemein attraktiv auf sie. Während ihres gemeinsamen Studentenlebens war alles eitel Sonnenschein gewesen. Bis auf den üblichen Alltagskram, wer beispielsweise mit Putzen dran war. Die ersten Schwierigkeiten waren aufgetaucht, als beide von den Herausforderungen des Berufslebens eingeholt wurden. Die gemeinsame Zeit wurde weniger, die Spannungen nahmen zu. Der Umzug nach Landsberg, mit ihrem Stellenwechsel in eine weniger aufreibende Position, sollte ihre Beziehung retten. Das schien anfangs auch zu funktionieren. Julian hatte sogar vom Heiraten gesprochen. Bis ihre Mutter dazwischenfunkte.

Sie sah wieder auf das Telefondisplay und las erneut die SMS ihres Chefs. Es waren nur ein paar Worte, trotzdem fühlten sie sich gut an. Ihm traute sie zu, dass er jedwede Schwierigkeit meistern konnte. Wenn sie darüber nachdachte, war Ernst Haschka das komplette Gegenteil zu ihrem Ex-Freund. Er strahlte Erfahrung aus, was sich nicht nur an seinen ergrauenden Schläfen festmachen ließ. Sie hatte auch das Gefühl, dass er an ihr interessiert ist. Besonders, seit er mitbekommen hatte, dass sie wieder solo war. Sie setzte sich auf ihre Wohnzimmercouch, überlegte kurz und schrieb eine Antwort: LIEBER ERNST, ICH DANKE DIR VON HERZEN FÜR DEINE EINFÜHLSAMEN WORTE. GERADE AN WEIHNACHTEN TUN SIE MIR DOPPELT GUT. ICH WÜNSCHE DIR EIN FROHES FEST. Sie las den Text mehrmals durch, bevor sie ihn abschickte.

Gerade wollte sie das Mobiltelefon weglegen, als der Piepton den Eingang einer neuen Nachricht verkündete. Ihr Herz tat einen Hüpfer. Aufgeregt las sie: LUST AUF

EINEN PUNSCH BEI MIR? WEIHNACHTEN ZU ZWEIT IST BESSER ALS ALLEINE.

Sie zögerte. Insgeheim war das die Antwort, die sie von Julian erhofft hatte. Aber wollte sie jetzt den Weihnachtsabend wirklich mit Ernst verbringen. Zweifel huschten über das hübsche Gesicht mit den großen dunklen Augen. Sie antwortete: BIN GERÄDERT – SEHEN UNS AM MONTAG BEI INVENTUR – KÖNNEN DANN GERNE EIN GEMEINSAMES ESSEN AUSMACHEN.

Dieses Mal dauerte die Antwort beinahe zehn Minuten. Selbstzweifel nagten sofort an ihrem zerbrechlichen Selbstbewusstsein. Hätte sie doch *Ja* sagen sollen, fragte sie sich. Ein Mann wie Ernst vertrug schlecht einen Korb. Bange Augenblicke vergingen, bevor sie der bekannte Piepton erlöste: PASST! BIS MONTAG.

Kapitel 13

Freitag, 25. Dezember 2015

Es war warm; zu warm für einen ersten Weihnachtsfeiertag. Die Sonne strahlte von einem wolkenlosen Himmel. Am Abend würden sie in den Fernsehnachrichten Bilder von Menschen in Biergärten und Straßencafés zeigen. Waren das die ersten Vorboten der Klimaveränderung?

Daran dachte Viertaler in diesem Moment nicht. Er sass im Strandkorb auf seiner kleinen Terrasse, trank Kaffee, und beobachtete, wie unterhalb seines Gartens Spaziergänger vorbeischlenderten. Meistens waren es Touristen, die über die verwinkelten Gassen des Seelbergs den Weg zum Wildpark suchten. Im Sommer kamen dann ganze Stadtführungen, die in dem ehemaligen Beginenviertel das Mittelalter atmen wollten. Mit seiner Frau hatte er sich deshalb schon vor Jahren einen Strandkorb zugelegt. Da saß man nicht nur windgeschützt, sondern war auch vor neugierigen Blicken verborgen.

Er war seltsam aufgekratzt. Nicht nur die Ermittlungen um die kopflose Leiche spukten in seinem Kopf herum. Auch das gestrige Abendessen mit Gertrud beschäftigte ihn zusehends. Sie war heute Morgen für zwei Tage zu ihrer Schwester nach Regensburg gefahren. Er war froh darüber. Nach so viel weiblicher Nähe kam ihm die Pause wie gerufen. Obwohl er zugeben musste, dass ihre Gedanken zu dem gemeinsamen Mordfall hilfreich waren.

Aber was dachte er da – es war nicht *ihr* Fall. Das hatte ihm das G´scheithaferl aus Fürstenfeldbruck deutlich zu verstehen gegeben. Und genau genommen hatte er recht, obwohl er die ziellose Dynamik seines Nachfolgers nicht als hilfreich empfand. Er war jetzt seit Anfang Oktober durch das Abfeiern von Überstunden und seinem Resturlaub zu Hause. Offiziell pensioniert ab 01.12. und somit außer Dienst.

Die Frage, ob er seinen Beruf vermisst, hatte er sich bisher nicht gestellt. Er wusste nur, dass es ihm ihn den letzten Jahren immer weniger gelungen war, die Bilder und Eindrücke von Gewaltverbrechen aus dem Kopf zu verdrängen, und sie als das zu behandeln, was sie waren: Teil seiner Arbeit, die ihn trotz Tod und Gewalt lange erfüllt hatte. Was ihm aber fehlte, war die Routine des Arbeitsalltags. Sie hatte ihm geholfen, die Zeit nach dem Tod von Franziska durchzustehen. Mit ihrem Tod hatte er auch die Pläne beerdigt, die sie für die Zeit nach der Pensionierung geschmiedet hatten. Sie wollten reisen, das Häuschen renovieren und den Garten neu gestalten – eine neue Routine in einem neuen Leben im Ruhestand finden.

Gedankenverloren blätterte er in dem Buch, das auf seinem Schoß lag. *Sagen und Legenden zwischen Lech und Ammersee.* Gertrud hatte es ihm geliehen – eigentlich aufgedrängt. Sie war immer noch überzeugt, dass das Motiv in der Sagenwelt zu finden war. Dafür sprach das Auffinden der Leiche an einem so verwunschenen Ort wie der Teufelsküche. Er konnte sich aber beim besten Willen nicht vorstellen, was Feidlnandl, Hojemännlein, Goggolori und Co mit dem Tod der *Wandelnden Bildzeitung* tun haben könnten.

»Servus Viertaler! G´niaßt de Sunn?« Michi Haas begrüßte den pensionierten Kommissar in seinem urwüchsigen oberbayerischen Dialekt. Er stand auf der Treppe zum Haus und winkte ihm zu.

»Hallo Michi. Schön dich zu sehen. Warte, ich mache dir auf«, freute er sich. Endlich jemand mit dem man sich vernünftig und ohne esoterischen Beigeschmack unterhalten konnte. »Lass die Schuhe an und komm gleich durch. Ich hol dir noch schnell einen Kaffee.«

Michi Haas ging die Treppe hinunter, die zur Küche und zu dem kleinen Wohnzimmer mit der angrenzenden Terrasse am Hang führte. Er setzte sich auf den Klappstuhl, der gegenüber dem Strandkorb stand. Martin kam mit einer Tasse und einem Teller, auf dem Schokoladen-Lebkuchen lagen.

»Der Kaffee ist noch warm und die Lebkuchen frisch gekauft.«

Michi schmunzelte. »Dachte schon, du hättest die selbst gebacken, was ich mir aber ehrlich gesagt nicht vorstellen kann. Ich wollte dich fragen, ob du Lust auf einen Spaziergang in die Teufelsküche hast. Es ist heute richtig warm, und Hexle hat bestimmt nichts dagegen.« Er deutete mit dem Kopf auf den Hund, der auf einer Decke neben dem Strandkorb lag.

»Bist du privat oder dienstlich hier?« Viertaler zog neugierig eine Augenbraue hoch.

Haas schmunzelte. »Du alter Fuchs! Ich bin nicht in die Soko aufgenommen worden, wenn du das meinst. Obwohl ich die Tote identifiziert habe. Der Herr Bayerl ist der Meinung, dass er die Unterstützung der Kollegen vor Ort nicht braucht. Für ihn steht der Täter fest. Aber ohne meinen *Kommissar Zufall* würde das G´scheithaferl noch Wochen mit der Identifizierung zubringen.«

»Trotzdem plauderst du ja keine Dienstgeheimnisse aus, wie ich dich kenne?«

»Aber was ich als Privatmann höre, könnten wir bei einem Spaziergang austauschen, oder?« Er zwinkerte verschwörerisch mit seinem rechten Auge.

»Ich wollte dich auch schon anrufen«, erklärte Viertaler. »Gertrud Maier und ich haben auch einiges herausgefunden. Ganz privat, natürlich. Wollte aber am Feiertag nicht stören.«

»Das hättest du nicht. Ich bin kein Fan von *stille Nacht, heilige Nacht.* Bin nur etwas spät ins Bett gekommen gestern Abend.« Dabei grinste er wieder. »Der Absacker in der *SonderBar* war dafür aber sehr informativ.«

»Ich hol mir nur meinen Parka und die Leine, dann können wir los.«

Als hätte Hexle das Wort *Leine* verstanden, sprang sie auf und rannte mit ihrem Herrchen ins Haus. Michi folgte und wartete im Wohnzimmer, bis Viertaler sich angezogen hatte. Dabei fiel sein Blick auf eine Karte auf dem Wohnzimmertisch. »Wow, ich wusste gar nicht, dass du dich für das Räuchern in den Raunächten interessierst.«

»Interessiert mich auch nicht. Das ist ein Geschenk-Gutschein über einen Räucherkurs am 3. Januar von meiner Bekannten. Da kann ich schlecht *Nein* sagen.«

»Vielleicht ist es ganz interessant. Und so ein Nachmittag in weiblicher Begleitung ist doch auch nicht zu verachten.«

Viertaler zuckte als Antwort mit den Schultern. Er wollte jetzt nicht über die Vorzüge von weiblicher Gesellschaft im Allgemeinen und im Besonderen reden. Vielmehr interessierte ihn, was Michi alles herausgefunden hatte.

Auf die Idee, in die Teufelsküche zu gehen, waren noch mehr gekommen. Ganze Heerscharen drängten sich im Wildpark. Besonders Familien mit Kindern, die ihre neuen Puppen, Stofftiere, Roller und Laufräder ausführten. Viertaler nahm Hexle eng an die Leine. Sie beschlossen, direkt am Lech Richtung Pitzling zu gehen. Wenn sie die Tiergehege ausließen, waren sie ungestörter.

Als sie die Abzweigung erreichten, sagte Michi: »Dass das Opfer eine Tochter hat, weißt du ja schon.«

Viertaler nickte.

»Sie heißt Petra Schleich, ist 28 Jahre jung und arbeitet seit kurzem als Assistentin des Geschäftsführers in der Stahlbaufirma Haschka.«

Viertaler blieb stehen. »Sagtest du Haschka?«

»Ja. Kennst du ihn?«

»Gott sei Dank nicht mehr. Aber erzähl weiter.«

Michael Haas spürte, dass seinem Ex-Kollegen der Name Haschka unangenehm war, bohrte aber nicht nach. »Also, ich habe gestern in der *SonderBar* den Julian Lechner getroffen. Das ist der Ex von Petra Schleich. Der hat sich ordentlich die Kante gegeben, sein Redefluß war kaum zu stoppen. Anfang November ist er nach fünf Jahren Beziehung aus der gemeinsamen Wohnung im Englischen Garten ausgezogen und ist seitdem bei einem Kumpel untergekommen, was ihm überhaupt nicht taugt. Aber er hat angeblich noch nicht den Nerv, sich eine neue Wohnung zu suchen. Sein Job als Produktmanager fordert ihn gerade, da bleibt keine Zeit dafür. Das Beste aber – die beiden haben sich getrennt, weil ....«

Er machte eine kunstvolle Pause.

»Jetzt mach es nicht so spannend.«

»... weil die Mama von der Petra Schleich dauernd Stress machte. Sie hat alles versucht, die beiden auseinanderzubringen. Das ging sogar so weit, dass sie in seiner Firma angerufen und den Julian denunziert hat. Du kannst dir vorstellen, was da los war. Er konnte das zwar aufklären, aber ein blöder Geschmack bleibt immer.«

Viertaler pfiff leise durch die Zähne. »Das nenne ich mal ein Mordmotiv! Dass das Mutter-Tochter-Verhältnis nicht so gut war, wusste ich schon, aber dass es solche Auswirkungen hatte, ist mir neu.«

»Und ich glaube, dass der sich noch keine Wohnung gesucht hat, weil er immer noch hofft, wieder bei Petra zu landen. Und die Schwiegermutter steht jetzt nicht mehr im Weg.«

»Würdest du ihm einen Mord zutrauen?« Der pensionierte Kommissar wiegte den Kopf.

»Was heißt zutrauen? Du weißt, wie viele Gewaltverbrechen aus dem Affekt heraus geschehen. Und genug Wut hatte sich bei ihm aufgestaut.«

»Wut und ein Stoß oder ein Schlag sind das eine, jemandem den Kopf abzuschneiden etwas ganz anderes. Das hat selbst mit normaler krimineller Energie nichts zu tun. Wenn man in diesem Zusammenhang von normal überhaupt reden kann. Aber du hast natürlich recht. Wir können in keinen Menschen reinschauen. Und was da manchmal vor sich geht und auch welche Verletzungen und Traumata vorhanden sind, die zu so einem Exzess führen, können wir höchstens erahnen.«

In Gedanken versunken gingen sie weiter. Sie hatten keine Augen für die Schönheit der Landschaft. Zu sehr beschäftigte sie der Fall. Als sie zur Gaststätte kamen, blieb Viertaler abrupt stehen.

»Der ist mein ganz persönliches Trauma.« Er deutete mit der Hand auf die Terrasse der Gaststätte. Dort stand das G´scheithaferl aus Fürstenfeldbruck mit einer langbeinigen und langhaarigen Blondine im Arm. Sie wollten gerade kehrtmachen. Aber zu spät. Viertaler´s Nachfolger hatte sie bereits entdeckt.

Michael Haas schluckte. Wenn das mal keine Konsequenzen hatte.

Kapitel 14

Es war wieder Juli! Wie damals, als sein Leben oder das, was er für sein Leben hielt, in tausend Scherben zerbrach. Als sich seine Träume in Luft auflösten und jede Hoffnung in ihm gestorben war.

Er öffnete ein Fenster, es war drückend heiß. Wenn alles klappte, würden sie die dafür Verantwortlichen bald zur Rechenschaft ziehen. Der Kommandant sprach davon, dass die Front der Gotteskrieger bald zusammenbräche.

Er war auf dem Weg zum Kommandostand. Sein Truppführer war schon da. »Wir haben die Schweine im Sack!«, rief der. »Morgen machen wir sie fertig.«

Der junge Mann hörte die Botschaft, aber er begriff nicht, was sie bedeutete. Was das für ihn bedeutete.

Später stand er an einer Bushaltestelle. Die geschlagenen Feinde marschierten in einer Reihe des Elends an ihm vorbei und bestiegen wortlos einen bereitstehenden Bus. Niemand machte Anstalten, wegzulaufen. Was hätte es auch gebracht. Er hatte ein deutsches Gewehr G3 im Anschlag. So schlichen sie mit hängenden Köpfen in ihr Verderben.

Obwohl er die gesichtslose Masse seiner Feinde hasste, war er sich über seine Gefühle nicht im Klaren. Vor allem, wenn er in ihre Gesichter sah. Jugendliche und Alte. Alle Altersgruppen waren zu seinem Erstaunen unter den Gefangenen. Junge Kerle mit Pickeln und alte, runzelige Gesichter, die ihn an seinen Großvater erinnerten. Er wusste nicht, was er fühlen sollte. Jemanden zu hassen, ist etwas anderes, als jemanden zu töten. Er wusste nicht, was er tun sollte.

Schließlich stand er vor einer Gruppe. Ein Bulldozer hatte das Grab für die Todgeweihten vorbereitet. Wenn er in ihre Gesichter sah, erkannte er, dass sie es wussten. Einem liefen die Tränen ungehemmt über die Wangen. Ein anderer starrte ausdruckslos vor sich hin. Wieder ein anderer rief nach seiner Mutter. Er überlegte. Was tun? Panik ergriff ihn. Dann kam das Kommando.

Kapitel 15

Auf den Zufall bauen ist Torheit, den Zufall benutzen ist Klugheit.

Gertrud Maier sass im Regionalexpress München Richtung Memmingen. Auf Ihrem Schoss lag der Philosophie-Kalender für das neue Jahr, ein Weihnachtsgeschenk ihrer Schwester Ingrid. Bekocht von ihrem Schwager Kurt hatte sie die beiden Weihnachtstage in Regensburg genossen. Sie hatte sich mit ihrer Schwester bis tief in die Nacht unterhalten, alte Bilder angeschaut und mit ihren Nichten alle möglichen Spiele gespielt. Gertrud sah aus dem Zugfenster, an dem der leichte Nieselregen Schlieren bildete. Wehmut schlich sich in ihr Herz. Wie gern hätte sie auch eine eigene Familie gehabt. Dafür war es mit ihren jetzt 53 Jahren zu spät.

Emma, die Medizin studierte und in die Forschung wollte, hatte sie natürlich gleich nach der Leiche in der Teufelsküche gefragt. Ihre Fragen dabei strukturiert, zielorientiert und fachlich absolut fundiert. Gertrud war beeindruckt gewesen. Emma würde es einmal weit bringen.

Die jüngere Marie war da ganz anders. Ein Paradiesvogel mit wenig Liebe für das Büffeln am Schreibtisch. Handwerklich begabt machte sie eine Lehre als Schneiderin und träumte bereits von einer eigenen Kollektion. Aber zuerst wollte sie am Theater, am besten im Ausland, Erfahrungen sammeln. Sie sprühte vor Begeisterung, als sie ihr das erzählt hatte. Gertrud musste jetzt noch schmunzeln. So war sie auch einmal gewesen. Sie hatte auch mit einer Schneiderlehre begonnen. Und was war sie jetzt? Eine *Bastel-*

schlampe, wie sie ihr Ex Harald bei ihrem Auszug genannt hatte. Ihr Ex. Ein Bruch in ihrem Leben, der einige Narben auf ihrer Seele hinterlassen hatte. Sie verstand heute nicht mehr, was sie an Harald damals so faszinierend fand. Sie hatte ihn, den aufstrebenden Steuer- und Unternehmensberater, bei einer Veranstaltung im Stadttheater kennengelernt, als er ihr an der Bar einen Espresso auf ihr Kleid kippte. Die Salve von Entschuldigungen hatte sie gar nicht richtig wahrgenommen. Sie schaute nur auf sein markant geschnittenes Gesicht, das von pechschwarzen Haaren mit einigen Silberfäden umrahmt wurde. Und als er sie dann gleich für den nächsten Tag zum Essen als Entschädigung einlud, konnte sie nicht Nein sagen. Er überhäufte sie mit kleinen Aufmerksamkeiten und Einladungen. Zu ihrem 25. Geburtstag, drei Monate später, überraschte er sie mit einem Ausflug auf eine romantische Berghütte, die er über Beziehungen organisiert hatte. Natürlich nur zu zweit, da er sie nicht mit anderen Menschen teilen wollte. Das hatte ihr geschmeichelt.

Die Bedenken ihrer Schwester über den 15 Jahre älteren und in ihren Augen egozentrischen Freund hatte sie in den Wind geblasen und ein Jahr später seinen Heiratsantrag angenommen. Und damit wurden auch ihre eigenen Pläne beerdigt. Nach ihrer abgeschlossenen Ausbildung zur Fachlehrerin für textiles Gestalten wollte sie ein Jahr reisen, die Welt sehen, Erfahrungen sammeln, bevor sie mit dem Schulunterricht begann. Aber so aufregend wie ihre Ehe mit Harald konnte eine Weltreise gar nicht sein. Das hatte sie damals gedacht. Ein folgenschwerer Irrtum. Ein stilvolles aber unpersönlich eingerichtetes Haus war von nun an ihr Zuhause. Um den Haushalt kümmerte sich eine Putzfrau, um den großen Garten ein Gärtner. Wie gern hätte sie ihre eigenen Akzente gesetzt. Aber das ließ Harald nicht zu. Genauso wenig wie er es zuließ, dass sie arbeiten ging. Warum sollte sie sich mit fremden Bälgern abärgern. Er wollte eine Frau, die am Abend nicht müde war, sondern ihm zur Verfügung stand, in jeder Beziehung, und die er weder mit Kind noch mit Hund teilen wollte. Das hatte er ihr bereits nach wenigen Monaten Ehe zu verstehen gegeben. Sie hatte es akzeptiert. Sie begleitete ihn auf Geschäftsessen und ins Fitness-Studio, holte ihn ab, wenn er nach geschäftlichen Meetings mit reichlich Alkohol versackt war, was immer öfter vorkam.

Die große, weite Welt hatte sie gesehen, kannte die besten Hotels und die schönsten Strände in den Urlaubsparadiesen nicht nur aus den Hochglanzprospekten. Aber es war nicht *das* Reisen, was sie sich in einem früheren Leben erträumt hatte. So wie es nicht *ihr* Leben war, das sie führte. Das wurde ihr mehr und mehr bewusst. Dann wurde sie nach sieben Jahren Ehe und trotz Pille schwanger, nach einem Urlaub in Laos, wo sie mit Durchfall mehr auf der Toilette als am Strand war. Da war sie zum ersten Mal wieder glücklich und Harald zum ersten Mal in ihrer Beziehung sprachlos. Aber sein Gesichtsausdruck sprach Bände. Er würde sie mit niemandem teilen.

Ihr Eheleben von sieben Jahren passte in einen Koffer. So wie sie gekommen war, ging sie auch wieder. Er hatte wortlos daneben gestanden. In seinen Augen sah sie eine Kälte, die ihr Angst machte. »Was will man von einer Bastelschlampe anderes erwarten.« Das hatte er ihr noch zugezischt, bevor die Haustür hinter ihr ins Schloss gefallen war. Sie war bei ihrer Schwester untergekrochen, hatte die vergangenen Jahre ihres Leben infrage gestellt. Aber nie das Baby, von dem zwei Wochen später nur ein Blutfleck auf dem Bettlaken blieb.

Mit einem großen Gefühl der inneren Leere war sie später in ihr Elternhaus ins Klösterl gezogen, das seit einer Weile unbewohnt war, weil ihre Eltern professionelle Pflege brauchten. Außerdem hatte sie sich für die Stelle als Handarbeitslehrerin beworben, denn sie konnte es sich nicht leisten, daheim zu bleiben. In dieser Zeit hatte sie Franziska kennengelernt, die mit ihrem Mann Martin und ihrer Tochter Anna in ihrem Elternhaus am Seelberg wohnte. Franziska konnte gut zuhören und war ein Mensch, der zwischen den Zeilen las. »Warum bist du so lange bei ihm geblieben?«, hatte sie nach einigen Wochen gefragt. Gertrud hatte ihr alles erzählt. Fast alles. Franziska und Gertrud waren beste Freundinnen geworden. Ihr Tod hatte nicht nur in Martin´s Leben eine große Lücke hinterlassen.

Sie blinzelte eine Träne weg. Mit verschwommenem Blick sah sie aus dem Abteilfenster. Das konnte doch nicht wahr sein! Auf dem Bahnsteig stand Tobias Kluge. Er unterhielt sich angeregt mit seiner langhaarigen Begleitung, die mit dem Rücken zu Gertrud stand. Der Pfiff zur Abfahrt ertönte. Tobias küsste sein Gegenüber lang und innig, dann stieg er schnell in die noch geöffnete Zugtür zu ihrem Abteil. Seine Begleitung drehte sich um und winkte ihm nach. Gertrud war verblüfft. Die langhaarige Frau war ein Mann.

Sie blickte auf die Überschrift auf ihrem Philosophiekalender mit dem Spruch des Zufalls. Na, diesen würde sie auf jeden Fall nutzen.

Kapitel 16

Sonntag, 27. Dezember 2015

»Hast du keine Semmeln im Haus?« Der Ton in Marens Stimme ließ keinen Zweifel aufkommen, dass sie sich ein Frühstück mit mehr als nur Kaffee vorstellte. Sie kniete neben ihm im Bett und knuffte ihn auf seine solariumgebräunte Brust.

Ingo Bayerl zuckte zusammen, als ihn ihre Faust unvorbereitet traf. Er riss seine Augen auf. »Heh! Was soll das?« Mürrisch jammerte er: »Aber Schatz, wo soll ich hier in Moorenweis am Sonntag frische Semmeln herbekommen? Im Schrank steht noch Toastbrot.«

»Ich denke, du bist Kommissar? Die finden doch für alles eine Lösung, oder? Zumindest im Büro tut ihr immer so.« Dabei schwang die Blondine lasziv ihre langen Beine über die Bettkante; wohlwissend, welche Wirkung dieser Anblick auf ihren Freund hatte. »Dagegen sind ein paar Semmeln ein Klacks, oder?«

»Touché, meine Liebe«, erwiderte Ingo Bayerl, während er sich seine Brust rieb, und sein Blutdruck rasant anstieg. Im Bett war sie zwar eine Rakete, aber das rechtfertigte nicht, wie sie mit ihm umsprang. »Also gut, ich fahr zur Tanke und schau, was sich machen lässt«, gab er widerstrebend nach.

»Beeil dich, ich will nachher noch ins *Hardy´s Fitness.*«

Ihr Tempo stresste ihn. »Nach Fürsti oder nach Landsberg?«

Maren steckte den Kopf zurück ins Schlafzimmer: »Da wir vorgestern in Landsberg waren, können wir heute nach

Fürstenfeldbruck gehen. Jetzt aber raus aus den Federn. Ich habe Hunger.«

Als er zehn Minuten später mürrisch in seine Jacke schlüpfte, rief sie ihm aus der Küche zu: »Für mich eine Vielkornsemmel und eine Breze mit wenig Salz.«

Er nahm den Schlüssel von der Kommode, öffnete die Tür, und maulte leise: »Für mich das Salz auf einem Extrateller, Herr Kellner.« Die Wohnungstür fiel ein klein wenig zu laut ins Schloss.

Auf dem Weg zur Tankstelle beruhigte er sich wieder. Maren konnte problemlos das zickige Püppchen geben. Andererseits war sie eine Augenweide und im Büro der Kripo verdrehte sich jeder den Kopf, wenn sie vorbeiflanierte. Sie war eine glatte Zehn, rein äußerlich betrachtet. Und derzeit war sie sein Hase, weshalb er sich im Neid der Kollegen sonnte.

An der Tankstelle gab es zwar Vielkornsemmeln, aber die Brezen waren gerade aus. Die freundliche Verkäuferin bot ihm an, binnen fünfzehn Minuten neue, ofenfrische Brezen zu backen. Da er ohne die nicht bei Maren auftauchen konnte, entschloss er sich, zu warten, und bestellte einen Cappuccino.

Als er an seinem Kaffee nippte, kam ihm unvermittelt sein Gespräch mit dem leitenden Polizeidirektor Freyschle wieder in den Sinn. Während der Weihnachtsfeier der Kripo war es Bayerl gelungen, den Stellvertreter des Polizeipräsidenten aus Ingolstadt in ein Gespräch zu verwickeln. Er hatte ihn ganz klassisch am kalten Buffet angesprochen, um auf sich aufmerksam zu machen. Immerhin war seine Ernennung zum Nachfolger von Martin Viertaler vorerst nur vorläufig. Da konnte es nicht schaden, wenn man ganz oben wusste, wer er war.

»Guten Tag, Herr Kriminaloberkommissar Bayerl!« Dass Freyschle ihn mit Namen ansprach, hatte ihn überrascht. »Ich freue mich, Sie hier anzutreffen, junger Mann.« Der Polizeidirektor nahm sich ein paar Weintrauben, bevor er fortfuhr: »Ich habe schon viel von Ihnen gehört – meist Positives, wie ich hinzufügen möchte.« Der Stellvertreter des Polizeipräsidenten lud sich noch einen Blauschimmelkäse auf den Teller. »Für den würde ich morden.« Dabei zwinkerte er dem Kripobeamten zu. »Darf ich mich zu Ihnen setzen?«

Bayerl durchströmte immer noch ein Hochgefühl, als er an die Weihnachtsfeier dachte. Die Servicedame der Tankstelle kam vorbei, um ihm mitzuteilen, dass die Brezen in fünf Minuten fertig sein würden. Ingo nickte geistesabwesend.

Polizeidirektor Freyschle hatte die Unterhaltung wie beiläufig auf Bayerls aktuellen Fall gelenkt. »Blöde Sache, diese enthauptete Leiche bei euch in Landsberg. Sie haben schon einen Verdächtigen vorzuweisen, wie ich höre?«

»Ja, einen jungen Syrer.«

Der leitende Beamte verzog das Gesicht. »Kann ganz schnell für schlechte Presse sorgen, so ein verdächtiger Asylbewerber. Wie sicher sind Sie, dass Haftbefehl erlassen wird?«

»Der Fall ist bombensicher, Herr Polizeidirektor. Obendrein besteht Fluchtgefahr.«

»Das weiß ich, junger Mann. Da müssen Sie mich nicht belehren. Bei einem Ausländer wird immer Fluchtgefahr unterstellt, aber bei sich klärender Sachlage ist der Haftbefehl auch schnell wieder aufgehoben, verstehen Sie? Dann könnten wir dumm dastehen. Der Vorwurf, dass wir vorschnell einen armen Flüchtling verdächtigt haben, geht in Windeseile durch die Medien. Also, wie wasserdicht ist Ihr Fall?« Dabei sah er ihn durchdringend an.

Ingo Bayerl warf sich ins Zeug: »Da passt kein Antragsformular dazwischen, Herr Polizeidirektor.«

Freyschle stockte kurz, bevor er herzhaft lachte. »Ihr Wort in Gottes Gehörgang, Bayerl. Trotzdem! Ermitteln Sie in alle Richtungen. Oft sind es Details, die über den Ausgang eines Falles entscheiden. Aber das brauche ich Ihnen ja nicht zu sagen. Ich zähle auf Sie! Enttäuschen Sie mich nicht. Das könnte sich positiv auf Ihre Bewerbung beim K1 in Fürstenfeldbruck auswirken.«

Die Bedienung kam mit seinen ofenwarmen Brezen. Nein, er würde diesen Fall schnell und zuverlässig lösen. Freyschle konnte sich auf ihn verlassen. Er nahm sich vor, nach Weihnachten das Umfeld des Opfers noch einmal akribisch zu durchleuchten.

Bei der Heimfahrt zurück ins Dorf kam ihm die seltsame Begegnung in der Landsberger Teufelsküche wieder in den Sinn. Dieser vermaledeite Viertaler und der übereifrige Polizeiobermeister Haas. Die beiden waren ihm bei einem Spaziergang durch den Landsberger Wildpark über den Weg gelaufen, als er Maren zum Kaffeetrinken in die Gaststätte an der Teufelsküche eingeladen hatte. Was hatten die am ersten Weihnachtsfeiertag dort zu suchen? Viertaler war mittlerweile Pensionär. Was heckten er und Haas zusammen aus? Im Zusammenhang mit der Teufelsküche glaubte Bayerl nicht an Zufälle. Am Ende verfügten die beiden über Informationen, die noch auf andere Verdächtige hinwiesen.

Ingo Bayerl hatte die *Teufelsküche* als gemütliches Lokal in Erinnerung. An diesem 25. Dezember mit seinen frühlingshaften Temperaturen jedoch waren die Menschen in Scharen hinaus in den Wildpark gepilgert. Das hatte sicherlich auch etwas mit dem mysteriösen Mordfall dort zu tun. Sowohl Innenraum als auch die Terrasse des Lokals waren voll besetzt, weshalb es über eine Viertelstunde gedauert hatte, bis sie einen Platz am Tisch zweier älterer Damen fanden. Die zwei Frauen interessierte ihre neue Tischgesellschaft nicht. Sie unterhielten sich angeregt, ganz so, als ob er und Maren nicht da wären.

Offenbar ging es bei der Unterhaltung darum, dass der Mord ausgerechnet in einer der Raunächte und noch dazu in der sagenumwobenen Teufelsküche geschehen war. Schließlich ging dort in früheren Zeiten ein Kopfloser um.

Maren hatte die Augen verdreht und sich dezent an die Schläfe getippt. »Kompletter Blödsinn!«, hatte sie ihm zugeraunt. Doch bei Ingo weckte das Kindheitserinnerungen an seine Oma. Die war davon überzeugt gewesen, dass die magischen Nächte um Weihnachten einen besonderen Zauber ausübten. Dieser wirkte sich ihrer Meinung nach auch auf das reale Leben aus. Als Kind lief ihm immer ein Schauer über den Rücken, wenn seine Oma ihm davon erzählt hatte. Magie hin oder her. Irgendwie war es komisch, dass ihm ausgerechnet in der Teufelsküche sein alter Chef zusammen mit dem *Maschkera* Haas über den Weg lief. Maschkera war die herabwürdigende Bezeichnung im Büro für die uniformierten Kollegen der Schutzpolizei.

Das Zusammentreffen konnte nichts Gutes bedeuten, das fühlte er auch ohne Raunächte. Irgendetwas lief hier, und er würde es herausbekommen.

Er stellte den Wagen vor seinem Haus ab. An seiner Freundin war nichts Magisches, wenn sie hungrig war; da konnte sie sich schnell in einen Drachen verwandeln. Vermutlich war sie ohnehin sauer, weil er so lange fort war.

Die Gedanken an die Begegnung in der Teufelsküche ließen ihn auch später im Fitnessstudio nicht los. Sein alter Vorgesetzter konnte ihm leicht die erhoffte Karriere torpedieren. Er wusste, dass Viertaler ihn nie als geeigneten Nachfolger betrachtet hatte. Das hatte man wohl auch *oben* mitbekommen. Für ihn war Viertaler daran schuld, dass er nur kommissarisch die Abteilung für Tötungsdelikte des K1 leitete.

Er brauchte unbedingt etwas Handfestes, um gegen Viertaler vorzugehen. Der Kerl war mit allen Wassern gewaschen. Mit bloßen Verdächtigungen lief er nur Gefahr, sich lächerlich zu machen.

»Ich hab´s! Morgen setze ich den Schichtleiter Stockleitner auf den Haas an. Wenn der Dienstgeheimnisse an Viertaler weitergibt, wird es der Schichtleiter herausfinden«, murmelte er. Immerhin brauchte Viertaler einen Insider, um an Ermittlungsergebnisse zu kommen. Wenn das Haas war, dann gnade ihm Gott. Viertaler würde sich danach nie wieder in die Arbeit der Kripo einmischen und ein für alle Mal zum Angeln verurteilt.

Kapitel 17

Viertaler war auf dem Weg zur Bank. Beim Gang über den Hauptplatz pfiff ein unangenehmer Wind, sodass er seinen Schal enger um den Hals zog. Die frühlingshaften Temperaturen des Weihnachtsfestes gehörten wohl der Vergangenheit an; ein Umstand, den er nicht bedauerte. Für ihn war Weihnachten immer gedanklich und emotional verknüpft mit Schnee und Kälte. Ein Sonnenbad wie an den Weihnachtsfeiertagen war zwar schön, aber in seinen Augen irgendwie deplatziert.

Auf der höher gelegenen Ostseite des Platzes blieb er vor dem Schaufenster einer Buchhandlung stehen und sah uninspiriert die ausgestellten Bücher durch. Allesamt Titel, die man seit der Frankfurter Buchmesse als Geschenktipps für Weihnachten omnipräsent beworben hatte. Da waren Bücher, die die Gefühlswelt von Frauen thematisierten, Allgäukrimis, Oberbayernkrimis, Taunuskrimis und Bücher von selbsternannten Welterklärern. Dieser ganze Lesestoff sprach ihn nicht an. Keiner der Titel erzeugte Appetit darauf, den Inhalt kennenzulernen. Für´s literarische Lesen war ohnehin seine Frau zuständig gewesen. Er las nur die Tageszeitung und politische Magazine. Das letzte Buch, das er erst vor Kurzem interessiert gelesen hatte, war *Der Baumeister von Landsberg*. Ein Geschenk von Gertrud zu seinem Geburtstag. Das Buch handelte vom Bau der Stadtpfarrkirche und glich über weite Strecken einem Krimi. Und da er bei seinem letzten Fall auch in dieser Kirche ermittelt hatte, hielt Gerti dies wohl für ein passendes Geschenk.

Als er im Begriff war, sich abzuwenden, fiel sein Blick auf sein Spiegelbild. Viertaler kniff die Augen zusammen und trat näher an die Scheibe. Er schaute viel zu selten in einen Spiegel, sonst hätte er es schon früher bemerkt: Er musste dringend zum Friseur. Die Haare standen bereits auf seinen Ohren auf; ein Umstand, den er noch nie leiden konnte. Da kam ihm die Idee, im alten Friseursalon des Mordopfers vorbeizuschauen.

Fünf Minuten später stand er vor dem Ladengeschäft im Hinteranger, in der Nähe der Stadtpfarrkirche. Neugierig musterte er die Fassade. Äußerlich hatte sich nichts geändert, lediglich die Fenster des Ladens erschienen ihm ansprechender dekoriert. Das Schild über dem Eingang verriet den neuen Besitzer: *ALI BARBER SHOP*. Über dem Schriftzug war ein Adler abgebildet. Viertaler stutzte. Was hatte ein Adler hier zu suchen?

»Kartal heißt *Adler*!«, sprach ihn jemand von hinten an.

Viertaler drehte sich um und sah einen etwa Vierzigjährigen, unverkennbar türkischer Abstammung. In bestem Bayerisch wiederholte der Mann: »Der Adler steht für meinen Namen. Kartal heißt Adler auf Türkisch, wissen ´S?«

Der pensionierte Kommissar nickte. »Ach so. Das Schild ist gewissermaßen ein Wortspiel.«

»Jetzt passt´s! Aber ich habe heute geschlossen. Ruhetag. Tut mir leid. Sie müssen morgen wieder kommen, wenn ich Ihnen die Haare schneiden soll.«

Doch so leicht ließ sich Viertaler nicht abwimmeln: »Brauche ich da einen Termin? Immerhin ist es kurz vor Silvester und vermutlich wollen eine Menge Leute noch schnell ihre Frisur in Ordnung bringen lassen. Habe ich recht?«

Kartal winkte ab. Er zeigte auf Viertalers graue Schläfen: »Dafür brauche ich nur zwanzig Minuten – mit dem Wohlfühlpaket inklusive.« Als Viertaler ein wenig ratlos dreinsah, ergänzte er: »Ich massiere Ihnen die Kopfhaut und den Nacken. Gehört bei mir zum Service. Ich verspreche Ihnen, dass Sie vollkommen entspannt den Jahreswechsel begehen werden.«

»Also brauch ich keinen Termin?«

»Kommen Sie morgen gleich um neun und Sie sind der Erste. Soweit ich das in Erinnerung habe, gibt es für den Frühtermin keine Reservierung. Also, abgemacht? Wir sehen uns um neun.« Der jüngere Mann streckte Viertaler die Hand entgegen, als ob es einen Kaufvertrag zu besiegeln gäbe.

Viertaler war gerade im Begriff, einzuschlagen, als zwei türkisch anmutende Zeitgenossen auftauchten und ohne Vorwarnung anfingen, auf Ali Kartal einzuschimpfen.

Der Friseur drehte sich überrascht um. Offenbar kannte er die Männer, denn er redete augenblicklich beschwichtigend auf die beiden ein. Dabei hob er seine Handflächen in einer beruhigenden Geste, doch seine Landsleute ließen sich nicht besänftigen.

»Kann ich helfen?«, bot Viertaler an.

Ali Kartal warf ihm über die Schulter zu: »Das sind Verwandte. Wir klären das unter uns. Vielen Dank für Ihr Angebot. Bis morgen.«

Noch bevor sich Kartal wieder seinen Familienmitgliedern zuwenden konnte, hatte ihn einer der beiden, ein etwa Fünfzigjähriger, am Revers gepackt.

Leider verstand Viertaler herzlich wenig von dieser Sprache, die so viele Umlaute gebrauchte. Was er aber aus der Gestik der beiden Neuankömmlinge und ihrem Geschrei verstand, war, dass sie sehr wütend waren auf Ali Kartal. Der versuchte, sich dem Griff des Angreifers zu entziehen. Doch nun fasste der zweite Mann, etwa dreißig Jahre alt, nach einem Arm des Friseurs.

Kartal setzte sich vehement zur Wehr. Er schrie seine beiden Verwandten an und versuchte mit aller Macht, sie abzuschütteln. Es gelang ihm, den Älteren wegzudrücken, doch der Jüngere versetzte ihm unvermittelt einen heftigen Stoss. Ali Kartal ging zu Boden.

An diesem Punkt entschied sich Viertaler, einzuschreiten: »Ruhig Blut, meine Herren. Wir können über alles reden; aber erst einmal beruhigen Sie sich!«

»Was soll das? Verpiss dich, alter Mann!«, herrschte ihn der Jüngere an. »Gleich gibt´s was auf die Fresse!«

Der Ältere versuchte, den jungen Hitzkopf zurückzuhalten. Anklagend brüllte er auf Deutsch: »Du verarschst uns, Ali!«

Viertaler war mit solchen Situationen vertraut. Mit festem Blickkontakt und ruhiger Stimme bekam er die Lage schnell in den Griff, sodass die Streithähne von ihrem Opfer abließen. Er bedeutete Ali Kartal aufzustehen, und stellte sich vor ihn. »Was auch immer vorgefallen ist, es lässt sich am besten in aller Ruhe klären. Niemand wird hier verarscht!«

Die beiden Verwandten des Friseurs wechselten indes leise einige Worte auf Türkisch, dann drehten sie sich abrupt um und gingen weg. Martin Viertaler schnappte dabei noch Wörter auf wie: »aldatmak« oder »Suçlu«. Er nahm sich vor, herauszufinden, was sie bedeuteten.

Ali Kartal klopfte sich den Staub aus der Hose. Fassungslos sah er den Angreifern nach. Dann schnaubte er verständnislos und wandte sich ab.

Es war erstaunlich, wie schnell sich der Friseur wieder im Griff hatte: »Darf ich Sie auf einen Tee einladen?«, fragte Ali Kartal und machte eine einladende Handbewegung in Richtung des Friseursalons.

Drinnen war Viertaler überrascht, denn nichts erinnerte mehr an den altbackenen Mief der früheren Ausstattung. Der gesamte Laden war im Retrostil der 50er Jahre des vorigen Jahrhunderts eingerichtet. Alt und doch modern. Alles erinnerte ihn an seine Kindheit. Gleich rechts neben dem Eingang stand ein *Wurlitzer*, ein Plattenautomat, und im hinteren Bereich des Salons gab es einen Cola-Automaten. Dort standen auch zwei Nierentische und lederbezogene Sessel. Kartal bat ihn, an einem der Tische Platz zu nehmen. Der Kommissar sah sich um und entdeckte an den Wänden neben den üblichen Fotografien moderner Frisuren auch Bilder aus der Türkei. Eines zeigte die *Hagia Sophia* in Istanbul, ein anderes die Bosporusbrücke.

Wenig später riss ihn Kartal aus seinen Betrachtungen, als er aus einer kleinen Küche eine Teekanne und zwei bauchige Gläser brachte, die an Schnapsgläser erinnerten. »Bitte entschuldigen Sie das rüpelhafte Auftreten meiner Verwandtschaft. Das ist normalerweise nicht ihre Art.«

»Ist schon in Ordnung.« Das seltsame Teeglas war sehr heiß und Viertaler zuckte zurück. Dann machte er es wie sein Gastgeber und fasste es am oberen Rand, nippte vorsichtig und fragte: »Wollen Sie mir verraten, warum die Herren so aufgebracht waren?«

»Das ist eine lange Geschichte. Eine Familiengeschichte, die Sie nur langweilen würde. Aber zuerst möchte ich mich bei Ihnen bedanken. Das war sehr mutig. Immerhin waren die zu zweit und ... jünger, wenn sie mir die Bemerkung erlauben.«

Viertaler winkte lässig ab und murmelte etwas wie: »Hätte jeder getan ... nicht der Rede wert.«

Doch Kartal ließ nicht locker: »Ich möchte mich erkenntlich zeigen. Was halten Sie davon, wenn ich Ihnen die Haare gleich heute schneide?«

»Jetzt?« Martin Viertaler war überrascht. Er dankte Ali für das großzügige Angebot und willigte ein. Immerhin standen seine Haare auf den Ohren auf. Er war nicht eitel, doch dieses Detail nervte ihn gewaltig. Nun bot ihm Herr Kartal an, ihn schnellstens davon zu befreien, aber nicht nur das, er ließ ihm das Wohlfühlpaket *Extra* angedeihen. Dabei wurden nicht nur Kopfhaut und Nacken, sondern auch die Schultern nebst Armen massiert. Zuerst war es Viertaler ein wenig peinlich, von einem Mann derart intim berührt zu werden, doch er gewöhnte sich daran und am Ende fühlte er sich tatsächlich wie neu geboren. Im Verlauf der Spezialbehandlung versuchte der alte Ermittlerfuchs noch einmal herauszufinden, warum die Verwandtschaft so zornig war. Der freundliche Barbier wich aber elegant und wortreich aus. Viertaler´s Spürsinn war geweckt.

Auf dem Nachhauseweg griff er zum Telefon. Irgendetwas war faul am ALI BARBER SHOP und an dieser Familie. Das würde sicher auch den jungen Schutzpolizisten Michi Haas interessieren.

Kapitel 18

Montag, 28. Dezember 2015

»Ich weiss nicht, ob meine Mutter für den Todesfall vorgesorgt hat. Nein, ich weiß auch nicht, ob sie eine Erdbestattung oder eine Feuerbestattung wollte. Über diese Dinge hat sie mit mir nie gesprochen. Ich weiß nur, dass die Leiche zur Bestattung freigegeben ist. Darüber hat man mich vor einer Stunde informiert.« Petra Schleich saß an ihrem Schreibtisch in der Stahlbaufirma Haschka und telefonierte mit dem Beerdigungsinstitut. Die Hand, in der sie den Telefonhörer hielt, zitterte. »Wissen Sie was? Ich fahre heute Nachmittag in die Wohnung meiner Mutter. Vielleicht finde ich etwas in ihren Unterlagen. Ja, Geburtsurkunde und Heiratsurkunde bringe ich mit.« Ihre Stimme brach. Schnell beendete sie die Verbindung. Das fehlte ihr gerade noch, dass sie vor einem wildfremden Menschen am Telefon in Tränen ausbrach. Sie zog ihre Jacke an, die sie heute Morgen über die Stuhllehne gehängt hatte. Sie fror, obwohl es in ihrem Büro drückend warm war. Die letzten Tage hatte sie wie in Trance verbracht, und war zu nichts fähig gewesen. Der Fernseher lief den ganzen Tag. Das half ihr, die Stille in der Wohnung und die Leere in ihr auszuhalten. Und dann war da noch das unangenehme Telefongespräch mit Julian. Sie hatte sich Trost von ihm erhofft, aber er hatte nur sich gesehen. Der einzige Lichtblick war die SMS von ihrem Chef gewesen. Seine Fürsorge hatte ihr gutgetan. Sie hätte seine Einladung zum Weihnachtspunsch annehmen sollen. Rückblickend tat ihr das jetzt leid.

Das Telefon klingelte. Petra sah auf das Display. Die neugierige Inga aus der Buchhaltung!

»Petra Schleich.« Ein Redeschwall folgte in einer Lautstärke, dass Petra den Hörer weiter weg von ihrem Ohr hielt. Als sie endlich zu Wort kam, war ihre Antwort kurz und knapp. »Nein, wir können uns heute Mittag leider nicht zum Essen treffen. Mein Schreibtisch ist voll. Du weißt ja, Inventur. Und ich muss auch früher weg. Vielleicht im Neuen Jahr. Ja, ich schicke dir die Inventuraufnahmen, sobald ich sie habe. Ich weiß, dass du die Zahlen für den Wirtschaftsprüfer brauchst.« Petra unterbrach die Verbindung, bevor Inga das Thema auf das Gewaltverbrechen bringen konnte.

Sie rief am PC die Inventuraufnahmen auf, weil jemand von der Wirtschaftsprüfungs-Kanzlei kommen würde für Stichprobenkontrollen. Gerade jetzt, wo sie selbst den Kopf voll hatte, mussten sich alle im Unternehmen um den Jahresabschluss kümmern. Stahlbau Haschka stand auch bei den Banken im Feuer. Sie seufzte. Jahresabschluss und Bilanz, die Gegenüberstellung von Aktiva und Passiva.

Es war auch an der Zeit, Bilanz mit Blick auf ihre Mutter zu ziehen, überlegte sie. Einen abschließenden Überblick, doch schwierig, wenn keine Zwischenbilanz vorhanden war. Dieser hatte sie sich bisher verweigert. Das hatte ihr Julian auch vorgeworfen. Was für ein Mensch war ihre Mutter eigentlich gewesen? Was wusste sie von ihr? Genau genommen recht wenig, nicht einmal, wie sie beerdigt werden wollte. Ihr Hals wurde eng. Sie stand auf und öffnete das Fenster.

Ein Bild entstand vor ihren Augen: Ihre Mutter, lachend, inmitten ihrer Kunden, die gern kamen. Da gab es neben einer guten Tasse Kaffee nicht nur den neuesten Klatsch aus Landberg und Umgebung, es wurden Rezepte für die Küche und das Leben ausgetauscht. Natürlich auch das ein oder andere Familiengeheimnis, flüsternd und mit einem besonderen Gesichtsausdruck. Petra hatte das immer wieder beobachtet, wenn sie nach der Schule noch im Laden vorbeigeschaut hatte, bevor sie nach oben in die Wohnung gegangen war. Sie kam sich dann vor wie eine Fremde, ausgeschlossen aus einer Gemeinschaft, selbst wenn diese nur für die Dauer eines Friseurbesuchs bestand.

Privat war ihre Mutter anders. Distanzierter. Sowohl zu ihrem Mann als auch zu ihrer einzigen Tochter. Sie lachte kaum, als hätte sie nur ein begrenztes Kontingent an Lachen zur Verfügung, das sie aber für ihren Friseursalon benötigte. Ein Schatten schien sie zu begleiten, der mit zunehmendem Alter immer größer und mächtiger wurde. Als Petra älter wurde, hatte sie sich manchmal gefragt, ob ihre Mutter vielleicht Depressionen hatte. Aber welche Kraft musste es sie dann gekostet haben, die Fassade der gut gelaunten Friseurin aufrecht zu erhalten.

»Sag mal, willst du dir einen Schnupfen holen? Draußen hat es bestimmt Minusgrade.«

Petra drehte sich um. Ernst Haschka, ihr Chef, stand im Zimmer. Sie hatte ihn nicht kommen hören.

»Die Luft war so schlecht«, verteidigte sie sich.

Er kam auf sie zu und nahm sie spontan in den Arm. Für einen kurzen Moment versteifte sich Petra`s Körper, dann gab sie sich seiner Umarmung hin. Ihr Kopf schmiegte sich an seine Schulter. Der rote Kaschmirpullover fühlte sich weich und warm an. Er nahm ihren Kopf in seine

Hände, bis sein Gesicht dicht vor ihrem war und sich ihre Lippen fast berührten. Ein Gefühl von Geborgenheit verbunden mit einem körperlichen Verlangen durchströmte sie. Ihr ganzer Körper drängte zu ihm hin.

Abrupt schob sie Haschka ein Stück von sich weg, hielt sie aber immer noch fest. Er war einen guten Kopf größer, sodass sie zu ihm aufschauen musste. Petra errötete und spürte, wie ihr Gesicht glühte. Eine Welle von Scham durchflutete sie. Was würde er von ihr denken? Sie hatte sich ihm ja regelrecht an den Hals geworfen.

»Ich wollte dich fragen, ob du mit mir Mittagessen gehen willst. So blass und dünn wie du bist, tut dir ein Teller Pasta bestimmt gut.«

Petra bemühte sich, ihre Fassung zurückzugewinnen. »Ich muss die Zahlen für die Buchhaltung fertig machen und dann noch in die Wohnung meiner Mutter.« Ihre Stimme klang brüchig, sie musste sich räuspern. »Die Leiche ist jetzt freigegeben und das Bestattungsunternehmen braucht Unterlagen.«

»Weißt du was? Ich bestelle für 13:00 Uhr in der Pizzeria in der Schulgasse einen Tisch. Soviel ich weiß, hat deine Mutter in der Altstadt gewohnt?«

»Ja, im Hinteranger.« Sie ging einen Schritt zurück, sodass er sie loslassen musste.

»Das passt doch prima. Das ist ja gleich daneben. Brauchst du Hilfe beim Sichten der Unterlagen?« Er bemerkte ihr kurzes Zögern. »Natürlich nur, wenn du willst. Ich will dir nicht zu nahetreten.«

»Nein, nein, schon gut. Mir ist gerade sowieso alles zu viel. Und das mit dem Essen ist eine gute Idee. Etwas Warmes ist eine gute Grundlage für das anschließende Treffen mit dem Bestatter.«

»Bis später. Es ist besser, wenn wir getrennt fahren. Dann bist du hinterher auch flexibler. Und es gibt kein Firmengetratsche.«

Petra nickte. Den schalen Geschmack in ihrem Mund schluckte sie weg. »Ja, da hast du sicher recht.«

Ernst Haschka ging zur Tür. Mit seinen 1,80 Metern war er eine imposante Gestalt, die den Türrahmen fast vollständig ausfüllte. Er musste früher eine blendende Erscheinung gewesen sein, aber sein ausschweifender Lebensstil hatte Spuren hinterlassen, die Petra in ihrer Gemütslage nicht wahrnahm.

Sein Handy klingelte, er sah auf das Display. »Ja, Zeljko, was gibt es?« Seine Stimme klang angespannt. »Jetzt mach keinen Stress. Ich bin gleich da.« Er wandte sich zu Petra. »Da kommt wieder einer mit der Inventur nicht zurecht. Also dann, bis später.«

Zurück blieb ein Hauch von Rasierwasser. Und leise Zweifel, ob das gemeinsame Mittagessen wirklich so eine gute Idee war.

Kapitel 19

Vor einer Stunde war er mit dem Zug aus Budapest hier in Wien angekommen. Vollkommen erschöpft wie er war fühlten sich seine Glieder an, als wären sie aus Blei. Seine Flucht währte nun schon mehrere Wochen, seit zehn Tagen hatte er sich nicht mehr waschen können. Er ekelte sich vor sich selbst. Ausdruckslos starrte er die weiß gekachelte Wand vor sich an.

Mehr noch als die Strapazen seiner Flucht aber steckten ihm die Gräuel des Krieges in den Knochen. Selbst wenn er die Augen schloss, waren die Bilder da. Er fragte sich, wovor er eigentlich geflohen war? Vor den Grausamkeiten, die der Feind an seinen Kameraden, an seinen Verwandten, Freunden, Nachbarn verübt hatte? Oder vor dem unsäglichen Leid, das er mit seiner Einheit, seinen Waffenbrüdern, unschuldigen Menschen angetan hatte? Er wusste es nicht.

Nach dem Massaker, das seine Einheit verübt hatte, war er desertiert. Er hatte einfach seine Uniform ausgezogen und war mit Jeans, Pullover und Parka in die Wälder geflüchtet, hatte dort sein Gewehr vergraben und sich zu Fuß durchgeschlagen, bis er die ungarische Grenze erreicht hatte.

Nun saß er in dieser provisorischen Flüchtlingsunterkunft. Helfer des Roten Kreuzes brachten ihm eine Decke. Doch er wollte nur duschen. Die Schuld aber würde er nicht abwaschen können.

Er wusste, dass er hier nicht bleiben konnte, vermutlich suchten sie schon nach ihm. Von einem Kameraden *hatte er gehört, dass sie überall in Europa Agenten hatten. Er musste weiter nach Deutschland! Die Welt stand ihm offen, wenn er es bis dorthin schaffte. Er war Mitte zwanzig und es gab dort viele Chancen. Wenn man den Erzählungen der Verwandten glaubte, lebte irgendwo in der Provinz Bayern ein Onkel. Er atmete tief durch und machte sich auf die Suche nach dem Waschraum.*

Kapitel 20

Montag, 28. Dezember 2015

Wo blieb er nur? Gertrud Maier schaute ungeduldig auf ihre Armbanduhr. Schließlich war es sein Vorschlag gewesen, im *Principe* einen Cappuccino zu trinken. In dem Moment brummte das Mobiltelefon in ihrer Handtasche. Eine SMS wurde auf dem Display angezeigt. KOMME 15 MINUTEN SPÄTER. GEH DOCH SCHON MAL REIN. GRUSS MARTIN.

Sie öffnete die Tür zu der Bar. An diesem ersten Arbeitstag nach den Weihnachtsfeiertagen war es erwartungsgemäß fast leer. An dem ersten Tisch am Eingang saß ein Paar, in ein Gespräch vertieft. Der Mann nickte ihr zu, ein spöttischer Zug kräuselte seine Mundwinkel. Gertrud war unangenehm berührt. Instinktiv kreuzte sie wie schützend die Arme vor ihrer Brust und setzte sich an den letzten Tisch. Fröstelnd sah sie sich um. Ihr Blick fiel auf die junge Frau, die ihr jetzt zugewandt saß. Dunkle Haare umrahmten ein blasses schmales Gesicht mit tiefen Augenringen, in ihren Händen hielt sie ein zerknittertes Taschentuch, mit dem sie sich immer wieder die Augen wischte.

Ein Kellner brachte die Speisekarte, doch Gertrud winkte ab und bestellte nur einen Cappuccino. Durch das große Fenster sah sie Martin kommen, in angeregter Unterhaltung mit Michi Haas. Enttäuschung überkam sie, und ihr unsicheres Gefühl verstärkte sich. Hatte sie doch gehofft, ihn allein zu treffen. Mit Schwung öffnete Martin die Tür und stoppte kurz, als er das Paar am Eingang sitzen sah. Demonstrativ blickte er zur Seite, während Michi den beiden zunickte. Sie brachten ihre Mäntel zur Garderobe und setzten sich zu Gertrud.

»Der hat mir gerade noch gefehlt.« Viertaler deutete missmutig mit dem Kopf zum Eingang.

Fragend sah ihn Gertrud an. Michi Haas wollte gerade etwas erwidern, als ein hektisches Stühlerücken den Aufbruch der anderen Gäste ankündigte.

»Gott sei Dank«, brummte Viertaler, als sich die Tür hinter ihnen geschlossen hatte. Augenblicklich wurde seine Laune besser. Erklärend zu Gertrud gewandt, fügte er hinzu: »Ich hab den Michi spontan auf einen Kaffee eingeladen. Das bin ich ihm schuldig, nachdem ich ihn in eine missliche Lage gebracht habe.«

Sie war in Gedanken immer noch bei dem Paar, das fast fluchtartig das Lokal verlassen hatte. »Was für eine missliche Lage?«

»Michi und ich waren am ersten Weihnachtsfeiertag im Wildpark spazieren. Dabei ist uns der ermittelnde Kommissar über den Weg gelaufen.«

»Das Bayerl-Bubi?«, wollte Gerti wissen. »Hat er Schwierigkeiten gemacht?«, fragte sie den jungen Beamten.

»Bis jetzt nicht, weil ich auch nicht in der Soko bin. Wir helfen bei Befragungen nur aus.« Er machte eine kurze Pause. »Und was ich durch Kommissar Zufall in meiner Freizeit in der *SonderBar* herausfinde, geht ihn nichts an.« Dabei zwinkerte er Martin verschwörerisch zu.

Gertrud schien sich nicht konzentrieren zu können und wandte sich unvermittelt an Martin: »Kennst du die beiden, die gerade gegangen sind?«

Viertalers Miene verdüsterte sich. »Ihn! Erinnere mich nicht. Der hat mal vier Wochen für schlaflose Nächte bei Franziska und mir gesorgt.«

Verständnislos sahen ihn Gertrud und Michi an.

»Da musst du uns auf die Sprünge helfen,« bat Michi. »Gedanken lesen können wir nicht.«

»Ja, der war mal für ein paar Wochen der Freund von Anna, gleich nach dem Abitur, bevor sie nach Australien gegangen ist. Ernst Haschka, ein halbseidener Unternehmer und Windhund, der meine unerfahrene Anna nach Strich und Faden verarscht hat.«

Sein hochrotes Gesicht verriet Gertrud, dass ihm der Gedanke daran immer noch zusetzte. »Wie heißt er?«

»Franziska hat ihn immer *Sugar Daddy* genannt.«

»Stimmt, der war damals hin und wieder Gesprächsthema auf unseren Spaziergängen.« Die Affäre hatte seinerzeit die ganze Familie Viertaler in Aufruhr versetzt. Persönlich kennengelernt hatte ihn Gertrud nie. Und auch seinen richtigen Namen hatte Franziska nicht erwähnt.

Michi Haas pfiff leise durch die Zähne. »Das ist ja interessant. Dann hoffe ich mal, dass er in der Petra Schleich nicht ein neues Opfer gefunden hat.«

Seine Tischnachbarn machten große Augen. Gertrud hatte als erste ihre Fassung wiedergefunden. »Ist das die Tochter von unserem Mordopfer?«

Michi tat so, als hätte er das *unserem* überhört. »Ja, sie arbeitet in der Stahlbaufirma Haschka. Wir mussten ihr leider auf der Weihnachtsfeier die Todesnachricht überbringen.«

Gertrud steckte sich eine widerspenstige Strähne hinter das Ohr, die ihr immer in das Gesicht fiel. »Die junge Frau macht auf mich einen sympathischen Eindruck. Ganz im Gegensatz zu ihrer Mutter, deren Art ich nicht mochte.«

Als Haas sie fragend ansah, fuhr sie fort: »In Landsberg kannte sie jeder als wandelnde Bildzeitung. Waschen, legen, föhnen und den ganzen Klatsch von Landsberg kostenlos obendrauf. Aber wehe, wenn sie sich auf jemanden eingeschossen hatte.« Gertrud machte eine kurze Pause. »Es würde mich nicht wundern, wenn sie Opfer ihrer eigenen Klatschsucht geworden ist.«

Das war Viertaler eindeutig zu viel. »Du glaubst doch wohl selbst nicht, dass der Landsberger Klatsch und Tratsch die Ursache für den Mord war? Das ist genauso unwahrscheinlich wie ein Zusammenhang mit den Lechrain-Sagen und deinen Hojemännlein, dem Feidlnandl oder anderen Spukgestalten.«

»Was heißt hier eigentlich *deine* Hojemännlein? Du verstehst einfach gar nichts.« Gertrud´s Augen blitzten zornig. »Ich hab dir doch erklärt, dass das Motiv, und nochmal zum Mitschreiben, das *Motiv* hinter den Sagen des Rätsels Lösung sein könnte.«

Michi beobachtete interessiert das Wortgefecht der beiden. »Darf ich auch mal was sagen?«, unterbrach er ihre Auseinandersetzung und wandte sich an Viertaler: »Wie warst du mit dem türkischen Friseur heute Morgen zufrieden?«

»Ah, man war beim Friseur. Ist auch Zeit geworden«, stichelte Gertrud.

Michi warf ihr einen mahnenden Blick zu.

Gertrud stand auf. »Da meine Ermittlungsbeiträge nicht gefragt sind, kann ich mich mal eben frisch machen.«

Sobald Viertalers Nachbarin verschwunden war, beugte sich Martin näher zu Michi. »Entschuldige, meine Bekannte ist zur Zeit ein wenig launisch. Habt ihr was zum Friseur herausgefunden?«

»Ich kann dir nur sagen, dass er zum Kreis der Verdächtigen gehört. Aus verschiedenen Gründen. Aber das hattest du ja geahnt. Bayerl will ihn zur Vernehmung einbestellen.«

Bevor Michi weitersprechen konnte, kam Gertrud zurück an den Tisch. Sie schien sich beruhigt zu haben. »Herr Haas, ich möchte Sie etwas fragen, muss aber ein wenig ausholen. In meiner Rolle als Betreuerin habe ich heute Vormittag mit Rainer Bauer, dem Pflichtverteidiger von Sela, telefoniert. Wir sind jetzt so verblieben, dass er für mich einen Brief mitnimmt, wenn er den Sela morgen in der U-Haft besucht.« Dabei zog sie ein zusammengefaltetes DIN A4 Blatt aus ihrer Handtasche. »Er trifft sich noch mit dem Staatsanwalt Dr. Huber. Leider erst nach seinem Besuch bei Sela. Und der könnte gleich sein okay zu dem Brief geben. Das geht schneller als mit der Post. Mit dem Besuchsschein ist das leider nicht so einfach. Laut Rechtsanwalt Bauer dauert das einige Wochen, bis der durch ist. Sehen Sie das ebenso?«

Michi nickte. »Ja, da kann ich Ihnen nichts anderes sagen. Das sind auch meine Erfahrungen. Aber das mit dem Brief ist doch erst einmal eine gute Sache. Und wer weiß, vielleicht ergibt sich in den nächsten Tagen etwas Neues. Kommissar Bayerl arbeitet trotz der Feiertage mit Hochdruck an dem Fall und ermittelt in alle Richtungen.«

Zufrieden nickte Gertrud. »Die Raunächte, also die Zeit vom 21. Dezember bis zum 6. Januar, bringen die Wahrheit immer ans Licht. Wenn man dafür aufgeschlossen ist.« Dieser Nachsatz war ausdrücklich für Viertaler bestimmt, der innerlich die Augen verdrehte.

»Ich glaube, jetzt muss ich mich mal frisch machen.«
Er stand auf, bevor ein unbedachtes Wort von ihm Gertrud
erneut zornig machte. Und einer Auseinandersetzung mit
ihr wollte er aus dem Weg gehen.

Kapitel 21

Montag, 28. Dezember 2015

Was hatte die *Bastelschlampe* mit Viertaler und dem Kommissar zu schaffen, fragte sich Ernst Haschka nervös, während Petra den Schlüssel in die Wohnungstür ihrer verstorbenen Mutter steckte. »Darfst du da überhaupt schon rein?« Seine Stimme klang gereizt.

Petra entgegnete verunsichert: »Die Polizei hat mich am Mittwoch nach der Identifizierung angerufen, dass die Wohnung wieder freigegeben ist. Ich darf allerdings nur die nötigen Papiere für den Bestatter mitnehmen. Alles andere muss so bleiben, bis die Erbschaft geregelt ist.« Sie hielt kurz inne. »Du musst nicht mitkommen. Ich schaff das schon allein.« Die letzten Worte kamen nur schwer aus ihrem Mund und ihre Stimme klang traurig.

»Nein, versteh mich nicht falsch.« Haschka versuchte, einen versöhnlicheren Tonfall anzuschlagen. »Ich unterstütze dich gern. Der furchtbare Tod deiner Mutter geht mir auch nah, obwohl ich sie nicht kannte.« Aber ich habe den Kopf nicht frei, weil mir der Wirtschaftsprüfer im Nacken sitzt.« Verständnis heischend sah er sie an.

Petra erwiderte seinen Blick nicht und öffnete die Tür. Ein dumpfer Geruch schlug ihnen entgegen. Sie tastete nach dem Lichtschalter, die Energiesparlampe erhellte den Gang nur schwach. Es waren gerade mal acht Tage vergangen, seit sie beim Gehen die Tür ins Schloss geknallt hatte.

»Ihre Papiere hat sie immer in einer Schublade im Wohnzimmerschrank aufbewahrt«, sagte sie und öffnete die nächste Tür. Zugezogene Vorhänge sperrten das ohnehin karge Tageslicht aus. Sie knipste die Stehlampe an, und das warme Licht ließ die dunkelbraune, alte Schrankwand schöner erscheinen, als diese tatsächlich war. Ihre Mutter hatte sich stets geweigert, sie durch hellere Möbel zu ersetzen. Auf dem eingepassten Regal standen nur noch das Sterbebildchen ihres Vaters und ein gerahmtes Bild, das es bei ihrem letzten Besuch noch nicht gab. Kerzen, Vasen und Schalen waren weg. Selbst den unaufgeräumten Stapel mit Zeitschriften gab es nicht mehr, als hätte Helga Schleich ihren Tod vorausgeahnt und für Ordnung gesorgt. Petra nahm das Foto in die Hand, darauf ein kleines Mädchen, lachend, mit schwarzen Locken und einem gepunkteten Kleid zwischen Mama und Papa vor einem Affengehege. Der unbekannte Fotograf hatte diesen glücklichen Augenblick gut eingefangen. Eine Träne tropfte auf den Schnappschuss und zog eine Spur auf dem eingestaubten Glas des Bilderrahmens.

Haschka räusperte seine Anspannung weg und versuchte, seiner Stimme einen verständnisvollen Ton zu geben. »Du wolltest doch die Unterlagen suchen, Petra.«

»Ja, du hast recht.« Sie packte die Aufnahme in ihre Handtasche und öffnete eine Schublade. Auch hier seltsam aufgeräumt; da lagen nur zwei Ordner und eine große Blechkiste. Sie nahm den Aktendeckel mit der Beschriftung *für den Todesfall*. Die *Geschäftspapiere und Versicherungen* würde der Bestatter vermutlich nicht brauchen. Petra kniete sich auf den Boden und öffnete die Kiste: Fotos und ein Stapel Briefe, zusammengebunden mit einer roten Schleife. Der Absender immer derselbe: eine Brigitte Heidegger aus Augsburg. Der Name sagte ihr nichts. Und der Kontakt musste vor zehn Jahren abgebrochen sein. Das schloss sie aus der Briefmarke auf dem obersten Umschlag. Aber auch die Briefe brauchte sie jetzt nicht. Sie wollte sie gerade in die Schublade zurücklegen, als Ernst Haschka plötzlich danach griff. Instinktiv zog Petra die Hand zurück. »Bitte lass das, Ernst. Dazu fehlt mir jetzt die Ruhe.«

Haschka wollte etwas erwidern, aber der entschlossene Gesichtsausdruck von Petra war deutlich.

»Gut, darin dürfte alles sein, was du brauchst.« Dabei deutete er auf den Ordner *Für den Todesfall.* »Den gibst du dem Bestatter. Der kennt sich da am besten aus. Und jetzt nichts wie raus. Hier kriegt man ja Depressionen.« Alles Verständnis war aus seiner Stimme verschwunden.

Irritiert sah ihm Petra nach, während er die Wohnung verließ. Sie löschte die Lichter und zog die Wohnungstür leise ins Schloss, als könnte sie dadurch den Knall vor einer Woche ungeschehen machen.

Haschka verabschiedete sich im Hinteranger mit einer kurzen Umarmung. Petra konnte sich sein distanziertes Verhalten nicht erklären und war noch ganz in Gedanken, als Ali Kartal aus dem Friseursalon kam.

»Mein herzliches Beileid, Frau Schleich. Es tut mir leid, was mit ihrer Mutter passiert ist.« Er streckte ihr seine Hand hin.

»Vielen Dank.« Schon wieder kamen ihr die Tränen. »Ich weiß jetzt gar nicht, was ich sagen soll. Ich bin noch ganz durcheinander.«

»Das kann ich gut verstehen. Das passt aber gut, dass ich Sie sehe. Ich wollte Sie sowieso heute Abend anrufen.« Er zögerte. »Wie Sie sicher wissen, habe ich von Ihrer Mutter vor einem halben Jahr das Haus gekauft. Für meine Familie und mich.«

»Ich wusste gar nicht, dass Sie verheiratet sind.«

»Nein, noch nicht. Aber vielleicht bald.« Er lächelte und fuhr fort: »Mit Familie meinte ich meinen Onkel Enes, einen Bruder meines Vaters mit meinen Cousins und Shirin, meiner Cousine.« Bei der Erwähnung des Mädchens strahlten seine Augen.

»Und was wollen Sie von mir? Ich weiß ehrlich gesagt nicht, wie ich Ihnen helfen kann?«

»Ihre Mutter hatte im ersten Obergeschoss ein lebenslanges Wohnrecht. Aber jetzt, nachdem sie verstorben ist ... Ich weiß, das ist kein guter Augenblick. Aber vielleicht können Sie mir sagen, wann ich mit der Räumung der Wohnung rechnen kann. Ich brauche die Mieteinnahmen. Jetzt, wo Tobias, also Herr Kluge, auch auszieht.«

»Das war mir nicht bekannt.«

»Ja, Herr Kluge wollte schon länger ausziehen. Er kam mit Frau Schleich ...« Ali wusste nicht, wie er es formulieren sollte. »Also sie haben sich in der letzten Zeit sehr oft gestritten. Ihrer Mutter hat es nicht gepasst, dass er zusätzlich zu seiner Anstellung in der Musikschule auch noch private Schüler hier im Haus unterrichtete. Und Anfang November hat er deshalb gekündigt. Vielleicht ziehe ich jetzt in seine Wohnung.«

Petra schwirrte der Kopf. »Sie verstehen sicher, dass ich da im Moment überhaupt nichts sagen kann. Ich muss auch weiter, weil ich noch einen Termin beim Bestatter habe. Sobald ich Näheres weiß, melde ich mich wieder bei Ihnen.« Überstürzt brach Petra auf, ohne sich von ihm zu verabschieden.

Ali sah ihr mit gemischten Gefühlen nach. Eigentlich hatte er sich konkretere Auskünfte erhofft. Nichtsdestotrotz! Die Alte war weg, und er hatte seinem Schicksal die richtige Abzweigung abgetrotzt.

Steif saß Petra auf der Stuhlkante in dem kleinen Zimmer des Bestattungsunternehmers. Zu ihren Füßen lagen kleine Schnipsel des Papiertaschentuchs, das sie nervös zerrupft hatte. Alles in diesem Raum zeugte von Tod und Endlichkeit. Bilder mit pathetisch klingenden Worten sollten den Abschied von Angehörigen erleichtern, wollten Hoffnung suggerieren, wo Trauer Einzug gehalten hatte. Sie beobachtete den älteren Herrn mit den freundlichen Augen, der konzentriert in dem Ordner blätterte. Die Heiratsurkunde und die Sterbeurkunde von Alfons Schleich lagen vor ihm auf dem Schreibtisch. Der fehlende Personalausweis war vermutlich in der braunen abgeschabten Handtasche ihrer Mutter, die sie immer dabei hatte. Die jedoch war verschwunden.

Der Bestattungsunternehmer sah auf und hielt ihr einen kleinen, handgeschriebenen Zettel entgegen. Darauf stand in der unverwechselbaren Handschrift ihrer Mutter: *Im Falle meines Todes wünsche ich eine Feuerbestattung. Bitte keine Traueranzeige und keine Totenmesse. Beerdigung im engsten Familienkreis. Die Urne soll in das Doppelgrab, in dem schon mein Mann Alfons ruht. So sind wir wenigstens im Tod vereint. Etwas, was wir im Leben leider nicht geschafft haben. Das Testament liegt beim Nachlassgericht.* Petra brach in ein hemmungsloses Schluchzen aus. Bisher waren die Tränen nur vereinzelt geflossen, wie aufgestautes Wasser, das sich seinen Weg durch die feinen Risse eines Deichs sucht. Aber jetzt brachen sie wie eine Sturzflut aus ihr heraus und brachten den Damm der mühsam aufrecht erhaltenen Selbstbeherrschung zum Einsturz.

Der Bestatter stand auf und stellte ihr wortlos ein Glas Wasser hin. Einfühlsam reichte er ihr ein weiteres Papiertaschentuch und wartete, bis ihre Tränen versiegt waren. Sie fühlte sich seltsam leer an. Körperlich und seelisch erschöpft unterschrieb sie ihm eine Vollmacht, die er für seine Abwicklung benötigte. Wie betäubt nahm sie die Liste entgegen, auf der stand, was sie in den nächsten Tagen noch erledigen musste. Seine tröstenden Abschiedsworte vernahm sie wie durch einen Schleier.

Gierig zog sie vor der Tür die frische Luft ein. Wie von selbst wählten ihre Füße nicht den Weg zum Parkplatz auf der Landsberger Wiese, sondern den Weg zum Waldfriedhof. Ein Windhauch wirbelte vereinzelt trockene Blätter zwischen den Gräbern. Es sah aus wie ein Tanz, der der Trauer seine Stirn bot. Ein kleiner Buchsbaumkranz schmückte das Urnengrab ihres Vaters. Sie war lange nicht mehr hier gewesen, zu lange. Daneben hing ein Bild von ihm. Ein feiner Kranz aus Lachfältchen trotzte den scharfen Kerben, die sich als Lebensspur entlang der Nase eingegraben hatten. Er hatte vor dem Fernseher einen plötzlichen Herztod erlitten, während seine Frau unten im Laden Haare schnitt. Das passte zu ihm. Er ging so leise, wie er gelebt hatte.

Zärtlich strich sie zum Abschied mit dem Finger über das Bild auf dem Urnengrab. Ihre andere Hand, zu einer Faust geballt, fühlte den Zettel des Bestatters in ihrer Manteltasche. Sie würde den Ordner mit den Versicherungsunterlagen gleich holen, nicht erst morgen früh vor der Arbeit. Und vielleicht fand sich in der Kiste mit den Bildern ein schönes Foto ihrer Mama, welches sie zusammen mit der neuen Inschrift auf der Grabplatte anbringen lassen konnte.

Kapitel 22

Dienstag, 29. Dezember 2015,
Justizvollzugsanstalt Stadelheim

Er erwachte in Schweiß gebadet. Panisch sah er sich um. Es brauchte einige Sekunden, bis er sich zurechtfand, bis er wusste, wo er war. Die kahlen, grün gestrichenen Wände seiner Zelle holten ihn schnell ins Hier und Jetzt. Selahattin Barzani entspannte sich – er war in Sicherheit, wenn man seinen Aufenthalt im Gefängnis so bezeichnen wollte. Doch diese Sicherheit war kein Trost.

Der junge Syrer setzte sich auf und rieb sich den Schlaf aus den Augen. Er hatte einen trockenen Mund, sein Kopf pochte. Von hoch oben drang Licht durch das vergitterte Fenster herein. Die Beleuchtung der Gefängnismauer kämpfte gegen die Schatten seiner Träume und warf einen schwachen Lichtschein an die Zellentür. Das gelbe Licht ließ ihn an manchen Tagen nur schwer einschlafen, doch in Augenblicken wie jetzt war es ihm ein treuer Gefährte.

Sela hatte wieder schlecht geträumt. Grauenhafte Kriegserlebnisse aus Syrien verfolgten ihn beinahe jede Nacht. Zerstörte Häuser, von Streubomben zerfetzte Körper, ausgemergelte Kinder, die ihn aus hoffnungslosen Augen anstarrten. Die Bilder des Krieges, der Entmenschlichung, hatten sich in seinem Kopf festgesetzt. Nach der Ankunft in Landsberg war es besser geworden, doch seit seinem unfreiwilligen Einzug in die Haftanstalt war es schlimmer denn je.

Selahattin griff sich die Plastikflasche vom Tisch neben seinem Bett und nahm einen Schluck Wasser. Angewidert stellte er sie zurück. Sogar das Wasser schmeckte schlecht hier drinnen, als ob es durch die Gefängnisatmosphäre verdorben würde.

Noch war es still im Flur und in den Zellen um ihn herum. Er sah auf seine Uhr, eine zerkratzte Swatch mit Leuchtzeigern. In einer halben Stunde würden die Wärter ihn und seine Mitgefangenen wecken und eine Zellenkontrolle durchführen. Eine halbe Stunde Ruhe, bevor die Betriebsamkeit der Gefängnisroutine auf ihn einstürzte. Anfangs waren diese langen Stunden der Stille und Einsamkeit schwer zu ertragen für ihn. Sie fühlten sich so anders an, als die Hektik und der Lärm einer Flüchtlingsunterkunft. Aber nun hatte er seinen Frieden damit gemacht, und sie halfen ihm, seine Gedanken zu ordnen. Dennoch gab es auch Momente, in denen ihm die Decke auf den Kopf zu stürzen drohte. Dann dachte er immer öfter an Gerti Maier; an diese seltsame Frau, die sich um ihn kümmerte, obwohl sie nicht mit ihm verwandt war. Anfangs hatte sie ihn genervt. Eine Kümmerfrau, die ihm sagte, was er zu tun und zu lassen hatte war ihm peinlich gewesen. Kurzzeitig dachte er sogar, dass sie vielleicht an ihm als Mann interessiert sein könnte, weil sie unverheiratet war. Doch Gerti stand nicht auf junge Kerle, sie hatte nur ein großes Herz und zu viel freie Zeit. Mittlerweile schätzte er ihre Verlässlichkeit und ihre Zuversicht. Bei ihm zu Hause in Kobane war er noch niemandem begegnet wie dieser Frau Maier.

Sela zwang sich, einen weiteren Schluck des abgestandenen Wassers zu trinken. Irgendwie war hier in Deutschland alles anders. Obwohl er von der Polizei verdächtigt wurde, jemanden getötet zu haben, behandelte man ihn hier mit Respekt. Seit seiner Gefangennahme hatte ihn noch niemand geschlagen oder war anderweitig schlecht mit ihm umgegangen. Heute Vormittag würde er sich wieder mit seinem Pflichtverteidiger treffen, einem ernsten jungen Mann, der sehr freundlich war. Dieses Mal wollte ihm Sela einen Brief für Gertrud mitgeben. Er hatte immer wieder geübt und verbessert, vermutlich war der kurze Text trotzdem voller Fehler. Doch das war ihm egal. Er war begierig, sich in der Sprache seiner neuen Heimat zu verständigen. Und Gertrud würde sich freuen.

Dienstag, 29. Dezember 2015,
Am Englischen Garten, Landsberg

Ihr Schlafanzug war durchgeschwitzt. Das Herz hämmerte in ihrer Brust. Jeder Muskel tat ihr weh, sie fühlte sich wie gerädert. Sie war die ganze Nacht auf der Flucht gewesen. Musste sich verstecken – auf Dachböden, die nach Moder und Verfall rochen. Oder unter Betten, wo ihr der Staub in der Nase kitzelte, selbst in Beichtstühlen von Kirchen, die den Hauch von Schuld und Sühne atmeten. Aber sie war nirgendwo sicher. Ihr Verfolger war ihr immer auf der Spur, sie konnte ihm nicht entkommen. Ein schwarzer Schatten, ein konturloses Gesicht. Sie hatte Todesangst. Plötzlich ein lauter Knall, gleichzeitig bellte ein Hund. Sie schreckte hoch, wusste im ersten Moment nicht, wo sie war. Der Traum war so real, so wie auch das Gefühl der Angst, festgekrallt in ihrer Seele. Sie schaute auf den Wecker. Es war Viertel nach sechs. Das Licht einer Straßenlaterne erhellte ihr Schlafzimmer. Obwohl sie im Erdgeschoss wohnte, schlief sie immer bei halb geöffnetem Rollladen.

Mühsam quälte sich Petra Schleich aus dem Bett und ging ins Wohnzimmer. Auch hier warfen die Straßenlaternen Schatten an die Wand. Am Himmel stand die schmale Sichel des abnehmenden Mondes. Fast Neumond, die Zeit des Neubeginns. Wann würde es in ihrem Leben einen neuen Anfang geben? Sie ging ins Bad und stellte die Dusche an. Der Duft nach Limone und Vanille belebte langsam ihre Sinne und brachte sie zurück in die Gegenwart. Die Bilder des Albtraums verloren ihre Macht und liefen mit dem heißen Wasser in den Abfluss.

In ihren Bademantel gehüllt, ging sie in die Küche und füllte Wasser und Kaffeepulver in den Espressokocher. Der erste Schluck des starken Gebräus machte sie endgültig wach. Mit ihrer Tasse ging sie ins Wohnzimmer, öffnete die Balkontür und atmete tief die kalte Luft ein. In der Ferne hörte sie eine Kirchenglocke. Sie zählte mit – sieben Schläge. Es war immer noch dunkel. Die Morgendämmerung würde noch eine knappe Stunde auf sich warten lassen. Ihr Blick fiel auf den großen, schweren Topf, der mit Erika, Tannenzweigen und Winterblühern bepflanzt war und nun zerbrochen in der Ecke auf dem Boden lag. Den Knall hatte sie also nicht geträumt. Sie fragte sich, wie das geschehen konnte und seufzte leise. Das würde sie erst am Abend wegkehren, denn sie musste sich langsam für das Büro fertig machen. Ihr Nacken verspannte sich, als sie an ihren Chef Ernst Haschka dachte. Sein Verhalten gestern Nachmittag war sehr komisch gewesen. So launisch hatte sie ihn noch nie erlebt und überlegte wie sie ihm heute gegenübertreten sollte. Gleichzeitig löste die Erinnerung

an seine Umarmung ein leises Flattern in ihrer Magenge-
gend aus.

Ruckartig schloss sie die Terrassentür. Vielleicht sollte
sie etwas Abstand halten, bis sie sich über ihre Gefühle zu
ihm im Klaren war. Sie konnte doch kein Verhältnis mit
ihrem Chef anfangen. Ihre Mutter würde sich im Sarg umdrehen. Sie war schon außer sich gewesen, als Petra bei der
Stahlbaufirma Haschka angefangen hatte. Einen triftigen
Grund hatte sie ihr nicht genannt. Vielleicht war es genau
diese Ablehnung gewesen, die ihren Trotz herausgefordert
hatte. Letztendlich hatte sie sich trotz anderer Angebote
für Haschka entschieden.

Sie ging ins Bad. Aus dem Spiegel blickte ihr ein blasses Gesicht mit tiefen Augenringen entgegen. Sie zog sich
gerade das dunkelblaue Wickelkleid an, als ihr Handy klingelte. Eine unbekannte Nummer wurde anzeigt.

»Petra Schleich, guten Morgen ... Wer ist da bitte? Die
Polizei? Wie bitte? Wo ist eingebrochen worden?« Sie
presste ihre Lippen zusammen. »Ich bin in zehn Minuten
da.«

Dienstag, 29. Dezember 2015, JVA Stadelheim

Selahattin wurde in den Besuchsraum gebracht, wo
sein Anwalt, Rainer Bauer, eine Akte studierte. Sein
Rechtsbeistand hob den Kopf und begrüßte ihn.

»Guten Morgen, Herr Anwalt. Bringen Sie gute Nachrichten? Hat die Polizei erkannt, dass ich unschuldig bin?
Kann mich Gertrud besuchen?«

Der junge Pflichtverteidiger lächelte. »Herr Barzani,
das sind eine Menge Fragen auf einmal. Ich will versuchen,

Ihnen alle der Reihe nach zu beantworten.« Dann erklärte er Selahattin, dass die Polizei in verschiedene Richtungen ermittelt, und dass es mittlerweile auch andere Verdächtige gab.

»Und warum werde ich dann nicht freigelassen?«

»Weil nur bei Ihnen eine akute Fluchtgefahr unterstellt wird. Außerdem sind wohl die Fakten bei den anderen Verdächtigen noch nicht so stichhaltig, wie bei Ihnen.« Als Selahattin ihn bestürzt ansah, schob er schnell hinterher: »Das ist, weil sie ein Ausländer sind und kein Deutscher. Da nimmt man an, dass sie sich ins sogenannte Ausland absetzen könnten.«

»Aber warum ...«

»Herr Barzani, das hat überhaupt nichts mit Ihnen und Ihrer speziellen Situation zu tun. Das ist eine Standardprozedur. Eine bürokratische Regel, sozusagen.«

»Davon scheint es in Deutschland viele zu geben«, murmelte Selahattin.

»Herr Barzani, bei uns mag es viele geschriebene Regeln und Gesetze geben, in ihrem Land dagegen gibt es mindestens genauso viele Vorschriften. Die sind allerdings nirgendwo aufgeschrieben – man muss sie kennen, um durch´s Leben zu kommen. Da finde ich unsere Variante besser.«

So hatte Selahattin die Sache noch gar nicht betrachtet. Da war etwas Wahres dran. In Syrien gab es tatsächlich Unausgesprochenes, an das sich tunlichst jeder zu halten hatte, angefangen von den Regeln, wie sich Frauen in der Öffentlichkeit zu benehmen hatten, bis hin zu welche Stadtviertel von welcher Miliz kontrolliert wurden. »Also gut, Sie haben recht. Ich habe einen Brief für Frau Maier geschrieben. Würden Sie ihn für mich überbringen?«

Anwalt Bauer erklärte ihm: »Sie wissen, dass das drei bis vier Wochen dauert?«

Als ihn Selahattin entgeistert ansah, ergänzte er: »Weil der Brief vom ermittelnden Staatsanwalt gegengelesen werden muss. In Ihrem Fall haben wir Glück, weil der Staatsanwalt, Dr. Markus Huber, ein Studienkollege von mir ist.«

»Das ist doch kein Glück! Der Staatsanwalt liest meinen Brief.«

Der Anwalt legte Selahattin eine Hand auf den Arm. »Die Briefe werden immer gelesen, auch der, den mir Ihre Betreuerin für Sie mitgegeben hat. Aber weil ich meinen Kollegen nachher treffe, liest er heute noch beide durch. Ihre Betreuerin bekommt ihn von mir persönlich ausgehändigt, Sie bekommen ihren in den nächsten Tagen. Ist das ein Angebot?«

Selahattin wusste zwar nicht, was das mit einem Angebot zu tun hatte, aber er musste wohl oder übel auf seinen Anwalt vertrauen.

Kapitel 23

Dienstag, 29. Dezember 2015

Gedankenverloren stand Ali Kartal im Eingangsbereich seines *ALI BARBER SHOP´*s und starrte auf den Hinteranger. Der letzte Kunde war gerade gegangen. Die Begegnung gestern Vormittag mit seinen Cousins Yasin und Fikred ging ihm nicht mehr aus dem Kopf. Dass sie ihn beschimpften, sogar beleidigten, konnte er nachvollziehen; vor allem, weil er sie in eine missliche Lage manövriert hatte. Obendrein hatte es Cousin Yasin nie so richtig verwunden, dass er ihm in einem Streit die Nase gebrochen hatte. Das war zwar nicht absichtlich geschehen, sondern in ebenso einem Gerangel wie gestern, aber dass der jüngere Fikred ihn schlug, beschäftigte ihn sehr. Fikred war eigentlich ein guter Junge, wie man so sagte, doch seit er den Kampfsport Karate ausübte, ließ er es immer wieder an Respekt fehlen. Das bezog sich nicht nur auf fremde Zeitgenossen, sondern auch auf den Umgang mit seiner Familie. Im gleichen Maße, wie das Training seinen Körper gestählt hatte, wandelte sich auch sein Selbstbewusstsein, gestützt auf ein übergroßes Ego. Er hatte offenbar den tieferen Sinn des Karate nicht verstanden. Als früherer Karateka wusste Ali, dass das Training Aggressionen eher reduzierte, als sie – wie in Fikreds Fall – zu fördern.

Seufzend wandte er sich ab vom Feierabendverkehr des Hinterangers und von den beiden links von ihm aufgestellten, kerzengeschmückten Tannenbäumen. Beim Hineingehen fiel sein Blick auf den leeren Laden rechts von ihm. Dieses kleine Geschäft gehörte mit zum Haus und hatte schon länger keinen Mieter mehr. Das hätte sich längst ändern sollen, doch er hatte sich schlichtweg verkalkuliert.

Ali schloss die Eingangstür ab und begab sich in den hinteren Teil des Salons. Dort setzte er sich an einen der Nierentische, goss sich ein Gläschen Çay ein und streckte die Beine aus. Wie konnte das alles nur geschehen? Hätte er nur besser gewirtschaftet, würde er diesen Tee jetzt im gegenüberliegenden Café seines Onkels trinken. So war der Plan gewesen.

Er konnte sich noch gut an den Augenblick erinnern, als ihm Frau Schleich mitgeteilt hatte, dass sie ihren Salon verkaufen wolle. »Zu Vorteilskonditionen«, wie sie ausdrücklich betont hatte. Damals wäre er ihr am liebsten um den Hals gefallen. Doch nun, ein halbes Jahr später, lag sein Leben in Trümmern.

Dieses Miststück! Was hatte sie ihm alles versprochen! Sprüche geklopft und ihn eingewickelt. Allein die Gedanken daran brachten ihn dazu, die Fäuste zu ballen. In seinen Ohren rauschte das Blut. Mit zittriger Hand nahm er das tulpenförmige Teeglas und leerte es in einem Zug. Dann stellte er es so hart zurück auf den Untersetzer aus Blech, dass es zerbrach. Kartal erschrak; nicht nur wegen der Verletzungen an seiner rechten Hand, sondern über sich selbst. Jedes Mal, wenn er an diese Frau dachte, geriet er völlig außer sich. Das hatte außer Helga Schleich noch kein Mensch geschafft. Eilig holte er ein Papiertaschentuch hervor und wickelte es um die blutenden Finger.

Vor ihm auf dem Tisch lag das Landsberger Tagblatt. Im aufgeschlagenen Lokalteil fand sich erneut ein Bericht mit den neuesten Mutmaßungen und unbestätigten Fakten zur kopflosen Leiche in der Teufelsküche. Kartal überflog ihn. Der Redakteur schwadronierte darin über mögliche Täter und Mordmotive. Selbst den alten, unaufgeklärten Koffermord vor über 30 Jahren zog er in Betracht. Ein anderer Artikel handelte vom Interview einer Sagenspezialistin, die Bezüge zu sogenannten Raunächten herstellte und übernatürliche, dunkle Mächte ins Spiel brachte. Der Friseur schüttelte den Kopf, als er das las. Immerhin wusste mittlerweile jeder, dass es sich bei der Toten um Helga Schleich handelte. Das Weib hatte nach Ali´s Meinung seine gerechte Strafe erhalten. Als Muslim glaubte er an das Gute im Menschen, aber das fiel ihm schwer, wenn er an *diese Person* dachte.

Im Juni hatte sie ihm angeboten, ihren alteingesessenen Friseursalon zusammen mit dem nebenanliegenden Geschäft und den Wohnungen im Hinteranger zu übernehmen. »Ich brauche das Geld, um meine spärliche Rente aufzubessern. Außerdem habe ich für den Salon keine Verwendung mehr. In meinem Leben habe ich so viele Haare geschnitten, dass ich schnellstens weg will davon. Und mich um dieses ganze Haus zu kümmern, ist mir zu viel; mein Mann ist tot, und meine Tochter ist ausgezogen.«

Das alles hatte vernünftig geklungen. Es war *die* Chance! Er einigte sich mit ihr auf einen Kauf des Hauses, bei dem Frau Schleich ein Wohnrecht auf Lebenszeit eingeräumt wurde. Enthalten war auch der Friseursalon, für dessen Umbau aufgrund des ursprünglich vereinbarten, günstigen Kaufpreises noch genügend Geld übrig bleiben sollte. So war sein *amerikanischer* Traum vom *ALI BARBER SHOP* entstanden mit Jukebox im Retrostil. Er wollte der Friseur für die jungen Leute in Landsberg werden.

Doch dann hatte er die Geschäftsfrau Schleich kennengelernt. Ohne mit der Wimper zu zucken, hatte sie den mündlich vereinbarten Kaufpreis im schriftlichen Vertrag um 10 % erhöht. Auf seine empörte Beschwerde hatte sie ihm trocken erklärt, dass ein Immobilienmakler aus München sogar noch mehr zu zahlen bereit wäre. So geriet seine mühsam aufgestellte Finanzierung von Anfang an in Schieflage. Doch er hatte sich derart in seinen Traum von der Selbstständigkeit hineingesteigert, dass er das Geschäft trotzdem durchgezogen hatte.

Kaum hatte er seinen Laden eröffnet, begann Helga Schleich, im wahrsten Sinne des Wortes, bei ihm im Geschäft herumzuschleichen. Dabei stellte sich heraus, dass diese Frau schlimmer war, als der türkische Geheimdienst. Sie wusste zu allem und jedem etwas und hielt damit nicht hinter dem Berg. Zusätzlich bedrängte sie mit ihren teilweise obskuren Meinungen seine Kundschaft, die sich dadurch gestört fühlte. Die Konsequenz war, dass er neu gewonnene, jüngere Kunden schnell wieder verlor. Als immer mehr wegblieben, sah es nicht nur mit der Tilgung der Kredite schlecht aus, auch die Renovierung des Nachbarladens wurde immer unwahrscheinlicher.

Für seinen Onkel Enes war das aber nur der Gipfel der Dummheiten, die Ali zu verantworten hatte. Das Zerwürfnis hatte damit begonnen, dass ihm mehrere Familienmitglieder Geld für den Hauskauf geliehen hatten. Nach Enes´ Meinung wäre es dann ihm als Familienoberhaupt zugestanden, die Verhandlungen zu führen. Doch Ali war vorgeprescht und hatte sich von der *Alman kadin*, der deutschen Frau, über den Tisch ziehen lassen. Der höhere Kaufpreis und die vergraulten Kunden sorgten dafür, dass das Café in weite Ferne gerückt war.

Der Friseur vergrub das Gesicht in seinen Händen. Das Zerwürfnis mit seinem Onkel gefährdete auch Ali´s geplante Ehe mit dessen Tochter Shirin. Das sture Festhalten an seinen Träumen hatte es der *Alman kadin* überhaupt erst ermöglicht, ihn ins Unglück zu stürzen. Aber das war jetzt mit ihrem Tod vorbei. Allah sei Dank!

Das Telefon klingelte. Ali Kartal zuckte zusammen. Er würde nicht mehr rangehen. Es war Feierabend – oder sollte er doch abnehmen? Ali hatte das Gefühl, als ob das Telefon von seiner unangemessenen Freude wusste. Wieder dieses anklagende Läuten, das scheinbar immer lauter wurde. Fast war er versucht, sich die Ohren zuzuhalten, redete sich aber ein, dass es gleich still sein würde. Doch es hörte nicht auf. Er schloss die Augen. Sein Puls stieg an.

Nach dem zehnten Klingelton hielt er es nicht mehr aus, sprang auf und nahm den Hörer ab. »Ali Barber Shop, mein Name ist Kartal.«

Am anderen Ende der Leitung stellte sich jemand vor. Ali verstand nur Kripo und Kommissar.

»Ali Kartal am Apparat, mit wem spreche ich bitte?«

Jetzt begriff er, dass ein Kriminaloberkommissar Bayerl vom K1 der Kripo Fürstenfeldbruck mit ihm sprach.

»Kriminalpolizei? Mordkommission? Was will die Kriminalpolizei von mir?« Ali gefror fast das Blut in den Adern. »Ich habe dem Polizisten alles erzählt, als die Wohnung von Frau Schleich vorige Woche untersucht wurde.«

Der Polizist forderte ihn auf, zu ihm auf´s Kommissariat zu kommen.

»Fürstenfeldbruck? Was soll ich denn in Fürstenfeldbruck? Ich kann morgen nicht weg. Ich habe den Friseursalon ab neun geöffnet. Wie stellen Sie sich das vor?«

Während er das sagte, starrte er die Wand mit dem Bild der *Hagia Sophia* an. In seinem Kopf drehte sich alles. Dann begriff er, dass er nur eine Chance hatte, wenn er kooperierte. »Ich werde sehen, was ich machen kann.«

Der Kommissar ließ nicht locker.

»Also gut, ich bin um Punkt acht bei Ihnen im Kommissariat. In der Ganghoferstraße 42. Auf Wiederhören.« Er legte auf und atmete hörbar aus. Ali Kartal hatte eine unangenehme Vorahnung, warum ihn die Kripo nach Fürstenfeldbruck bestellte. Beim Gedanken daran wurde ihm hundeelend.

Kapitel 24

Mittwoch, 30. Dezember 2015

Oberkommissar Bayerl saß in seinem Büro und rührte zufrieden seinen Kaffee um. Gerade war der Friseur Ali Kartal gegangen. Der Türke war mindestens so verdächtig wie der syrische Asylant. Irgendwie komisch, dachte er bei sich – Muslime waren scheinbar zu allem fähig. Nicht, dass es Mord und Totschlag nicht auch in unseren Breiten gäbe; eine Enthauptung kannte man aber eher von Geschichten aus *Tausend und einer Nacht* oder aus den Nachrichten über den Islamischen Staat.

Ein Grinsen huschte über sein eckiges Gesicht. Über diesen Friseur Kartal war er bei der Durchsicht der Befragungsprotokolle der Landsberger Polizei vom 22. Dezember gestolpert. Eine routinemäßige Überprüfung hatte dann ergeben, dass der Türke das Haus mit zugehörigem Friseursalon vor einem halben Jahr von der ehemaligen Besitzerin gekauft hatte. Laut Auskunft des Grundbuchamts wurde damals ein Wohnrecht auf Lebenszeit für Helga Schleich eingetragen. »Na, das ist ja schnell erloschen«, spöttelte Bayerl, als er die Akte noch einmal durchsah. Darin fand sich noch ein weiteres interessantes Detail. Es gab eine Anzeige seines eigenen Cousins Yasin, weil ihm Ali Kartal in einer Schlägerei die Nase gebrochen hatte. »Pack schlägt sich, Pack verträgt sich«, murmelte Ingo Bayerl vor sich hin. »Fast wie bei uns in Niederbayern.«

Anscheinend hatte sich Kartal das Geld für den Kauf bei seiner Verwandtschaft zusammengeborgt. Offenbar mit dem Versprechen, dass die lieben Verwandten im Ladengeschäft gegenüber ein türkisches Café aufmachen könnten. Dass es noch nicht dazu gekommen war, hatte Kartal bei seiner Befragung auf seine eigene, klamme Finanzlage geschoben. Der Kommissar aber ging von einer anderen Lage aus. Er war überzeugt, dass das Mordopfer wohl nicht begeistert gewesen war vom geplanten, türkischen Mehrgenerationenhaus.

Im Laufe der Vernehmung hatte sich der Kerl immer mehr in Widersprüche verstrickt. Den würde er sich ein weiteres Mal vornehmen. Ohne Vorwarnung, drüben in Landsberg.

Darüber hinaus hatte er mit Tobias Kluge einen weiteren Bewohner des Hauses im Hinteranger für heute Nachmittag einbestellt.

Der Kommissar trank seinen Kaffee aus und verzog unwillkürlich das Gesicht. »Kalter Kaffee macht schön«, witzelte er und stellte die Tasse zurück auf den Tisch, neben den Obduktionsbericht von Frau Dr. Brahms-Kurbjeweit. Er hatte ihn am Morgen kurz überflogen, als er mit der Hauspost kam. Doch nun wollte er ihn noch einmal Punkt für Punkt durchlesen.

Offenbar war es tatsächlich erwiesen, dass das Opfer in der Zeit zwischen 16:00 und 17:00 Uhr des 21. Dezembers zu Tode gekommen war. Den Zeitpunkt der Dekapitation dagegen schätzte die Pathologin auf einen Zeitraum von 07:00 bis 09:00 Uhr am Morgen des 22. Dezembers. Sie begründete das mit einem zum Zeitpunkt der Abtrennung des Kopfes *avitalen* Gewebe bei voll ausgeprägter Leichenstarre. Bayerl googelte den Begriff. »Kein aktiver Blutfluss mehr. Kann die das nicht verständlich schreiben?«, mokierte sich der Kommissar. »Immerhin decken sich diese Fakten mit der Aussage des Beschuldigten Barzani. Der will einen Unbekannten beim Zerteilen der Leiche überrascht haben auf der Brücke über die Teufelsküche.«

Ingo Bayerl rieb sich über die Stoppeln seines Dreitagebarts. Die Todesursache war laut Bericht ein Genickbruch infolge eines Sturzes. Es wurden kaum wahrnehmbare Hämatome im Schulterbereich und an den Unterarmen des Opfers gefunden. Laut Pathologin deuteten diese auf eine mögliche Rangelei des Opfers mit einer weiteren Person hin oder dass es geschubst worden sein könnte. »*Sein könnte!* Wenn ich meine Ermittlungen so vage führen würde, wie diese Halbgötter in Weiß, würde kein Fall jemals abgeschlossen.« Als er sich wieder beruhigt hatte, dachte er über das mögliche Motiv nach. Was könnte es gewesen sein? Eines der drei klassischen Hauptmotive? An erster Stelle lag laut Statistik die Kränkung und Verletzung des Selbstwertgefühls. Dicht gefolgt von Habgier und materieller Bereicherung. An Platz drei kam die gute alte Rache. Anschließend folgten auf den weiteren Plätzen sexuelle Motive, Eifersucht, Hass und Liebe. Die möglichen Hämatome könnten auf eine Beziehungstat hindeuten, da dann häufig das Opfer berührt wird. Doch das half ihm auch nicht wirklich. Immerhin waren 90 Prozent aller Morde Beziehungstaten. Auch in diesem Fall dürften sich Opfer und Täter gekannt haben.

Er las weiter im Obduktionsbericht. Wegen der voll ausgeprägten Leichenstarre war ein scharfes und widerstandsfähiges Werkzeug nötig für die Dekapitation. Der Kopf wurde laut Frau Dr. Brahms-Kurbjeweit *post mortem* mit einer Metallsäge abgetrennt. Bei der Leichenschau wurden Metallspäne aus niedriglegiertem Feinkornbaustahl gefunden. »Sieh mal einer an. Vielleicht ein Handwerker?«

Das Klingeln des Telefons riss ihn aus seinen Gedanken. »Bayerl«, bellte er in den Hörer.

»Stockleitner hier. Ich habe Neuigkeiten für Sie, Herr Kommissar.«

»Neuigkeiten? Welcher Art?«

»Über Ihren Fall und unseren Polizeiobermeister Haas. Ich habe herausgefunden ...«

»Nicht am Telefon! Können Sie nach Fürstenfeldbruck kommen? Ich lade Sie zu einem unvergesslichen Kantinenessen ein. Was meinen Sie?«

Am anderen Ende herrschte kurzes Schweigen. »Ja, das überrascht mich jetzt schon ein wenig, Herr Kommissar. Ich bin auf Schicht, müssen Sie wissen.«

»Stockleitner! Hier geht es um Mord. Und wenn Sie wichtige Erkenntnisse haben, lassen Sie sich auf Ihrem Provinzposten in Landsberg von jemandem vertreten und leisten hier Amtshilfe. Das wird in erster Linie Ihrer Karriere nützen.«

»Also gut, da spar ich mir den Döner um die Ecke. Wissen Sie, seit ich Strohwitwer bin ...«

»So machen wir´s, Stockleitner. Also, ich erwarte Sie in zwei Stunden hier in Fürstenfeldbruck.« Bayerl legte auf. Das lief ja hervorragend. Ich habe einen zweiten Verdächtigen, stichhaltige Indizien und vielleicht die Gelegenheit, diesen verhassten Viertaler abzuschießen.

»So was Feines habt ihr nicht drüben in Landsberg, oder?«

Gustl Stockleitner staunte nicht schlecht, als er die Kantine der Kriminalpolizeidienststelle in Fürstenfeldbruck betrat. »Ja, so eine tolle Kneipe hätten wir auch gerne. Da ham´S recht, Herr Bayerl.« Als sie mit ihren gefüllten Tabletts an einem der hinteren Tische Platz genommen hatten, erlöste der Landsberger Schichtleiter den Kollegen von der Kripo. Mit gesenkter Stimme erklärte er, was er herausgefunden hatte: »Sie haben mich gebeten, ein Auge auf unseren Polizeiobermeister Haas zu werfen. Also, da ham´S schon an richtigen Riecher gehabt, Herr Oberkommissar.« Dann machte er eine rhetorische Pause, um die Wichtigkeit seiner Erkenntnisse hervorzuheben.

»Stockleitner! Bitte die Fakten. Ich habe heute noch anderes zu tun.« KOK Bayerl war nicht gewillt, dieses Spiel mitzuspielen.

Der Kommissar der Schutzpolizei quittierte die Unhöflichkeit mit einem beleidigten Gesicht. Etwas weniger enthusiastisch fuhr er fort: »Ich habe gestern überprüfen können, was sich der Kollege Haas in unserem System angesehen hat.«

Bayerl unterbrach ihn aufgeregt: »Sie haben ihn doch wohl nicht datentechnisch überwacht? Ich sage Ihnen gleich, dass ich Ihnen niemals einen derartigen Auftrag gegeben habe. Dafür tragen Sie schon selbst ...«

Jetzt war es an Gustl Stockleitner, überrascht zu sein: »Daher weht der Wind! Ich soll die Drecksarbeit erledigen, aber nach allen Regeln und Dienstvorschriften. Nun, ich kann Sie beruhigen, Herr Kriminaloberkommissar Bayerl«, dabei betonte er das *Ober* besonders, »ich habe keine Gesetze gebrochen.« Dann verspeiste er genüsslich einige Gabeln seines Bohnensalats. Dieser Wichtigtuer von der Kripo kam ihm gerade recht.

Bayerl starrte den uniformierten Kollegen aus Landsberg mit einer Mischung aus Zorn und Ertapptsein an.

Welches der Gefühle die Oberhand gewinnen würde, konnte Stockleitner nur erahnen. Schließlich spannte er seinen Kripokollegen nicht weiter auf die Folter: »Der Haas war so unvorsichtig und hat seinen Browser offengelassen, als er auf´s Klo ist.«

Bayerl entspannte sich sichtlich. »Es war nicht so gemeint, wie es vielleicht geklungen hat«, ruderte der Fürstenfeldbrucker zurück.

»Passt schon! Also, der Haas interessiert sich für den Kaufvertrag zwischen dem Verdächtigen Kartal und dem Opfer. Könnte sein, dass er seine Erkenntnisse auch …«

»… mit Viertaler teilt. Der alte Fuchs. Das sehe ich auch so.« Jetzt widmete sich Bayerl seinem Schnitzel mit Pommes. Er war wieder ganz der Alte. Arrogant und besserwisserisch.

Stockleitner nahm den Faden wieder auf: »Haben Sie den Bericht gelesen, den unser Polizeiobermeister Haas aufgenommen hat? In die Wohnung des Mordopfers wurde gestern früh oder vorgestern Nacht eingebrochen.«

Bayerl ließ seine Gabel mit zwei Pommes Frites sinken. »Ich bin noch nicht auf dem neuesten Stand. Bei mir laufen jede Menge Spuren auf, die ich prüfen muss. Wurde etwas entwendet?«

»Das ist ja das Komische. Die ganze Wohnung war durchwühlt, aber die Tochter des Opfers, Frau Petra Schleich, sagt, dass nichts fehlt. Zumindest fiel ihr nichts auf.«

»Merkwürdig. Und unser *Maschkera* Haas war dort? Dann wird das der Viertaler auch wissen mittlerweile.«

»Mag sein. Doch das ist nicht gesichert. Ich habe in den letzten Tagen persönlich ein Auge auf den Haas und Ihren Ex-Kollegen gehabt. Die beiden haben sich in einem Café getroffen. Die Bekannte von Viertaler war auch dabei.«

»Die *Gutmenschin*!«, fiel ihm Bayerl ins Wort. »Die hatten wir doch in der Flüchtlingsunterkunft hoppsgenommen, oder?«

»Genau die!«

»Dieses Weib will den Flüchtling in Stadelheim besuchen, aber das kann dauern.«

»Soll ich da weiter dranbleiben? Vielleicht ergeben sich Erkenntnisse, die für die Ermittlungen der Kripo wichtig sind.«

»Tun Sie das, Kollege Stockleitner. Allerdings brauchen wir einen hieb- und stichfesten Beweis, um Viertaler und seine Hobbytruppe festzunageln.«

»Ich seh zu, was ich machen kann. Aber ich kann Ihnen nicht versprechen, dass ich was herausfinde. Immerhin bin ich alleine.« Insgeheim war der Landsberger Schichtleiter der Schutzpolizei nicht mehr so euphorisch. Dem Kollegen von der Kripo schien es mehr um persönliche Animositäten gegenüber seinem früheren Chef zu gehen, als um wirkliche Erkenntnisse.

Doch der gebremste Schaum Stockleitners entging KOK Bayerl. Er hörte nur das, was er hören wollte. Bei seinem ersten großen Fall pfuschte ihm sein ehemaliger Vorgesetzter rein. Das konnte und wollte er nicht zulassen. Immerhin hing vom erfolgreichen Abschluss dieser Ermittlungen seine Beförderung ab. Er wandte sich wieder an den Schutzpolizisten: »Wenn Sie mir den Viertaler auf einem Silbertablett präsentieren, wird es Ihr Schaden nicht sein. Im übrigen, das Essen geht auf meine Rechnung, Herr Kollege.«

Das ist ja wohl das Mindeste, dachte Stockleitner.

Nach dem Essen brachten beide ihre Tabletts zurück zur Ausgabe. »Also, ich muss dann wieder.« Bayerl streckte seinem Kollegen die Hand hin.

Gustl Stockleitner ergriff sie und hielt sie kurz fest. »Herr Bayerl, ich hätte da noch was.«

»Ja?«

»Ich hab da so eine Theorie.«

Ingo Bayerl entzog ihm seine Hand. »Theorie?«

»Wissen´S, wir hatten 1971 einen bis heute nicht aufgeklärten Fall in Landsberg.«

Bayerl zog die Augenbrauen hoch. »Was für ein Fall?«

»Damals wurde eine am Becken durchgesägte Jugoslawin in einer Kiste im Lech gefunden. Nördlich von Landsberg; sie verschwand ebenfalls um die Weihnachtszeit. Den Täter hat man nie gefasst. Könnten wir es nicht mit einem Serienkiller zu tun haben?«

KOK Bayerl überlegte kurz. »Das glaube ich nicht. Sie müssen wissen, ich war schon auf mehreren Profiling-Seminaren. Nach so langer Zeit kann man nicht mehr von emotionaler Abkühlung sprechen. Glauben Sie mir, diese Morde haben nichts miteinander zu tun. Fahren Sie mal wieder zurück nach Landsberg und lassen uns unsere Arbeit tun. Trotzdem schönen Dank.« Damit ließ er Gustl Stockleitner stehen.

»Arrogantes Gscheithaferl!«, flüsterte der Landsberger Schichtleiter, bevor er sich auf den Heimweg machte. Für diesen Klugscheißer würde er seinen Kollegen Haas

nicht mehr beschatten – geschweige denn, Martin Viertaler.

Kapitel 25

Mittwoch, 30. Dezember 2015

Liebe Gerdi,

mir get es nicht gut. Ich schlafe wenig und habe schlechte Träume. Sehe imer wider Mensch ohne Kopf.

Erinnert mich an früher. Mein Anwald ist ser net. Er hat gesagt, ich soll mir keine Angst machen. Ich habe ihm alles gesagt, was ich gesehen habe. Mein Anwald sagt, das ist gut. Ich vermise Landsberg am Lek. Bitte schreib mir.

Dein Sela

PS: Danke für deine grüse. Ich habe mich ser gefreut. Mein Anwald hat mir gesagt, das er deinen Brief erst Jemandem zeigen muss. Aber dann bekomme ich ihn.

Gertrud sass an ihrem Küchentisch im Klösterl und las bereits zum dritten Mal die Zeilen von Sela aus der Untersuchungshaft. Da das Postscriptum mit Kugelschreiber verfasst war, ging sie davon aus, dass Sela den Nachsatz im Beisein seines Anwalts geschrieben hatte. Der hatte ihr den Brief vor einer halben Stunde persönlich vorbeigebracht. Rainer Bauer war wirklich nett. Irritiert hatte sie seine Frage, ob es im Umfeld von Selahattin jemanden gab, der ein graues Auto mit einer auffälligen Figur auf dem Armaturenbrett hatte. In einem Glitzeranzug und mit einer Gitarre in der Hand. Das wäre unter Umständen eine heiße Spur. Aber so sehr sie sich auch ihr Gehirn zermarterte, ihr fiel dazu nichts ein. Sie würde Martin fragen.

Vielleicht war ihm so ein Auto aufgefallen. Er würde sowieso gleich da sein, nachdem er sich gestern nach dem *Principe* zum Kaffee bei ihr eingeladen hatte. Sie stand auf und ging nervös in ihrer kleinen Küche umher. Der Augenblick der Begegnung im *Principe* hatte die Schatten von Scham, Angst und Schuld geweckt. Sie krochen seit gestern Nachmittag aus den unbewussten Ecken ihrer Seele und entwickelten eine Eigendynamik, die sie nach all den Jahren nicht mehr für möglich gehalten hatte. Ein Klingeln unterbrach das Gedankenkarussell in ihrem Kopf.

Hexle brach bei ihrem Anblick in Freudengebell aus, sprang an ihr hoch und hinterließ feuchte Pfotenabdrücke auf ihrer hellen Jeans.

»Hexle, aus!« Viertaler fasste den Hund am Halsband. »Entschuldige bitte, das macht sie sonst nicht. Schon auf dem Weg hierher hat sie wild an der Leine gezogen, als wüsste sie, dass wir zu dir gehen.«

Gertrud herzte den Hund, dem das sichtlich zu gefallen schien. »Passt schon, Martin. Magst du einen Kaffee?«

»Gern, ich hab uns auch was mitgebracht.« Er zog eine Tüte aus seiner blauen Stofftasche. »Mohnschnecken. Die magst du doch so gern.«

Das war ja ganz was Neues, dass Martin sich das gemerkt hatte. Misstrauisch fragte sie: »Brauchst du was von mir?«

»Wieso? Ich möchte nur in Ruhe mit dir Kaffee trinken, nachdem unser Treffen im *Principe* nicht ganz ungestört war.«

»Also, was ist los?« Sie sah in prüfend an.

Viertaler fühlte sich ertappt. »Ich wollte mit dir über *unseren* Fall reden. Ohne den Michi Haas. Er ist sehr kooperativ, aber zu dir habe ich mehr Vertrauen.«

Gertrud fühlte sich geschmeichelt. Sie nahm den Brief von Sela und gab ihn Viertaler, der sich mittlerweile auf die kleine Küchenbank gesetzt hatte. Hexle hatte es sich unter dem Küchentisch bequem gemacht und kaute hingebungsvoll an einem Leckerli.

»Das mit dem Anwalt hört sich gut an. Der scheint sein Handwerk zu verstehen. Aber jetzt erst einmal etwas anderes. Du hast doch gestern angedeutet, dass wir den Tobias von der Verdächtigenliste streichen können. Wie kommst du darauf?«

Gertrud schenkte den Kaffee in große Tassen. »Ich habe den Tobias Kluge im Zug von München nach Landsberg getroffen. Am zweiten Weihnachtsfeiertag, als ich von meiner Schwester nach Hause gefahren bin.«

»Und das sagst du mir erst jetzt?«

»Es gab bisher keine Gelegenheit und vor dem Haas wollte ich es dir nicht erzählen.«

Touché! Das war wohl die Retourkutsche, weil er den Michi einfach ins *Principe* mitgebracht hatte.

»Er kann die Schleich nicht umgebracht haben, weil er in München bei seinem Freund war.«

»Ich dachte, der hat sich beim Pfarrer wegen Krankheit entschuldigt?«

»Stimmt auch. Vermutlich Grippe. Er klang immer noch stark verschnupft und hat ständig gehustet. Aber er hat sich lieber im Bett seines Freundes in München auskuriert als in Landsberg.« Dabei betonte sie *das Bett seines Freundes* besonders.

Viertaler konnte ihr nicht folgen, sah sie fragend an.

»Verstehst du nicht, Martin? Der Tobias ist schwul. Die alte Schleich hat das im Herbst herausgefunden, ihm das Leben zur Hölle gemacht, und deswegen bei der Musikschule angerufen. Wenn die Eltern die Saxophon-Schüler gebracht haben, stand sie regelmäßig vor ihrer Wohnung und hat zweideutige Kommentare von sich gegeben.«

»Ein handfestes Motiv«, warf Viertaler ein.

»Stimmt, und er hat zugegeben, dass er ihr an manchen Tagen am liebsten den Hals umgedreht hätte. Aber an einer solchen Person wollte er sich nicht die Finger schmutzig machen. Gleichzeitig fühlte er sich so hilflos. Er hat sich entschlossen, seine Zelte in Landsberg abzubrechen und zu seinem Freund nach München zu gehen. Der ist auch Musiker. Cellist, glaube ich.«

»Und das hat er dir alles mal so im Zug erzählt?«

»Wir kennen uns von unterschiedlichen Konzerten. Ich glaube, er vertraut mir. Er meinte auch, dass ihm noch nie ein Mensch wie die Schleich begegnet ist, die ganze Existenzen in Schutt und Asche reden konnte.«

Viertaler war fassungslos. Er hatte sich schon gedacht, dass die Schleich ein Drachen war, aber mit so einer kriminellen Energie hatte er nicht gerechnet. »Was macht er jetzt beruflich? Als Musiklehrer hat er bestimmt keine Reichtümer angespart.«

»Er hat sich bei einer privaten Musikschule in München beworben und gute Chancen, wenn auch erst mit Beginn des neuen Schuljahres. Bis dahin versucht er, sich einen neuen Stamm von Privatschülern aufzubauen. Zusammen mit seinem Freund spielt er in einer Band. Sie haben seit Jahren immer wieder Auftritte, die bezahlt werden. Und alles ist besser, als eine alte, verbitterte Frau, die dir das Leben zur Hölle macht.«

Viertaler nickte bedächtig. »Das ist gut und schön. Aber seine Aussage allein reicht nicht, um ihn aus dem Kreis der Verdächtigen zu streichen. Das geht erst, wenn ihm sein Freund ein wasserdichtes Alibi gibt. Aber das wird das *Gscheithaferl* ja hoffentlich prüfen.« Viertaler trank einen Schluck Kaffee und biss herzhaft in eine Mohnschnecke.

»In diesem Zusammenhang fällt mir ein, dass es dem Julian Lechner, dem Ex von der Petra Schleich, ähnlich ergangen ist. Das hat mir der Michi auch bestätigt, der ihn an Heilig Abend in der *SonderBar* getroffen hat. Der hätte ebenso ein Motiv.«

»Traust du einem der beiden zu, jemandem den Kopf abzuschneiden?«, fragte Gertrud.

»Was heißt zutrauen? Im Laufe meiner Ermittlungen habe ich einiges gesehen. Da gab es mehr als einen Fall, wo man einem Täter die Tat nicht zugetraut hatte.« Er rieb sich die Nasenwurzel, als wollte er die Erinnerung daran verscheuchen. »So ist es leider.«

»Aber hast du nicht gesagt, dass der Tod durch einen Genickbruch eingetreten ist. Vielleicht war es ja kein geplanter Mord, sondern ein Unglück?« Gertrud ließ nicht locker.

»Aber der abgetrennte Kopf?«

»Stimmt. Das war ziemlich kaltblütig.« Gertrud kniff die Augenbrauen zusammen. Ein Zeichen, dass sie angestrengt nachdachte. »Aber warum wurde der Kopf in einem Koffer im Unterholz oberhalb der Teufelsküche gefunden? Was wollte der Täter damit bezwecken?«

»Ich kann mir nur vorstellen, dass er die Leiche verschwinden lassen wollte. Und zwar so, dass die so schnell niemand finden würde. Verpackt in einen Koffer. Und dann rein in den Lech.« Viertaler machte eine schwungvolle Armbewegung. »So wie damals bei dem Koffermord vor über vierzig Jahren. Da ist die Leiche auch erst vier Monate später im wahrsten Sinn des Wortes aufgetaucht.«

»Der Sela hat ihn vermutlich beim Zerteilen der Leiche gestört.« Gertrud verzog angewidert das Gesicht. »Der muss ja völlig geschockt gewesen sein. Bei seiner Vorgeschichte!«

Eine Weile saßen beide in Gedanken versunken da.

»Und wie machen wir jetzt weiter?« Gertrud unterbrach als Erste die Stille. »Bisher können wir nur vermuten, aber ein Motiv haben sie alle. Irgendwie. Auch wenn ich nach wie vor weder dem Tobias, noch dem Julian die Tat zutraue.«

»Ich kann schlecht den Michi anrufen, ob er noch etwas weiss. Er hat mir bei dem Ali Kartal nur bestätigt, was ich ohnehin schon geahnt habe – dass der auch ein Motiv hat und deshalb vorgeladen wird. Mehr darf er nicht sagen. Mein Eindruck ist auch, dass da mehr im Busch ist. Vorgestern bei meinem Friseurbesuch gab es eine Auseinandersetzung zwischen ihm und seiner Sippschaft. Dabei sind die Worte *täuschen* und *Schuld* gefallen. Zumindest spuckt das Google als Übersetzung für *aldatmak* und *Suçlu* aus.«

»Fast hätte ich es vergessen!« Gertrud ging auf seine Ausführungen nicht ein, sondern tippte sich mit der flachen Hand gegen die Stirn. »Kennst du ein Auto mit einem Wackel-Elvis auf dem Armaturenbrett? Der Anwalt hat mich danach gefragt. Sela ist ein Auto aufgefallen, dass vermutlich einen Wackel-Elvis auf dem Armaturenbrett hatte. So einen hatte ich auch einmal. Ist aber schon lange her. Du kennst doch sicher den Wackel-Dackel, der früher bei vielen Autos auf der Rückbank neben der umhäkelten Klopapierrolle stand. Und bei Elvis-Fans hängt eben ein

Wackel-Elvis am Rückspiegel.« Dabei machte sie einige rhythmische Körperbewegungen.

Martin wusste gar nicht, wo er hinschauen sollte, als Gertrud ihn so antanzte. Er schlug die Augen nieder, und auf seinen Wangen zeichneten sich kleine rote Flecken ab.

Das Telefon auf dem Tisch neben ihrem Stuhl klingelte. »Gertrud Maier.« Sie wartete einen Moment. »Hallo!« Das Belegtzeichen erklang. Der Anrufer hatte aufgelegt.

»Da hat sich wohl jemand verwählt.« Viertaler nahm den letzten Schluck aus seiner Tasse und war im Begriff aufzustehen.

»Das kommt seit gestern öfter vor.« Gertrud hatte noch immer das Telefon in der Hand. »Das war jetzt bestimmt das fünfte Mal.«

Er sah, wie unruhig sie war. So kannte er sie gar nicht. »Das hat sicher nichts zu bedeuten«, versuchte er sie zu beruhigen. »Du bist nervös. Schließlich bist du nicht jeden Tag in eine Mordermittlung involviert.«

Vielleicht hatte Martin recht, und sie sah nur Gespenster. So wie gestern Abend. Sie hatte gerade die gekippten Fenster im Dachgeschoss schließen wollen, als sie eine Gestalt mit einer tief ins Gesicht gezogenen Kapuze im Eingangsbereich der gegenüberliegenden Gastwirtschaft bemerkte, die zu ihr hochschaute. Schnell war sie zurückgetreten. Vermutlich war das nur ein Gast der seine Zigarette rauchte. Sie war nach unten gegangen, aber was sie beobachtet hatte, ließ ihr keine Ruhe. Durch einen schmalen Spalt auf der Seite der bereits zugezogenen Vorhänge im ersten Stock hatte sie erneut auf die Gasse gespäht. Alles leer. Doch dann hatte sie das Glimmen einer Zigarette im Schatten der rechten Hausecke bemerkt.

In dieser Nacht hatte sie kaum Schlaf gefunden, doch das würde sie Martin jetzt nicht sagen. Betont unbekümmert erwiderte sie deshalb: »Du hast recht. Das hat sicher nichts zu bedeuten.«

In diesem Moment summte das Handy von Viertaler, das noch auf dem Tisch lag. »Ah, eine SMS von Michi Haas.« Während er las, zog er die rechte Augenbraue hoch und sagte zu Gertrud: »In die Wohnung der alten Schleich wurde eingebrochen.«

Kapitel 26

Donnerstag, 31. Dezember 2015

Ali Kartal frisierte bereits seinen fünften Kunden an diesem Tag, obwohl er erst seit einer Stunde geöffnet hatte. Ein Seitenblick zu den Nierentischen zeigte ihm, dass alle Ledersessel besetzt waren. Den meisten ging es vermutlich nicht um einen schnellen Haarschnitt für die Silvesterparty. Vielmehr suchten sie das wohlige Gruseln im ehemaligen Friseursalon einer enthaupteten Leiche. Dass es auch noch tolle Retromusik und Coca Cola-Produkte während der Wartezeit gab, waren weitere USPs. *Unique Selling Proposition*, oder ganz banal Vorteilsargumente für den ALI BARBER SHOP.

Direkt neben ihm wusch sein Cousin Fikred einem Kunden die Haare. Die Auseinandersetzungen der letzten Tage schienen vergessen. Im leerstehenden zweiten Geschäft des Hauses maßen sein anderer Cousin Yasin und dessen Vater Enes den Raum aus für das Café, das sie aufmachen wollten.

Alles schien also in Ordnung, was die Familie betraf, und Ali konnte wieder von einer Hochzeit mit Shirin träumen. Es erfüllte ihn mit Stolz, dass sich nun endlich alles zum Besseren zu wenden schien. Alles war gut, wenn nur nicht diese Befragung bei der Kripo gewesen wäre. Ali konnte sich keinen Reim auf die aggressiven Fragen dieses Kommissars machen.

»Und, wer hat die Alte auf dem Gewissen?«

Die Frage riss ihn aus seinen Gedanken. Der Kunde, dem er gerade Gel in die Haare rieb, hatte sie gestellt. Der junge Mann Mitte zwanzig fuhr fort: »Wenn jemand die

Schleich kannte, dann doch du, oder? Immerhin hast du ihr den Laden hier abgekauft.«

Ali fand, dass die Fragerei zu weit ging. Mit unbeweglicher Miene nahm er ihm den Friseurumhang ab.

Fikred kam vorbei. »Wo soll ich weitermachen?«

Dankbar antwortete Ali: »Du kannst gleich hierbleiben und den Herrn abkassieren. Ich mache auf der Drei weiter. Wann kommen Yasin und Enes rüber?«

Fikred zuckte mit den Schultern und übernahm wortlos den neugierigen Kunden.

Ali war gerade auf dem Weg zum hintersten Friseursessel, als ein Neuankömmling den Salon betrat. Erwartungsvoll drehte sich Ali Kartal um: »Herzlich willkommen im Ali Barber Shop. Wie kann ich Ihnen helfen?« Auf diese Person, hätte er gerne verzichtet, denn es war der Kriminaloberkommissar Ingo Bayerl aus Fürstenfeldbruck.

»Guten Tag, Herr Kartal! Ich hätte da noch ein paar Fragen an Sie.«

»Ich bin beschäftigt, Herr Kommissar. Sie sehen doch, dass der Laden voll ist.«

»Läuft wohl, jetzt wo Frau Schleich nicht mehr stört, oder?«

Kartal schnaubte verächtlich. »Ich lasse mich nicht provozieren von Ihnen. Das hatte ich schon gestern gesagt.«

»Das ist auch nicht meine Absicht, Herr Kartal. Ich will nur die Wahrheit herausfinden. Gehören die Herren im Geschäft gegenüber zu Ihnen?«

Der Friseur wirkte überrascht vom plötzlichen Themenwechsel des Kommissars. Zögerlich antwortete er: »Ja, das sind mein Onkel Enes und mein Cousin Yasin.«

Trotzig ergänzte er: »Wie Sie sicherlich wissen, gehört mir das ganze Haus. Da ist es völlig legitim, dass meine Verwandten Umbauarbeiten planen. Jetzt muss ich mich aber meinen Kunden widmen. Vielleicht kommen Sie später wieder, so ab 15:00 Uhr, wenn ich schließe.«

Doch der Kripobeamte hatte nur ein müdes Lächeln übrig. Er war Widerstand gewohnt und auch, wie er damit umgehen muss. »Herr Kartal, um drei Uhr bereite ich mich auf den Jahreswechsel vor. Da führe ich keine dienstlichen Gespräche mehr. Entweder Sie haben jetzt Zeit für mich, oder ich nehme Sie mit zu mir nach Fürstenfeldbruck. Die Entscheidung liegt bei Ihnen.«

Ali Kartal gab nach. »Aber bitte nicht hier. Gehen wir nach draußen.« Er wandte sich kurz an seinen Cousin: »Fikred, bitte biete allen Kunden einen Kaffee auf Kosten des Hauses an. Ich bin gleich wieder da.« Dann verschwand er mit dem Kommissar in den Flur, der die beiden Ladengeschäfte verband. »Was wollen Sie?«

»Zuerst einmal möchte ich wissen, warum Sie das Haus so unverschämt günstig bekommen haben. Für so ein Gebäude wird auch schon mal eine Million Euro hingeblättert. Da ist der Preis, den Sie dafür gezahlt haben, geradezu lächerlich niedrig.«

Kartal wollte sofort aufbrausen, doch gerade noch rechtzeitig besann er sich und wahrte die Fassung. In ruhigem Ton erläuterte er, dass Frau Schleich ein lebenslanges Wohnrecht erhalten hatte. »Das reduziert den Wert um mindestens die Hälfte. Außerdem muss ich jede Menge Arbeit in die Bude stecken. Die Fassade sieht hübscher aus, als es das gesamte Anwesen tatsächlich ist. Notwendige Renovierungen auch des gegenüberliegenden Ladens und der langjährige Mieter Kluge im Obergeschoss waren massiv wertmindernd.«

»Der Kluge wohnt doch ab morgen gar nicht mehr hier, oder?«

»Was hat das jetzt mit mir zu tun? Wie Sie sicherlich bereits wissen, hat Herr Kluge nicht wegen mir, sondern wegen Frau Schleich bereits Anfang November gekündigt. Und alles andere ist im Notarvertrag geregelt; können Sie jederzeit nachprüfen.«

»Das habe ich schon, Herr Kartal! Aber von einem türkischen Teehaus, das Ihr Onkel eröffnen will, findet sich nichts darin.« Dabei sah er ihn herausfordernd an. »Denke mal, dass in so einem Etablissement nahezu die gesamte türkischstämmige Gemeinde Landsbergs verkehren wird. Das dürfte Frau Schleich gar nicht gefallen haben.«

Ali zuckte zusammen. Dieser Schnüffler ging ihm gehörig auf die Nerven, aber er traf den Nagel auf den Kopf. Helga Schleich war außer sich gewesen, als sie von Enes´ Plänen erfahren hatte. Doch das würde er ohne Not so nicht einräumen.

»Das ist fast als sozialverträglich zu bezeichnen, dass sie so schnell das Zeitliche gesegnet hat«, ätzte Bayerl weiter.

»Zwischen mir und Frau Schleich herrschte bestes Einvernehmen. Wenn jemand Grund zur Klage gehabt hätte, dann war ich das. Immerhin hatte ein unangenehmer Schimmelbefall die Renovierung des Friseursalons erheblich verteuert. Wie Sie sehen, hätte eher ich einen Grund gehabt, den Kauf des Hauses zu bereuen.«

»Vielen Dank, Herr Kartal, Sie liefern mir gerade ein veritables Mordmotiv. Ich sage Ihnen jetzt, wie es vermutlich gelaufen ist: Das bedauernswerte Mordopfer wehrte sich gegen eine Minitürkei Erdogan´scher Prägung im eigenen Haus. Da dürften Beschwerden ihrerseits wegen verdeckter Mängel eher noch den Streit verschärft haben. Ich fürchte, Sie müssen mich am Montag noch einmal besuchen im schönen Fürstenfeldbruck. Bringen Sie Ihren Onkel Enes Kartal mit. Ach was, das sage ich ihm gleich selbst.« KOK Bayerl ließ den verblüfften Friseur stehen und betrat den gegenüberliegenden Laden.

Irgendwo im Hinteranger explodierte der erste Silvesterböller.

Kartal beobachtet das Gespräch zwischen seinen Verwandten und dem Kommissar, als hinter ihm die Tür zum Treppenhaus geöffnet wurde. »Gün aydin, mein lieber Ali!« Tobias Kluge stand vor ihm, einen Rucksack auf dem Rücken.

»Gün aydin, Tobi! Bist du schon fertig?«

Statt einer Antwort hielt er ihm einen Schlüsselbund vor die Nase. »Ich fahre heute schon nach München zu meinem Lebensgefährten.«

Ali Kartal wusste nicht, ob er sich nun freuen oder traurig sein sollte. Tobias Kluge war ein guter Freund, einer der wenigen, die er in Landsberg hatte. Andererseits konnte er dessen Wohnung gut brauchen. Eigenbedarf war das Zauberwort.

»Ich habe gerne hier gewohnt, besonders, seit du dieses Haus gekauft hast. Wäre da nicht die Schleich gewesen. Das war das reinste Mobbing, seit sie herausgefunden hat, dass ich schwul bin.«

»Hoffentlich gefällt es dir in der Anonymität einer Großstadt.«

»Das weiß ich nicht, aber da stört sich keiner an meiner Art zu leben.«

Kartal nickte. Tobi hatte ja recht. »Wann holst du deine Möbel ab?«

»Schau nach, was du brauchen kannst. Den Rest hole ich an Drei-König ab. Mach´s gut, Alter.« Er war schon im Begriff zu gehen, als er sich an die Stirn fasste. »Jetzt hätte ich es beinahe vergessen.« Er griff in die Seitentasche seines Rucksacks und zog eine ungefähr 15 Zentimeter hohe Figur mit Sonnenbrille und Glitzeranzug heraus. »Mein Abschiedsgeschenk. Der Wackel-Elvis fühlt sich vermutlich auf deiner Wurlitzer wohler, als bei mir im Auto oder auf dem Schreibtisch.«

Ali grinste und umarmte Tobias noch einmal »Danke mein Freund. Ich werde ihn in Ehren halten.« Nachdenklich ging er zurück ins Geschäft.

Kapitel 27

Donnerstag, 31. Dezember 2015

Martin Viertaler schreckte hoch. Er musste kurz in seinem Lieblingssessel eingenickt sein. In diesem Zustand zwischen Wachen und Schlafen hatte er Franziska gesehen, wie sie in ihrem blauen Lieblingskleid in dem kleinen Garten vor dem Haus Blumen pflanzte. Ganz entspannt und glücklich hatte sie ausgesehen. Ohne die Schatten der Krankheit, die sie in den letzten Monaten vor ihrem Tod gezeichnet hatten. Er rieb sich die Augen. Tiefe Niedergeschlagenheit breitete sich in ihm aus. Das Gefühl, sie unwiederbringlich verloren zu haben, lag wie ein Stein auf seiner Brust. Er kannte den Tod als Teil seines Berufs, und da hatte er einen Weg gefunden, professionell mit ihm umzugehen. Aber Franziska´s Tod hatte ihn auf eine besondere Weise erschüttert. Hatte die Selbstverständlichkeiten seines Lebens mit der ihm eigenen Radikalität aus der Verankerung gerissen, ihn entwurzelt und heimatlos gemacht. Er vermisste sie so sehr. Das Klingeln des Telefons unterbrach die Gedankenspirale, die seit zwei Jahren zu keinem Ziel führte.

»Hallo, Paps.«

Das vermisste er ebenso. »Hallo meine Große.« Seine Stimme klang belegt. Er räusperte sich. »Schön, dass du dich meldest. Ich wollte dich später auch noch anrufen.« Er sah auf die Uhr. »Nachdem du ja sechs Stunden zurück bist, ist es bei dir gerade mal acht Uhr morgens. Was machst du Langschläferin denn schon so früh auf den Beinen, und das an Silvester?« Er stand auf und öffnete die Terrassentür. Dabei fiel die Zeitschrift auf den Boden, die auf seinem Schoß gelegen hatte. »Ach so, ihr geht zum Skifahren. Ich wusste gar nicht, dass das in Spartanburg möglich ist.« Wenn er ehrlich war, wusste er eigentlich gar nichts über Spartanburg. Außer, dass es dort ein BMW Werk gab, bei dem sie seit Januar 2014 als Wirtschaftsingenieurin arbeitete. »Ihr fahrt nach Sapphire Valley. Sagt mir jetzt nichts. Ist das weit?« Er überschlug die Antwort kurz im Kopf. »Vierzig Meilen sind ungefähr 60 Kilometer. Das geht. Du kannst mir ja ein Bild schicken.« Er hörte eine Autotür schlagen. »Verstehe, ihr müsst jetzt los. Wieso sehen wir uns bald?« Hatte er etwas vergessen? »Was, du willst im Februar kommen? Zum *Lumpigen Donnerstag*, zusammen mit Greg. Das ist ja schon bald. Da freu ich mich! Das werde ich später Gertrud erzählen, sie hat auch schon nach dir gefragt. Ja, ihr geht es gut. Wir wollen heute Abend zusammen zum Griechen essen gehen.« Das war ihm jetzt so rausgerutscht. Für einen kurzen Moment Stille in der Leitung. »Ja, danke, ich richte Grüße aus. Und du bitte unbekannterweise auch an Greg. Ich werde ihn ja dann Anfang Februar kennenlernen. Ciao, ich dich auch, Prinzessin.« Die Verbindung war beendet.

Viertaler fühlte sich einsamer als zuvor. Warum war sie einfach gegangen? Hatte ihn mit dieser Leere zurückgelassen. Er konnte ihr keinen Vorwurf machen. Es war ihre Art gewesen mit dem Verlust umzugehen, so wie er seinen Weg gefunden hatte. Lange Arbeitstage hatten ihm dabei geholfen. Bis zu dem Zeitpunkt, als ihn sein kommissarischer Nachfolger Ingo Bayerl verabschiedet hatte. Seitdem lebte er in einem Haus, in dem die Trauer Einzug gehalten hatte. Wie ein ungebetener Gast, der sich standhaft weigerte zu gehen.

Auch Gertrud vermisste Franziska. Das war ihm erst in den letzten Tagen so richtig bewusst geworden. Aber da war noch etwas anderes, sagte ihm sein kriminalistischer Instinkt. Das hatte vielleicht etwas mit der Verhaftung von Sela zu tun. Er hob die Zeitschrift auf, die auf den Boden gefallen war. Sein Blick blieb auf dem Artikel über Verantwortungsethik und Gesinnungsethik mit Bezug auf den Flüchtlingszustrom hängen. Den würde er Gertrud mitbringen. Sie interessierte sich für solche Themen. Dann hatten sie wenigstens noch ein anderes Gesprächsthema als den Mord. Viertaler sah diesem Silvesterabend mit gemischten Gefühlen entgegen, seit Gertrud gestern vorgeschlagen hatte, ihn gemeinsam zu verbringen. Eigentlich wollte er nicht, das war ihm zu öffentlich. Seine Bedenken, dass er Hexle wegen der Knallerei, die meistens schon früher begann, nicht allein lassen wollte, hatte sie entkräftet. Und so hatte er zögerlich zugestimmt.

Eine feuchte Hundeschnauze an seiner Hand erinnerte ihn an den Nachmittagsspaziergang. Gedankenverloren streichelte er Hexle über den Kopf und schaute auf sein Handy, ob sich Michi Haas gemeldet hatte. Gestern Abend hatte er ihn nicht mehr erreicht und heute Morgen auf den verpassten Anruf mit einer SMS geantwortet: BIN NOCH IM DIENST. MELDE MICH. GRUSS MICHI. Es interessierte Martin brennend, was es mit diesem Einbruch bei der alten Schleich auf sich hatte. Vielleicht würde Michi über seinen Schatten springen und ihm mehr sagen als er durfte.

Samir winkte noch, als sie bereits vorne am Zaun war, der den Fußballplatz der Lechturnhalle von der Lechstraße abgrenzte. Schmal und verloren sah er aus, wie er so vor der Halle stand, in der er seit Juli mit seinen Eltern und der Schwester Saida untergebracht war. Eigentlich wollte sich Gertrud nie in der Flüchtlingsbewegung engagieren. Dann hatte sie ihn gesehen. Mit seinem kleinen Fahrrad war der Fünfjährige auf dem Weg vor der Bücherei auf- und abgefahren. Vor und zurück, vor und zurück. Mutterseelenallein. Sie hatte ihn angesprochen, ihn gefragt, wo seine Mama wäre. Mit seinen großen braunen Augen hatte er sie angeschaut und mit der Hand auf die Turnhalle gedeutet. So war der Kontakt zu dieser Familie entstanden. Samir, was übersetzt der Prinz bedeutete, war ganz anders als seine scheue Schwester. Die traurigen Augen der Achtjährigen straften ihrem Namen Lügen. Die Glückliche, wie sie im Arabischen hieß, sprach kein Wort. Auch in der Schule nicht. Sie lachte nicht und sie weinte nicht. Alle Gefühlsregungen und Eindrücke spiegelten sich nur in den ausdrucksvollen Augen wider. Aber sie vertraute Gertrud mittlerweile. Das wurde deutlich, dass sie beim Spielen immer näher rutschte. Als sie heute bei *Maulwurf Company*, einem einfachen Brettspiel, gewonnen hatte, schien sich der Hauch eines Lächelns auf ihr Gesicht zu stehlen, und für einen kurzen Moment hatte sich eine kleine Hand auf das Knie von Gertrud geschlichen. Sie hoffte nur, dass sie mit ihren anschließenden Erklärungen den Kindern die Angst vor der Silvesterknallerei nehmen konnte, die unwillkürlich Bilder von Krieg und Tod heraufbeschworen.

Vor einem guten Monat hatte sie dann Sela kennengelernt. Er hatte sie beobachtet, wenn sie mit den Kindern spielte, ihnen vorlas. Eines Tages war er mit einem dicken Packen Formulare vor ihr gestanden und gefragt, ob sie ihm beim Ausfüllen helfen würde. So war mit der Zeit ein

Vertrauensverhältnis entstanden. Obwohl er anfangs irritiert schien, dass eine Frau ihn über die Regeln hier aufklärte.

Nach einem Spaziergang im Wildpark hatte sich eine Szene besonders in ihr festgesetzt. Minutenlang hatte er auf die stille Oberfläche des Stausees vor Pitzling geschaut, sich dann langsam zu ihr umgedreht und in seinem gebrochenen Deutsch gesagt: »Du hast schöne Heimat, und so friedlich. Ich bin dankbar für die vielen netten Menschen hier. Aber meine Seele ist noch in Syrien und ich fühle mich, als hätte ich zwei Leben.«

Daran musste sie oft denken, seit er in Untersuchungshaft saß. Sie musste heute Abend unbedingt noch einmal mit Martin reden, ob sie mehr Tempo in die Ermittlungen bringen konnten. Bisher gab es nichts Beweiskräftiges, das für die Unschuld ihres Schützlings sprach. Das Auftauchen von Haschka zusammen mit der Tochter des Mordopfers trug nicht unbedingt zu ihrer Beruhigung bei. Hoffentlich nahm das ein gutes Ende. Und damit meinte sie nicht nur diese Geschichte mit Sela.

Petra Schleich wusste immer noch nicht, was sie von der Einladung halten sollte. Nervös zupfte sie an ihrem rechten Ohrläppchen und starrte auf die verschiedenen Kleidungsstücke auf ihrem Bett. Nachdem ihr Chef den ganzen Dienstag und Mittwoch trotz bevorstehender Wirtschaftsprüfung nicht im Büro aufgetaucht war, hatte er sie gestern Abend auf dem Handy angerufen und für Silvester zum Essen eingeladen. Zum Griechen um halb zehn; vorher habe er keinen Tisch mehr bekommen. Erst wollte sie absagen, denn sie war noch ärgerlich über sein Verhalten

in der Wohnung ihrer Mutter. Dann hatte sie doch zuge-
sagt. Irgendetwas an ihm zog sie an, sie wusste nur nicht
was. Aber vielleicht würde der Silvesterabend mehr Klarheit bringen.

Das Durcheinander auf dem Bett erinnerte sie wieder
an das Chaos in der Wohnung ihrer Mutter, wo der Inhalt
der Schränke und Kommoden auf dem Boden verstreut
lag. Die Frage der Polizei ob etwas fehlte, konnte sie nicht
beantworten.

Tobias Kluge wollte am Dienstagmorgen halb sechs die
Zeitung aus dem Briefkasten holen, als er einen großen
Unbekannten mit einer tief ins Gesicht gezogenen Kapuze
überraschte, der gerade aus der Wohnung der Verstorbenen kam. Der hatte die Flucht ergriffen und Tobias sofort
die Polizei gerufen. Er konnte nicht viel sagen, denn in
dem düsteren Licht war wenig zu erkennen.

Am meisten verunsicherte Petra die Aussage des jungen Polizisten Haas, dass es keine Einbruchsspuren gab.

Kapitel 28

Endlich hatte er es bis München geschafft. Hier lebte irgendwo ein Onkel von ihm. Doch wie sollte er ihn finden? Als Flüchtling ohne vernünftige Deutschkenntnisse war das ein beinahe hoffnungsloses Unterfangen. Allerdings war das nicht seine einzige Sorge. Hinter jedem Gesicht – selbst, wenn es ihn freundlich anlächelte – vermutete er einen Feind. Deserteure wurden gnadenlos verfolgt; auch über Landesgrenzen hinweg.

Obwohl er in Deutschland war, konnte er sich nicht sicher fühlen. Sie hatten überall Spitzel, und er war überzeugt, dass ihr langer Arm auch bis in die bayerische Landeshauptstadt reichte.

Doch auch den deutschen Behörden traute er nicht. Wenn sie seinen wahren Namen wüssten, würde er am Ende, sollte es je eines geben, vor ein Kriegsverbrecher-Tribunal gestellt. In seiner Situation konnte er es sich gar nicht leisten, offen und ehrlich Angaben zu seiner Person zu machen. Ihm drohte eingesperrt, ausgeliefert oder von einem Killer getötet zu werden. Darum hatte er vorsichtshalber seinen Pass weggeworfen und sich für einen anderen ausgegeben.

Er musste irgendwo in der Provinz untertauchen und ein neues Leben beginnen.

Kapitel 29

Donnerstag, 31. Dezember 2015,
griechisches Lokal am Kirchplatz

Verstohlen musterte Martin Gertrud aus den Augenwinkeln. Sie sah gut aus in ihrem eng anliegenden, dunkelblauen Kleid. Die Haare hatte sie hinter die Ohren gesteckt. Nur eine vorwitzige Strähne hing ihr in das dezent geschminkte Gesicht. Er fand sie in diesem Moment ungemein attraktiv. Irritiert über seine Gedanken blätterte er in der Speisekarte. »Weißt du schon, was du nimmst?«

»Normalerweise esse ich hier immer das Gyros. Aber das scheint es nicht zu geben.« Mit ihrem Blick suchte sie den Kellner, der sofort an den Tisch kam.

»Wir haben heute eine spezielle Silvesterkarte.« Der Ober deutete mit der Hand auf den vollen Gastraum. »Sie sehen selbst. Wir sind ausgebucht, und dem müssen wir Rechnung tragen.«

»Dann nehme ich den Lachs. Und du, Martin?«

»Das Lammgericht scheint auch gut zu sein.« Und mit einem Seitenblick auf Gertrud: »Eine Flasche Imiglykos und Mineralwasser?«

Sie nickte. Als der Kellner weg war, entstand eine kurze, verlegene Stille. Martin holte aus der Innentasche seines Sakkos einen ausgeschnittenen Artikel und schob ihn Gertrud über den Tisch. »Nachdem du dich bei den Flüchtlingen so engagierst, dachte ich, dass dich der Beitrag über Gesinnungsethik und Verantwortungsethik interessiert.«

Gertrud schmunzelte. »Das ist nett von dir, aber den kenne ich schon. Ich hab mir die Zeitschrift auch gekauft.«

Sie wurde nachdenklich. »Ich glaube, dass die Flüchtlingssituation Fragen aufwirft, denen wir uns in der Zukunft nicht entziehen können. Die Bilder von ertrunkenen Bootsflüchtlingen, zerbombten Städten und flüchtenden Eltern mit sterbenden Kindern auf dem Arm schwappen mittlerweile mit einer bedrückenden Routine in unsere Wohnzimmer. Und je nach Fernsehsender mehr oder weniger ausführlich.« Sie hielt inne und trank einen Schluck Wasser, das der Kellner mittlerweile gebracht hatte. »In solchen Momenten kommt bei mir die Gesinnungsethikerin durch. Dass wir prinzipiell helfen müssen, dass wir das Gute und Menschliche vertreten müssen, ohne auf die Folgen zu schauen. Aber dann ...« Gertrud suchte nach Worten. »Aber dann taucht in meinem Hinterkopf die Frage auf, ob wir uns diese Gesinnung überhaupt leisten können, ohne die Auswirkungen aus den Augen zu verlieren. Der Verantwortungsethiker will sich nicht durch den Augenblick überrumpeln lassen. Man soll sozusagen am Ergebnis erkennen, was in Verantwortung zu tun ist. Und das betrifft nun mal nicht nur die Flüchtlinge, sondern auch die Menschen, in deren Land sie kommen.« Gertrud dachte an Samir und Saida. Sie holte ihr Handy aus der Handtasche und zeigte Martin ein Bild der beiden. »Aber gibt es da eine allgemeingültige Antwort, wenn man das Schicksal dieser Kinder vor Augen hat? Oder auch so jemanden wie Sela, der sich bemüht, hier Fuß zu fassen. Obwohl sein Herz immer noch in Syrien ist?«

Martin schluckte, wusste im ersten Moment nicht, was er sagen sollte. Er hatte den Artikel nur überflogen. Und von der Flüchtlingssituation vor Ort wusste er nur, dass die Regierung von Oberbayern im Juli den Notfallplan für eine Erstunterbringung in Landsberg aktiviert hatte. Zu groß war der Zustrom gewesen. Er sah sich die Bilder auf dem Handy noch einmal an. Zwei Kinder in einer Sporthalle, dahinter aneinandergereiht Bett an Bett. In den Augen des Mädchens das ganze Leid eines traumatisierten Landes. »Was passiert jetzt mit den beiden?«

»Wir versuchen, eine kleine Wohnung zu finden. Für sie und auch für die anderen. Bei der Zuteilung waren mehr Familien mit Kindern dabei, als es ursprünglich von Behördenseite geheißen hatte.«

Der Kellner brachte ihre Bestellung. Viertaler hatte fast ein schlechtes Gewissen, als er die üppige Portion sah. Welch ein Luxus zu dem gerade erörterten Mangel.

»Guten Appetit, Martin.« Gertrud deutete auf seinen Teller, den er immer noch anstarrte. »Das Lamm musst du heiß essen, sonst schmeckt es nicht mehr.«

Er griff nach dem Besteck, denn sie hatte recht. Es war niemandem geholfen, wenn er jetzt diesen Restaurantbesuch infrage stellte. Er nahm sich aber vor, zukünftig die Selbstverständlichkeiten in seinem Leben mit anderen Augen zu sehen.

Das Essen verlief fast schweigend, erst als sie beim griechischen Mokka angelangt waren, brachte Gertrud das Gespräch auf die Mordermittlungen. »Gibt es etwas Neues in unserem Fall?«

Martin grinste. »Das hätte der Bayerl nicht hören dürfen.«

Gertrud überging seinen Einwand. »Jetzt ernsthaft. Viel wissen wir bisher nicht, haben nur Vermutungen, keine handfesten Beweise. Das bringt uns nicht wirklich weiter und Sela nicht aus der Untersuchungshaft. Dein Michi ist auch nicht besonders gesprächig. Ich hatte mir da ehrlich gesagt mehr erhofft.«

Martin versuchte, ihren Redefluss zu stoppen. »Das mit dem Michi musst du verstehen. Er darf uns nichts sagen. Erst recht nicht, nachdem uns der Bayerl zusammen in der Teufelsküche gesehen hat. Dass er uns vom Einbruch bei der Schleich erzählt hat, ist mehr als genug.«

»Und wie machen wir weiter?«, fragte Gertrud.

»Ich kann verstehen, dass du den Sela so schnell wie möglich aus der U-Haft raushaben willst.«

»Es geht nicht nur um Sela!«

In diesem Moment brachte der Kellner die Rechnung. Gertrud stand abrupt auf. »Bezahlst du bitte für mich mit. Ich gebe dir nachher meinen Anteil.«

Er sah ihr verwundert nach, als sie Richtung Toilette ging. Aus dieser Frau wurde er nicht schlau.

Martin wollte Gertrud die Tür aufhalten, als diese von außen schwungvoll aufgestoßen wurde. Fast wäre er ihr auf den Fuß gestiegen. »Sakradie!«, entfuhr es ihm. Na, der hatte ihm gerade noch gefehlt. Vor ihm stand schon wieder Ernst Haschka. Neben ihm Petra Schleich. Das zweite Mal innerhalb einer knappen Woche. Schon komisch, nachdem sie sich in den letzten Jahren überhaupt nicht begegnet waren. Dem Gesichtsausdruck nach zu urteilen, war Haschka genauso überrascht wie Martin. Was Viertaler aber viel mehr beunruhigte, war der Blick von Gertrud. Wie das sprichwörtliche Kaninchen vor der Schlange stand sie hinter ihm. Kurzentschlossen schob er sie an den beiden vorbei nach draußen. »Eine Entschuldigung wäre jetzt nicht fehl am Platz«, grummelte er im Vorbeigehen. Doch Haschka ging wortlos weiter, dicht gefolgt von Petra, die Martin entschuldigend zunickte. Das unhöfliche Verhalten ihres Begleiters war ihr sichtlich peinlich.

Ein ohrenbetäubender Knall ertönte. Jugendliche hatten an der Treppe zum Restaurant einen Kanonenschlag gezündet, der in dem Platz zwischen Kirche und Häuserfront nachhallte. »Lass uns nach Hexle sehen.« Gertrud war aus ihrer Erstarrung erwacht und ging bereits Richtung Holzmarkt, dem kleinen Platz an der Schlossergasse, zwischen Hinteranger und Stadttheater.

Martin war unsicher. Sollte er Gertrud fragen, warum sie dieser Zwischenfall an der Tür des Restaurants so irritiert hatte? Aber ihre Körperhaltung signalisierte Abwehr. Er beschloss, erst einmal nichts zu sagen.

Gertrud schien ihm für sein Schweigen dankbar zu sein. Mit jedem Schritt, den sie Richtung Klösterl gingen, entspannte sie sich mehr. Er sperrte die Haustür auf. Hexle kam ihnen schwanzwedelnd entgegen. Der Hund drückte sich sofort an Gertrud, als wüsste er, dass diese momentan besondere Zuwendung brauchte.

Gertrud ging in die Knie und umfasste den Hals von Hexle, bis ihr inneres Zittern nachließ. Sie wusste, dass Martin ihre Verwirrung bemerkt hatte. Jetzt wäre ein guter Augenblick, ihm zu sagen, woher sie diesen Haschka kannte. Aber sie konnte es nicht.

»Wir können auch hierbleiben und auf das Neue Jahr anstoßen. Ich hab sogar noch eine Flasche Champagner, ein Geschenk zu meiner Verabschiedung.« Martin hoffte, einen belanglosen Tonfall getroffen zu haben.

»Lass uns doch an die Lechbrücke gehen, wie wir das ursprünglich ausgemacht hatten. Ich würde mir gern das Feuerwerk von dort aus anschauen.« Sie sah auf die Uhr. »Wir können ja vorher in der LIKKA Lounge was trinken.

Bis Jahresschluss ist es noch eine gute Stunde. Und Hexle scheint das Geknalle nichts auszumachen.«

Viertaler nickte. Er sperrte wieder ab, nicht ohne sich vorher noch einmal vergewissert zu haben, dass alle Rollläden im Wohnzimmer geschlossen waren, dort wo Hexle ihren Korb hatte. In der Bar am Peter-Dörfler-Weg gab es nur noch Stehplätze am Tresen. Laute Musik schallte aus den Lautsprechern. Gertrud bestellte zwei Gläser Sekt und zog Martin wieder nach draußen. Auf der Lechmauer stellten sie ihre Getränke ab. Leichte Nebelschwaden zogen über den Fluß. Am gegenüberliegenden Lechufer wurden die ersten Raketen gezündet, und ein bunter Sternenregen erhellte den Himmel.

»Die fangen auch jedes Jahr früher an«, resümierte Martin.

»Ich hoffe nur, dass sich Samir und Saida durch die Knallerei nicht zu sehr erschrecken. Ich habe zwar versucht, ihnen die Bedeutung des Silvesterfeuerwerks zu erklären. Aber ein traumatisches Erlebnis in Form von Raketenangriffen lässt sich nicht durch ein paar Worte verscheuchen. Besonders nicht bei Kindern.«

»Mir ist ehrlich gesagt auch nicht ganz klar, was der Grund für diesen Krach ist. Also, wenn es nach mir ginge, könnte das Feuerwerk zum Jahreswechsel glatt entfallen. Da werden jedes Jahr Millionen Euro an Raketen und Böllern in die Luft gejagt.«

»Den Kindern habe ich erzählt, dass wir mit dem Böllern und den Raketen nur einem alten Brauch folgen. Durch den Krach wollen wir Mutter Erde aus dem Winterschlaf wecken. Die dunkelste Zeit des Jahres ist nach der Wintersonnenwende vorbei und die Sonne gewinnt ganz langsam wieder an Kraft. Die Keime der Pflanzen tief in der Erde sollen trotz Kälte und Dunkelheit an das Wachsen erinnert werden. Der zweite Grund ist, dass man durch den Krach die bösen Geister und Dämonen verjagen will, die gerade in der Zeit der Raunächte ihr Unwesen treiben. Das habe ich den Kindern natürlich nicht gesagt. Ich wollte sie nicht zusätzlich ängstigen.«

»Das mit den bösen Geistern in den Raunächten kommt mir bekannt vor. Meine Oma aus Passau hat uns Kindern immer davon erzählt.« Seine Worte gingen in dem Geknatter der Minikracher unter, die hinter ihnen gezündet wurden. Der Peter-Dörfler-Weg füllte sich langsam. Auch zahlreiche Asylanten waren gekommen und betrachteten gleichmütig das Spektakel, das sich nun zwischen Lechbrücke, Postberg und Lechwehr abspielte. Die Glocken der nahen Stadtpfarrkirche vermischten sich mit dem Lärm des Feuerwerks. Martin konnte sich der Feierlichkeit des Augenblicks nicht entziehen. Fasziniert beobachtete er das Schauspiel von Licht und Rauch, als Gertrud auf ihn zutrat.

»Ein frohes neues Jahr, Martin.« Sie umarmte ihn und wollte ihn auf die Wange küssen, als sie geschubst wurde. Ihr Kuss landete nicht auf seiner Backe, sondern auf seinem Mund. Noch bevor Martin etwas sagen konnte, tippte ihm jemand von hinten auf die Schulter. Er wandte sich um.

»Martl! Ein gutes Neues! Was machst du denn hier?«

Viertaler war durcheinander. Das lag aber nicht an dem plötzlichen Auftauchen seines ehemaligen Polizeikollegen.«

»Ja, Michi, dir auch.«

»Ich bring meinen neuen Kumpel, den Julian Lechner, heim.« Michi Haas deutete auf den Ex von Petra Schleich, der hinter ihm stand und gefährlich schwankte. »Der hatte schon vor Mitternacht mehr als genug und wollte in der *SonderBar* auf dem Boden schlafen. Da habe ich ihn mir geschnappt.« Er griff nach dem Arm von Julian, der mittlerweile auf den kalten Steinen saß. »Ich glaube, ich geh jetzt besser, bevor Julian hier sein Nachtlager aufschlägt. Ich rufe dich morgen gegen Mittag mal an.« Dabei zwinkerte er seinem Ex-Kollegen zu. Er zog Julian hoch, der nur widerstrebend mitging und sich alle zwei Meter auf den Boden setzen wollte.

»Na, der Heimweg wird dauern.« Viertaler beobachtete Gertrud, die in Gedanken versunken auf den Lech blickte, der hinter einer undurchdringlichen grauen Wand aus Nebelschwaden und Rauch verschwunden war. Ein beißender Geruch hing in der Luft.

Sie wandte sich ihm zu. Wenn sie von dem Kuss ebenso durcheinander war, wie er, ließ sie sich das nicht anmerken.

»Mir ist kalt Martin. Lass uns gehen.« Sie wollte schnellstens nach Hause. In ihr kämpften zwei Gefühle, einmal die aufkeimende Zuneigung zu Martin und andererseits die Geister der Vergangenheit, die das Feuerwerk nicht vertrieben hatte.

Kapitel 30

Freitag, 1. Januar 2016

Der Tod ist der Horizont unseres Lebens, aber im Leben ist der Horizont nur das Ende unserer Sicht. Verzweifelt steckte Petra die Todesanzeige mit dem Trauerspruch einer Brigitte Heidegger in das Briefkuvert aus dem Jahr 2006 zurück. Sie selbst war zwar noch am Leben, aber die Sicht war ihr trotzdem verloren gegangen. Wie konnte sie daran glauben, dass es hinter dem Horizont weiter ging, wenn sie schon im Leben nicht wusste, welchen Weg sie einschlagen sollte. Und wer war diese Brigitte Heidegger, die am 31. Mai *plötzlich und unerwartet* im Alter von 55 Jahren in Augsburg verstorben war? Als trauernde Hinterbliebene nur ein Bruder Peter Heidegger. Eine Todesanzeige mit einem gelben Klebezettel auf dem stand: *Danke für eure Hilfe. Peter!* Die anderen achtzehn Briefumschläge noch mysteriöser. Außer schmucklosen Geburtstagskarten mit der Unterschrift *Brigitte* hatten sie nichts enthalten. Was hatten ihre Eltern mit dieser Frau zu tun? Der Name Heidegger sagte Petra gar nichts. In Augsburg war sie als Kind einmal im Zoo gewesen, da war sie etwa acht. Das gerahmte Foto vor dem Affengehege, das Petra auch aus der Wohnung ihrer Mutter mitgenommen hatte, schien dort aufgenommen zu sein. Das Alter würde passen. Vielleicht hatte Brigitte Heidegger das Foto gemacht.

Sie sah auf das Chaos aus Bildern und Briefen, die seit Montag Abend auf ihrem Couchtisch lagen. Das Durcheinander spiegelte ihre eigene Verfassung wieder. Die Trennung von Julian, der Mord an ihrer Mutter, und jetzt auch noch der leidenschaftliche Kuss von Ernst Haschka, ihrem

Chef. Sie nahm ihre Tasse und trank einen Schluck Kaffee. Er war mittlerweile kalt und bitter. Mit einem großen Blumenstrauß hatte Ernst sie gestern Abend abgeholt, und sie schon an der Haustür mit Komplimenten überschüttet. Er schien blendend gelaunt. Seine Gereiztheit vom Montag war völlig verschwunden – bis zu dieser Begegnung mit dem älteren Paar am Eingang des Restaurants. Seine gute Laune war weg, ausgeknipst wie ein Lichtschalter. Während des Essens herrschte unangenehmes Schweigen. Sie wusste nicht, wie sie damit umgehen sollte. Drei Ouzo hatten seine Zunge dann zunehmend gelockert und nichts erinnerte mehr an die Missstimmung zu Beginn des Abends. Nur sie hatte ein schales Gefühl, das sie auch mit drei Gläsern Wein nicht betäuben konnte. Beim Feuerwerk hauchte er einen Kuss auf ihre Wange und legte auf dem Heimweg wie unabsichtlich seine Hand um ihre Hüfte. Vor der Haustür hatte er sie geküsst. Zuerst ganz zärtlich, dann immer fordernder und leidenschaftlicher. Wäre nicht ihr Nachbar gekommen, hätte sie ihren Chef vermutlich mit in ihre Wohnung genommen. Petra fühlte eine brennende Schamesröte in ihrem Gesicht. Ihre Mutter war noch nicht einmal unter der Erde und sie wollte mit ihrem Chef ins Bett.

Es klingelte. War das schon Ernst, der sie zum Kaffeetrinken abholen wollte? Sie ging zur Tür und sah durch den Spion. Julian! Der hatte ihr noch gefehlt. Er klingelte noch einmal.

»Petra, mach bitte auf. Ich weiß, dass du da bist. Ich will nur mit dir reden.«

Sie zögerte. Seine blonden Haare waren wie immer verstrubbelt. Selbst beim Friseur beugten sich diese nur kurz dem Diktat der Schere. Sein sonst gepflegter Dreitagebart schien länger keinen Rasierer mehr gesehen zu haben. Sie öffnete die Tür einen Spalt breit. »Was willst du? Es ist alles gesagt. Ich wüsste nicht, was wir noch zu besprechen hätten.«

»Guten Morgen.«

Eine Alkoholfahne schlug ihr entgegen. »Na, du hast wohl ausgiebig Silvester gefeiert.« Dabei wedelte sie mit der Hand den Geruch nach abgestandenem Bier und Schnaps weg.

»Kann ich kurz reinkommen? Ich wollte mich für mein Verhalten am Telefon an Heilig Abend entschuldigen. Ich habe nur mich gesehen und gar nicht realisiert, wie es dir nach dem schrecklichen Verbrechen an deiner Mutter gehen muss.« Er sah sie zerknirscht an.

Verzweiflung und Angst in seinen blauen Augen zerstreuten ihre Bedenken. »Also gut, aber ich habe nicht viel Zeit. Ich muss nachher noch weg.«

Gewohnheitsmäßig zog er seine Schuhe aus und hing die Jacke an die Garderobe.

»Möchtest du etwas trinken? Ein Wasser vielleicht? Oder soll ich dir einen Kaffee machen?«

»Ein Glas Leitungswasser reicht. Danke.«

Sie holte ihm das Wasser aus der Küche. Er stand immer noch im Gang, abwartend, wo Petra ihn hinbitten würde.

»Komm, wir gehen ins Wohnzimmer.«

Julian sah die Bilder auf dem Tisch und nahm einige davon in die Hand. Nachdenklich sagte er leise: »Bilder wecken immer Erinnerungen. Angenehme und auch unangenehme. Und nicht selten sind sie nur Momentaufnahme eines trügerischen Scheins.« Er sah sie mitfühlend an. »Aber darin liegt auch die Chance, Dinge zu klären und sie so zu sehen, wie sie wirklich waren. Das Leben, so wie es sich auf den Bildern darstellt, zu enttäuschen. Nicht einfach.« Im Gegensatz zu seinem alkoholgeschwängertem Atem hörte er sich absolut nüchtern an.

Da war er wieder. Der Julian, in den sie sich verliebt hatte. Positiv dem Leben gegenüber und mit einem sympathischen Hang zur Melancholie. Kein zynischer Unterton wie in ihren früheren Auseinandersetzungen, vor allem am Schluss ihrer Beziehung. Julian kam mit allen Menschen klar, nur nicht mit ihrer Mutter. Er hatte es immer wieder versucht, war aber in letzter Konsequenz gescheitert. Gescheitert an einem verbitterten Menschen, für den das sprichwörtliche Glas immer nur halb voll war. Das wurde Petra in diesem Moment klar, auch, wie sehr es ihn verletzt haben musste, dass sie nicht hinter ihm gestanden hatte. Dass sie jede Gemeinheit ihrer Mutter zu entschuldigen versuchte, ihr mehr glauben wollte als ihm. Nach einem heftigen Streit war er aus der gemeinsamen Wohnung ausgezogen. Und mit ihm die Träume von einer gemeinsamen Zukunft, in der auch eine Hochzeit und Kinder nicht ausgeschlossen waren. So lange ihre Mutter lebte, würde sie ihm nie eine Chance geben, hatte er damals gesagt. Jetzt war sie tot. »Bitte, Julian, geh jetzt.«

Er trat auf sie zu. »Petra, lass uns bitte nochmal neu anfangen!«

Ihre Augen verengten sich.

Petra suchte nach Worten. »Es ist so viel passiert. Nicht nur in unserer Beziehung. Es stimmt, ich war nicht fair zu dir. Aber ich kann momentan nicht über dieses Thema sprechen. Lass uns ein anderes Mal über alles reden. Vielleicht bietet sich nach der Urnenbeisetzung eine Gelegenheit. Ich rufe dich an und sag dir, wann diese stattfindet. Der Bestatter wollte sich Mitte nächster Woche melden. Und da das sowieso nur im engsten Familienkreis ist, also du und ich ...« Sie stockte, als ihr bewusst wurde, was sie da sagte.

Julian hätte sie am liebsten in die Arme genommen und ihr Halt gegeben. Aber das wäre nicht richtig gewesen. Er wollte ihre Situation nicht ausnutzen, ging zur Garderobe und zog seine Schuhe wieder an. Die Jacke hängte er sich über die Schulter. Als er die Haustür öffnete, stand Haschka vor ihm, der gerade klingeln wollte.

»Hallo Petra, äh was macht denn der Loser hier?« Er ließ die rote Rose sinken. »Ich wollte dich zum Kaffeetrinken abholen, so wie gestern ausgemacht. Aber ich sehe schon, du hast wohl was Besseres vor«, fuhr er in einem sehr abfälligen Ton fort. Er hielt inne und blickte fragend von Julian zu Petra. Noch bevor diese etwas entgegnen konnte, setzte er hinzu: »Hat der dir nicht schon genug Kummer bereitet?« Damit baute er sich drohend vor Julian auf.

An Ernst hatte sie überhaupt nicht mehr gedacht. Eine Auseinandersetzung im Hausflur vor den Augen und Ohren der neugierigen Nachbarn konnte sie gar nicht brauchen. Sie zog Haschka am Ärmel in den Flur und schob Julian sanft nach draußen.

Julian hatte die Szene sprachlos beobachtet und fühlte sich, als hätte ihm jemand einen Magenschwinger versetzt. Alles war umsonst. Petra hatte sich schnell getröstet. Er kam sich wie der letzte Trottel vor. Wie konnte er nur so blöd sein. Sie hatte zwar immer wieder mal von ihrem verständnisvollen Chef geschwärmt, aber jetzt hatte dieses Arschloch wohl die Gunst der Stunde genutzt. Am liebsten hätte er seine Faust in diese aufgedunsene Visage geschlagen. Aber das hätte nichts gebracht. Mit einem leisen »Ciao, meld dich bitte«, drückte er sich an Haschka vorbei.

»Keinen Arsch in der Hose«, rief Ernst ihm nach.

Julian drehte sich nicht um.

Petra zog Ernst energisch in die Wohnung und schloss die Haustür. »Sag mal, was soll denn das? Wieso redest du Julian so schwach an. Der hat dir doch gar nichts getan.«

»Mir nicht, aber dir! Meinst du, ich habe nicht gemerkt, wie du nach der Trennung durch die Firma geschlichen bist. Wie ein geprügelter Hund. Und so einen willst du nochmal in dein Leben lassen?«

»Wer sagt denn, dass ich ihn wieder in mein Leben lassen will?« Ihre Antwort klang nicht sehr überzeugend.

»Weißt du was, überleg dir in Ruhe, was du willst. Du kannst mir nicht schöne Augen machen, mich küssen und gleichzeitig deinen alten Lover zum Frühstück einladen. Vielleicht hat er ja sogar übernachtet?« Haschka redete sich immer mehr in Rage. »Was glaubst du eigentlich, wer du bist?« Sie waren mittlerweile im Wohnzimmer angekommen. Sein Blick fiel auf die Bilder und die Briefe auf dem Tisch. »Da sind ja die Briefe und Bilder«, entfuhr es ihm. Auf einmal fragte er wieder ganz freundlich: »Wann hast du die denn geholt?«

»Was?« Petra brachte der Stimmungswechsel von Ernst aus dem Konzept.

»Weißt du was, Petra, wir können auch hier zusammen Kaffee trinken. Ich hol uns schnell was vom Bahnhofscafé. Dann kannst du mir deine Wohnung zeigen, und wir können anschließend zusammen die Bilder anschauen.« Seine schlechte Laune schien völlig verschwunden.

Petra war mit seiner Launenhaftigkeit überfordert. »Sei mir nicht böse, Ernst. Ich muss hier raus. Lass uns an dem Plan von gestern festhalten und an den Ammersee fahren. Da können wir in Ruhe spazieren gehen, ohne dass wir jemanden von der Firma in die Hände laufen.«

Haschka bemerkte die Ironie in ihrem letzten Satz. »Wir können auch durch Landsberg bummeln, wenn du willst. Ich dachte nur, dass es dich vielleicht zu sehr anstrengt, wenn dir Bekannte deiner Mutter über den Weg laufen ...«

Petra hatte sofort ein schlechtes Gewissen. Er meinte es nur gut mit ihr, wollte sie schützen und nicht verstecken. Sie war diejenige, die alles falsch auslegte. So wie damals bei Julian.

Tränen liefen ihr über die Wangen. Ernst wollte sie abstreichen, doch sie wich ihm aus. »Du hast recht. Lass uns an den Ammersee fahren. Das alles hier«, und dabei deutete sie mit dem Kopf auf das Chaos am Tisch, »läuft nicht weg.«

Sie zog Haschka an der Hand zur Tür. Er nahm ihren Mantel vom Haken, hielt ihn ihr hin, als sie sich plötzlich zu ihm umdrehte. »Du wirst es nicht glauben. Aber beim kurzen Durchsehen der Bilder heute, habe ich ein Foto mit einem jungen hübschen Mann entdeckt, der dir ähnlich schaut.«

Haschka erstarrte in seiner Bewegung. »Das kann ja wohl kaum sein,« erwiderte er mit einer seltsam dünnen Stimme.

»Doch, bei Gelegenheit zeige ich es dir.« Mit diesen Worten zog sie ihre Stiefel an. Dabei entging ihr der Ausdruck in seinen Augen, der sie sehr verunsichert hätte.

Kapitel 31

Samstag, 2. Januar 2016, Lechtalbad Kaufering

Ernst Haschka saß im Saunabereich und wartete auf seinen Gesprächspartner. Er liebte solche Orte, um besondere Geschäftsabschlüsse vorzubereiten. Ein öffentliches Hallenbad, brechend voll, war die perfekte Tarnung für die Art von Geschäft, das er heute eintüten wollte. *Eintüten* war eines seiner Lieblingswörter, wenn es darum ging, ein spezielles Geschäft erfolgreich abzuschließen.

Das musste heute unbedingt klappen, wollte er eine Insolvenz seines Stahlbaugeschäfts abwenden. Die Lage war seit Monaten angespannt, weil wichtige Aufträge an günstigere Anbieter verloren gingen oder auf unbestimmte Zeit verschoben wurden. Darum hatte er auch den Einsatz spezieller Marketingmaßnahmen intensiviert. Dabei musste er jedoch in Zeiten von *Transparency International* und einer Ächtung von Korruption in der öffentlichen Meinung, mit äußerstem Fingerspitzengefühl vorgehen. Doch seinen aktuellen Geschäftspartner in der anstehenden Angelegenheit stufte er als durchaus empfänglich für derlei Arrangements ein. So wartete er geduldig und stellte seine Unterschenkel abwechselnd in warme und kalte Bäder.

Die feuchtwarme Luft machte es schwer, zu atmen, gleichzeitig hatte er das Gefühl, ein unsichtbares Band sei um seine Brust geschnürt. Sein Kopf dröhnte. Der Alkohol der letzten beiden Tage steckte ihm noch in den Knochen. Nach dem Wein und dem Ouzo beim Griechen hätte er nichts mehr trinken sollen. Aber gegen den Ärger über das in seinen Augen verpatzte Date mit Petra hatten nur drei doppelte Whisky aus der Hausbar geholfen. Fast hätte er sie klargemacht. Sie war kurz davor gewesen, ihn in ihr Bett zu lassen. Dann war der blöde Nachbar gekommen. Haschka runzelte die Stirn. Der Besuch am Ammersee gestern war ebenso wenig von Erfolg gekrönt. Im Café war sie sehr wortkarg gewesen und seinen Zärtlichkeiten ausgewichen. Auf dem Nachhauseweg wollte sie schon am Bayertor aussteigen und den Rest nach Hause zu Fuß gehen. Dadurch konnte er auch keinen Blick mehr auf die Fotos und Briefe werfen. Da war der Rest der Whiskyflasche fällig geworden.

Aber eins nach dem anderen, dachte er bei sich. Jetzt kümmere ich mich erst um diesen Auftrag, dann nehme ich mir Petra nochmal vor. Jemand tippte ihm auf die Schulter und unterbrach seine Überlegungen. Er drehte sich um und sah einen grauhaarigen Sechzigjährigen im grünen, ausgewaschenen Frottee-Bademantel. Genauso hatte er ihn sich vorgestellt. Ein älterer Beamter, der noch kurz vor der Pension seine Rente aufbessern wollte. Das Geschäft war so gut wie sicher, doch das ließ sich Haschka nicht anmerken. »Ein gutes Neues wünsche ich Ihnen, Herr Huber.«

Der Mann mit dem altbackenen Bademantel zog die Augenbrauen hoch.

»Allerweltsnamen wie *Huber* finde ich irgendwie passend bei einer Aktion wie unserer«, raunte ihm Haschka zu. »Sie können mich Maier nennen, wenn es Ihnen nichts ausmacht.«

»Also gut ... Herr Maier.« Unsicher nestelte der ältere Herr am Gürtel seines Bademantels. »Wie geht es Ihnen?«

»Passt! Danke der Nachfrage. Lassen Sie uns doch erst in die Sauna gehen, bevor wir zum Geschäftlichen kommen.« Haschka versuchte damit, die Lage etwas zu entspannen. Bei einem derart heiklen Anlass mussten alle Beteiligten ein gutes Gefühl haben. Sollte sein Gesprächspartner kalte Füße bekommen, könnte er am Montag den Laden zusperren.

Zwei Stunden später saßen sie beim *Brückenwirt* und bestellten das Tagesgericht. Der alteingesessene Gasthof lag nur wenige hundert Meter vom Lechtalbad entfernt.

»Ich freue mich, dass wir uns grundsätzlich handelseinig sind, Herr Huber. Ich fasse nochmal zusammen: Sie offenbaren mir die Gebote meiner Konkurrenten, die es wie ich in die Schlussrunde geschafft haben. Ich korrigiere meine Detailpreise im Leistungsverzeichnis bei unserem offiziellen Bietergespräch am 7. Januar. Demzufolge erhalte ich als günstigster Bieter den Auftrag vom Landkreis Augsburg. Im Gegenzug dafür bekommen Sie eine ansehnliche Provision; natürlich steuerfrei!« Ernst Haschka grinste.

Der ältere Herr nickte zustimmend, während er Haschka einen braunen Umschlag über den Tisch schob. »So machen wir es, Herr Maier.« Mit einem vielsagenden Blick auf den Umschlag erklärte er: »So manch einer würde sich wünschen, die Gebote seiner Konkurrenten en détail zu kennen. Aber diesem frommen Wunsch steht ja nicht nur das kommunale Vergaberecht entgegen.« Diese süffisante Bemerkung zeigte Haschka, dass der kommunale Beamte offenbar alle Bedenken über Bord geworfen hatte.

Haschka nickte kaum merklich. Während sich Huber seinen Sauerbraten schmecken ließ, begann Haschka, die Unterlagen aus dem Umschlag zu studieren. Zu allen Einzelpositionen machte sich Haschka Notizen auf sein eigenes Angebot. Abwesend murmelte er: »Wir wollen doch alle, dass dieses Projekt nach Recht und Gesetz abgewickelt wird. Letzten Endes muss es auch einer Innenrevision standhalten.«

Samstag, 2. Januar 2016,
Stahlbau Haschka, Landsberg

Fasziniert beobachtete Haschka, wie seine sündhaft teure Espressomaschine einen Cappuccino fabrizierte. Er war zufrieden. Wenn dieser Deal klappte, war er wenigstens eine Sorge los. Das besprochene Geschäft hatte ein Volumen von 1,8 Millionen Euro und verschaffte ihm die nötige Luft. Es half ihm zwar nicht sofort bei der Liquidität, aber immerhin veranlasste es die Bank, den Griff um seinen Hals etwas zu lockern. So zumindest hatte sich sein Betreuer beim letzten Bankengespräch geäußert. Luft zum Atmen – genau das, was er jetzt im wirtschaftlichen Sinn brauchte.

Zeljko würde die Hälfte der vereinbarten Summe morgen in kleinen Scheinen bei Herrn *Huber* zu Hause abliefern. Sicher ist sicher. Nicht, dass der alte Korinthenkacker bis nächsten Donnerstag noch absprang. Für derart knifflige Aufgaben war Zeljko die perfekte Wahl. Er war absolut verschwiegen und loyal.

Sein seliger Vater hatte recht gehabt, den Jugoslawen einzustellen, wenngleich ihn Ernst mittlerweile für andere

Aufgaben nutzte. Aber jetzt war er der Chef, wenn auch nicht ganz freiwillig. Eigentlich hätte Ernst lieber eine Kneipe aufgemacht, als sich mit Stahl und Eisen herumzuschlagen, doch der Familienräson konnte er sich nicht entziehen.

Er war kein Unternehmer wie sein alter Herr. Nichts ging ihm leicht von der Hand; alles war mit Mühen und Anstrengung verbunden. Jeder noch so kleine Erfolg war das Ergebnis eines permanenten Existenzkampfes. Als sein Vater den Betrieb in den sechziger und siebziger Jahren aufbaute, herrschte noch Aufbruchstimmung. Stahlbauleistungen wurden an allen Ecken und Enden gebraucht; die Leute kauften regional. Als er jedoch vor zehn Jahren die Verantwortung übernehmen musste, gab es *Geiz ist geil* und die Globalisierung hatte Bayern längst erreicht. Themen, mit denen sich sein Vater nie herumschlagen musste.

Ohne seine speziellen Marketingaktivitäten wäre der Stahlbaubetrieb längst pleite. Schon vor Jahren war er überzeugt, dass man heutzutage mit ehrlicher Arbeit nichts werden konnte.

Haschka genoss die Stille in seinem Büro am Samstagnachmittag. Ideal, um das Bietergespräch nächste Woche vorzubereiten. Er übertrug die handschriftlichen Notizen in sein neues Angebot. Während der Woche wurde er so von der üblichen Tretmühle aus Terminen, Gesprächen, eMails, Telefonanrufen, SMS und neuerdings WhatsApp-Nachrichten vereinnahmt, dass er mitunter keinen klaren Gedanken fassen konnte.

Er sah auf die Uhr. Zeljko musste noch informiert werden. Er schnappte sich sein *iPhone* und wählte dessen Nummer.

Beim vierten Klingelton ging er dran: »Ja? Chef, was brauchst du?«

»Du musst für mich wieder ein Paket abliefern. Morgen, in der Nähe von Schwabmünchen. Übernahme heute Abend um 17:00 Uhr in der Firma.«

»Geht klar, Chef. Ich mach das noch einmal. Aber wir müssen reden. Auch wegen der anderen Sache.«

»Ich wüsste nicht, was es zu reden gibt. Du weißt, was zu tun ist. Also tu es.«

»Nur, Chef, ich finde ...«

»Zeljko, du findest nix. Du führst aus. Verstanden?«

Schweigen in der Leitung. Nach einer gefühlten Ewigkeit: »Ist gut. Bis nachher um fünf.« Dann legte er auf.

Ernst Haschka hielt immer noch sein Mobiltelefon in der Hand und sah nachdenklich aus dem Fenster. Auf seinem Privatparkplatz stand sein *indischroter* Porsche 911 Carrera. Normalerweise genügte dieser Anblick, um alle Probleme kurzzeitig zu vergessen. Eigentlich sprach er auch lieber von *Herausforderungen*, seinem zweiten Lieblingswort. Für ihn fanden Probleme nur in den Köpfen der anderen statt. Er hatte vor langer Zeit beschlossen, deren Bedrohlichkeit zu ignorieren, selbst wenn er direkt damit konfrontiert wurde. Eine Herausforderung aber gab ihm das Gefühl, das Heft des Handelns im Griff zu behalten und die Dinge in die von ihm geplante Richtung treiben zu können.

Doch dieses Mal hatte er keine Muße, sein Baby auf vier Rädern zu betrachten. Zeljkos aufkeimender Widerwillen war eine ernsthafte Herausforderung für ihn. Er ließ sich in seinen Ledersessel fallen, faltete die Hände und legte die Zeigefinger an seinen Mund. Diese Herausforderung konnte im wahrsten Sinn des Wortes noch zum Problem werden.

Kapitel 32

Samstag, 2. Januar 2016

»Also den Michi können wir in Zukunft vergessen.« Viertaler nahm sich eine Gabel von dem Kartoffelsalat, den die Bedienung, ein junges Mädchen, soeben zusammen mit einem Schnitzel gebracht hatte. Er sass mit Gertrud an einem großen Tisch direkt am Fenster des Panoramarestaurants in der Teufelsküche. »Heute ist ja richtig was los.« Dabei blickte er sich in der Gaststube um. In diesem Moment kam eine Familie mit drei kleinen Kindern auf ihren Tisch zu. Dahinter ein älteres Ehepaar, vermutlich die Großeltern.

»Ist hier noch etwas frei?« Der Vater deutete auf die restlichen sechs Stühle am Tisch. An seiner Schulter schlief ein noch ziemlich kleines Baby. Auf seiner Stirn standen kleine Schweißtropfen.

Viertaler zögerte, aber er konnte ja nicht *Nein* sagen, auch wenn er lieber mit Gertrud allein am Tisch sitzen würde.

»Natürlich ist hier noch frei.« Gertrud kam ihm zuvor. »Wir rutschen, dann haben sie auch noch Platz für ihren *Maxi Cosi*. Ihr Blick ging zu dem älteren Herrn, der die Babyschale für das Auto in der Hand trug. Mittlerweile hatte das junge Mädchen einen Salat mit Putenstreifen für Gertrud gebracht. Sie nahm auch gleich die Bestellung für die Getränke und das Essen für die Kinder auf, damit die nicht zu lange warten mussten.

Viertaler grinste. Das Menü kam ihm bekannt vor. Pommes mit Ketchup und Spätzle mit Soße. »Das hat Anna auch immer gegessen, wenn wir mit ihr unterwegs waren«, sagte er melancholisch. Schon lange her. Aber dein Salat schaut gut aus. Das war doch keine schlechte Idee, dass wir hierher gegangen sind.« Er hatte Gertrud kurzfristig eingeladen, sozusagen als kleines Nachweihnachtsgeschenk. Das schmälerte sein schlechtes Gewissen, weil er nicht schon an Heilig Abend an eine Kleinigkeit für sie gedacht hatte, und Silvester wollte sie ihr Essen beim Griechen unbedingt selbst bezahlen.

Irgendetwas stimmte nicht, denn Gertrud stocherte lustlos in ihrem Salat, während er mittlerweile seine Portion bis auf den letzten Krümel aufgegessen hatte. Sie wollte schon nicht mit ihm herlaufen, da sie angeblich mit einer Freundin in Hofstetten verabredet sei. Deshalb war sie direkt mit dem Auto gekommen, das sie auf dem Parkplatz kurz nach Pitzling abgestellt hatte. Vielleicht hatte das etwas mit dem Kuss an Silvester zu tun. Wenn er daran dachte, wurde ihm ganz flau im Magen. Am besten nicht darüber reden.

Er versuchte, das Gespräch wieder auf den Fall zu lenken. »Also wie gesagt, den Michi können wir vergessen.« Dabei schüttelte er etwas ärgerlich den Kopf. »Er steht wohl unter Beobachtung. Der Stockleitner steckt mit dem Gscheithaferl unter einer Decke. Die wollen nicht, dass der *alte Fuchs und die Gutmenschin* sich da einmischen.«

Gertrud unterbrach ihr Stochern und sah ihn mit hochgezogenen Augenbrauchen an.

»Mit der *Gutmenschin* bist du gemeint. Hat mir der Michi erzählt. Eigentlich hätte er mir vom Einbruch bei Helga Schleich gar keine SMS schicken dürfen. Er hat dann aber doch ein wenig geplaudert. Obwohl alles verwüstet war, wurde augenscheinlich nichts gestohlen. Außerdem ...«

Gertrud ließ ihn nicht ausreden. »Eigentlich hat die Polizei ja recht. Was geht uns die ganze Sache an? Ich habe so schon genug um die Ohren. Und ein Mord mit einer enthaupteten Leiche gehört da nicht unbedingt dazu.«

Viertaler war überrascht. »Aber ich dachte, dass dich die Ermittlungen interessieren.«

»Ermittlungen, Ermittlungen! Du solltest dir mal selber zuhören. Du bist in Pension! Du bist kein Kriminalkommissar mehr. Kümmere dich um die Renovierung von deinem Haus. Besuch deine Tochter in Amerika, aber lass die Finger von diesem Mordfall!« Sie war mit jedem Satz lauter geworden. Der Junge und das Mädchen unterbrachen ihr Spiel mit den Playmobil Ritter- und Prinzessinnenfiguren und sahen sie interessiert an. Das Baby, das in seinem Sitz schlief, gnatzte. Eltern und Großeltern taten so, als würden sie die Auseinandersetzung nicht mitbekommen.

Was war denn mit der Gerti los? So kannte Viertaler die langjährige Freundin seiner Frau nicht. Da musste etwas vorgefallen sein.

Gertrud hatte mittlerweile den Teller fast unberührt zur Seite geschoben. »Lass uns bitte zahlen.«

Hoffentlich wurde sie nicht krank. Kurz erfreute ihn der Gedanke. Dann würde morgen der Räucherkurs ausfallen. Aber dann tadelte er sich insgeheim.

»Ich geh schon mal vor.« Sie stand auf und zog ihre dicke Daunenjacke an, die sie über den Stuhl gehängt hatte. »Ich warte unten auf dich.« Mit einem knappen: »Auf Wiedersehen«, schob sie sich an den anderen Gästen vorbei und ging schnell zum Ausgang.

Martin sah ihr durch die großen Fenster nach. Sie stieg die kleine Böschung zum Pitzlinger Stausee hinunter.

Dichte Wolken zogen über den bleigrauen Himmel. Eigentlich hatte dieser Flecken Erde einen ganz eigenen Charme, besonders an schönen Tagen, aber heute wirkte er trostlos und abweisend. Vielleicht kam es Viertaler auch nur so vor. Der Streit mit Gertrud setzte ihm mehr zu, als er es sich eingestehen wollte. »Bitte zahlen.« Er winkte der Bedienung. »Hat es ihrer Begleitung nicht geschmeckt?«, fragte sie, als sie die Rechnung brachte und den fast vollen Teller abräumte. Viertaler zuckte mit den Schultern.

Im Weggehen hörte er noch, wie der kleine Junge fragte: »Papa, warum hat die Frau nicht aufgegessen?« Das hätte er auch gern gewusst. Er ging zur Garderobe und holte seinen Mantel. Mittlerweile hatte es zu regnen begonnen. Einen Schirm hatte er leider vergessen.

Gertrud stand immer noch am Wasser. Den Regen schien sie gar nicht wahrzunehmen. Viertaler wusste nicht, was er machen sollte und nuschelte: »Ich geh dann mal.«

Sie drehte sich um. »Du kannst bei dem Regen gerne mit mir mitfahren.«

»Bewegung tut mir ganz gut. Und ich hab ja Zeit, so als Ruhestandsbeamter.« Den Nachsatz konnte er sich nicht verkneifen.

Gertrud kletterte die leichte Böschung hoch. Die Steine waren durch den Regen rutschig geworden. Sie strauchelte. Martin hielt ihr die Hand hin, die sie zögerlich ergriff.

»Martin, es tut mir leid. Ich wollte dich nicht beleidigen. Bei unseren Gesprächen dreht sich alles nur um Mord und Totschlag. Das macht mir Angst. Ich habe heute Nacht kaum ein Auge zugemacht.«

Das entsprach nicht der ganzen Wahrheit. Schlafen konnte sie nicht, weil sie sich wieder beobachtet gefühlt hatte. Als sie das Fenster geöffnet hatte, um nachzuschauen, verschluckte die Dunkelheit ihre Einbildung. Tagsüber hatte ihr Telefon mindestens fünfmal geläutet, ohne dass sich jemand meldete. Aber das wollte sie Martin nicht erzählen. Sie wollte nicht, dass er sie für eine hysterische Alte hielt, die zuviel Krimis schaute. Vielleicht sah sie nur Gespenster, obwohl ihr Bauchgefühl ihr etwas anderes flüsterte. Der Mord in der Teufelsküche warf einen Schatten, der auch ihr eigenes Leben betraf. Es war nur eine Ahnung, die sie beschlichen hatte, als sie Haschka im *Principe* begegnet war. Aber mit Ahnungen und Bauchgefühl brauchte sie dem Ex-Kommissar nicht zu kommen. Das wusste sie. Für ihn zählten Fakten, Beweise. Und die hatte sie nicht. Noch nicht. Aber wenn es die gab, wäre es vielleicht zu spät, um aus dieser Ermittlungsgeschichte auszusteigen.

Martin versuchte, sich zu rechtfertigen. »An Silvester haben wir uns nicht nur über Mord und Totschlag, sondern über deine Flüchtlinge unterhalten.«

»Lass uns fahren.« Sie zog entschlossen den Autoschlüssel aus der Tasche und hielt ihn Viertaler hin. »Machst du das bitte. Ich bin auf einen Schlag so müde.«

Jetzt machte sich Martin ernsthaft Sorgen. Kurzentschlossen verwarf er seinen ursprünglichen Plan, den Tatort in der Teufelsküche zu besichtigen. Das konnte er auch ein anderes Mal machen. Stumm gingen sie zum Parkplatz. Er sperrte das Auto auf, verstellte den Sitz, um überhaupt einsteigen zu können und quetschte sich ächzend hinter das Lenkrad. Da war ihm sein VW Golf schon lieber, musste aber zugeben, dass der kleine *Toyota Yaris* einige technische Details hatte, die ihm gefielen. Die Fahrt nach Landsberg verlief wortlos. Sie fuhren am Bayertor vorbei in die Innenstadt, wo die Marktleute gerade abbauten. Das Wetter hatte die sonst um diese Zeit üblichen Passanten vergrault. Nach dem Zebrastreifen am Klösterl bog er links ab. Im Schritttempo lenkte er das Auto auf den Parkplatz vor dem Eingang zum Wildpark. Kaum dass das Auto anhielt, war Gertrud auch schon ausgestiegen. Sie war extrem blaß um die Nase.

»Ich rufe dich morgen früh wegen dem Räucherseminar an. Ich glaube, dass es reicht, wenn wir um halb vier losfahren. Der Kurs beginnt um 16:00 Uhr, und nach St. Ottilien brauchen wir nicht lange.«

Viertaler nickte. »Aber wenn du es ausfallen lassen willst, weil es dir nicht gut geht, dann ist das für mich auch in Ordnung.«

Gertrud lächelte leicht. Zum ersten Mal an diesem Tag. »Das ist lieb von dir, dass du wegen mir auf dein Geschenk verzichten würdest.« Das *verzichten* klang etwas komisch, fand Martin. »Ich brauche einfach eine Runde Schlaf. Ich mache mir noch eine Tasse Hexenpunsch warm, dann lege ich mich auf´s Ohr. Morgen geht es bestimmt wieder.«

Daran zweifelte Viertaler nicht. Das Hexengebräu hatte auch bei ihm eine durchschlafende Wirkung erzeugt.

Kapitel 33

Vlado. Ein Name wie aus einer anderen Zeit, einem anderen Leben. Fast hatte er diesen Vlado vergessen. Es war schon zwanzig Jahre her, dass er den Namen gehört hatte. Vlado. Vlado Gasic. Den Namen nur zu denken, gar auszusprechen, schmerzte.

Damals war er ein anderer. Als er noch so geheißen hatte, war er glücklich, zumindest am Anfang. Er war glücklich gewesen mit Radenka. Sie wollten heiraten, Kinder haben. Alles war geplant, war vorbereitet. Sie waren so jung damals. Hatten Pläne für eine gemeinsame Zukunft.

Seit Radenka nicht mehr bei ihm war, war alles anders geworden. Er war anders geworden. Er besah sich das Tattoo auf seinem Handrücken. Es zeigte ihren Namen – sieben Buchstaben. Jedes Mal, wenn er die Tätowierung betrachtete, übermannte ihn der Schmerz. Er war froh, dass er sich damals nicht ihr Portrait hatte einstechen lassen. Das würde er nicht aushalten. Vermutlich hätte er es sich längst herausgeschnitten oder weglasern lassen. Aber ihren Namen konnte er nicht auslöschen. So tröstete und schmerzte ihn diese Tätowierung vermutlich bis an sein Lebensende.

Kapitel 34

Martin war erleichtert. Und das nicht nur, weil es Gertrud offenbar wieder besser ging. Zur Begrüßung hatte sie ihn umarmt, was ihm nicht unangenehm war. Sie war guter Dinge, sagte, sie wolle am Montag einen Besuchsschein für Selahattin beantragen. Der Pflichtverteidiger habe einen guten Draht zum Staatsanwalt.

Er selbst hatte auf dem gemeinsamen Weg nach Sankt Ottilien bewusst nicht an das gestrige Gespräch über den Einbruch angeknüpft. Einen neuerlichen Gefühlsausbruch Gertruds wollte er heute vermeiden.

Er blickte sich um. Erleichtert war er auch, weil er nicht der einzige Mann bei dem Räucherseminar war. Im Gegenteil. Der Kurs war mit bestimmt 25 Personen ausgebucht. Ein gutes Drittel davon waren Männer. In seiner Vorstellung hatte er sich schon von lauter Damen um die Siebzig umringt gesehen. Auch da hatte er sich getäuscht. Der Altersdurchschnitt lag bei fünfzig Jahren. Sie alle standen neugierig vor dem Buchladen des Klosters und warteten. Gertrud hatte gerade noch die Kursgebühr bei einer Dame, vermutlich der Kursleiterin, bezahlt. Ein »Herzlich willkommen« unterbrach seine Beobachtungen. Eindeutig keine weibliche Stimme, er drehte sich überrascht um. Ein älterer Herr bat die Teilnehmer, ihm in den Seminarraum zu folgen. Viertaler stupste Gertrud: »Das ist ja ein Mann.«

»Hatte ich dir das nicht gesagt? Herr Weber ist Gartenberater und Kräuterpädagoge. Er macht Kräuterwanderungen und im August kannst du bei ihm den Kräuterbuschen für Mariä Himmelfahrt binden. Dort drüben im Kräutergarten des Klosters.« Mit einer ausholenden Armbewegung deutete sie die ungefähre Richtung an.

Dumpf erinnerte sich Martin an diesen Brauch. Schließlich war er selbst lange Zeit Messdiener gewesen, kannte den intensiven Geruch, den die frisch gebundenen Buschen verströmten. Eine Kindheitserinnerung, die er verloren geglaubt hatte. Schweigend, fast andächtig, folgten die Teilnehmer dem Seminarleiter. Martin musste zugeben, dass die eindrucksvolle Klosteranlage eine besondere Atmosphäre ausstrahlte. Zusammen mit der einbrechenden Dämmerung, dem sogenannten Wolfslicht, hatte dieser Abend etwas Besonderes, dem sich auch der nüchterne Verstand des Kommissars nicht entziehen konnte.

Im Seminarraum verströmten Kräuter auf dem Sieb eines Stövchens einen angenehmen Duft. Gertrud zog ihn auf einen freien Platz neben sich. Augenblicke später war sie mit Block und Kugelschreiber einsatzbereit. Viertaler dagegen hatte nicht mal einen Notizzettel. Gott sei Dank hatte er wenigstens noch den Flyer eingesteckt, der bei seinem Geschenkgutschein dabei gewesen war. Er überflog den Text, der von Rauch und Ritualen in den Raunächten handelte. Der Verfasser sprach von Traditionen, die Jahrtausende überdauert hatten, von Angst und Aberglaube, von dem Gedenken an die Ahnen und dem Räuchern als Orakel.

Viertaler warf einen Seitenblick auf Gertrud, die gebannt den ersten Sätzen des Kräuterpädagogen lauschte. Sie schien in ihrem Element zu sein, ihre Augen sprühten vor Begeisterung. Alle Müdigkeit des Vortages war verschwunden.

Aber auch er ließ sich vom Vortrag fesseln. Er hatte schon vermutet, dass die Raunächte etwas damit zu tun hatten, weil es im Winter kalt und rauh war. Doch schon auf die nächste Frage wusste er keine Antwort. Er sah sich um. Den anderen Teilnehmern schien es ähnlich zu gehen.

Seminarleiter Weber wiederholte die Frage: »Wer von Ihnen weiß, was es mit den Raunächten auf sich hat?«

Gertrud meldete sich. Alle Blicke richteten sich auf sie.

Gertrud erhob sich: »Also es gibt hier unterschiedliche Deutungen.« Ihre Stimme zitterte leicht. »Das hängt mit dem jeweiligen Brauchtum einer Region zusammen. Grundsätzlich ist zu sagen, dass die Zeit zwischen Weihnachten und Heilig Drei König durch die Differenz der 354 Tage des Mondjahres zu den 365 Tagen des Sonnenjahres entstanden ist. Der julianische Kalender, heute der gregorianische Kalender, hat sozusagen den Mondkalender abgelöst.« Sie hielt kurz inne. Ihre Stimme wurde fester. »Damit fehlen elf Tage oder zwölf Nächte, die aus der Zeit gefallen sind. In manchen Gegenden sind nur vier Raunächte wichtig. Das sind die Nacht der Wintersonnenwende am 21. Dezember, die Christnacht, dann Silvester und die Nacht auf den 6. Januar, dem Fest der Heiligen Drei Könige. In anderen Regionen zählen alle Nächte vom 21. Dezember bis 5. Januar zu den Raunächten. Mit jeweils ganz eigenen Bräuchen.« Sie setzte sich wieder.

Viertaler sah sie fasziniert an.

»Vielen Dank für Ihre Ausführungen. Besser hätte ich es auch nicht sagen können.« Herr Weber bedankte sich mit einem kurzen Kopfnicken in Gertruds Richtung.

Einige Teilnehmer klatschten.

»Dann kommen wir auch gleich zu den Bräuchen, von denen Sie sicher einige kennen.«

Dazu hätte auch Martin etwas gewusst. Seine Oma in Passau hatte ihm als kleinen Buben immer geraten, seine Träume in den Raunächten aufzuschreiben. Sozusagen als Orakel für die zwölf Monate im kommenden Jahr. Außerdem hatte sie es strikt vermieden, an diesen Tagen weiße Wäsche zu waschen und aufzuhängen. Die weißen Tücher würden vom Tod im neuen Jahr als Leichentücher verwendet werden. Gerade in der dunklen Zeit des Jahres hatte es seine Oma meisterlich verstanden, mit Geschichten über die Wilde Jagd und Kobolde die Phantasie aber auch die Angst Viertalers anzuheizen.

Seine Oma! Immer, wenn er sich an sie erinnerte, hatte er den Geruch von warmem Apfelkuchen in der Nase. Auch so eine Besonderheit, von der der Kräutermensch vorher gesprochen hatte. Düfte gehen ungefiltert durch den Verstand direkt auf einen alten Teil des Gehirns, in dem die damit verbundenen Emotionen aber auch Traumen gespeichert sind. Das war Viertaler schon bekannt. So konnte der Duft eines Rasierwassers eine Panikattacke auslösen, wenn dieser Geruch mit dem Trauma einer Vergewaltigung verbunden war. Aus seiner Berufspraxis kannte er die große Bandbreite von traumatisierenden Ereignissen nur zu gut. Sie reichte von emotionalen Verletzungen bis hin zu Krieg und Verfolgung. Auch eine Frage, die es bei der Integration von Flüchtlingen zu beantworten galt.

Ein Stoß von Gertrud in die Rippen holte ihn wieder in die Gegenwart zurück. Sie hatte seine geschlossenen Augen falsch gedeutet. Er war nicht eingeschlafen, sondern hatte nur nachgedacht.

Mittlerweile war der Seminarleiter beim praktischen Teil des Räucherns angelangt. Er legte verschiedene Kräuter oder auch Harze auf und ließ die Schale im Kreis herumgehen.

»Abscheulich!« Viertaler zog angewidert die Nase hoch und reichte das Gefäß schnell an Gertrud weiter.

»Findest du? Ich empfinde es als angenehm.« Sie schnupperte noch einmal.

Kräuterpädagoge Weber hatte ihr Gespräch mitangehört und ließ gleich noch eine Erklärung nachfolgen: »Verlassen Sie sich beim Riechen ganz auf sich selbst. Es kann durchaus sein, dass Ihnen ein Geruch angenehm ist. Ihr Nachbar, den aber gar nicht ausstehen kann. Das ist normal und auch ganz wichtig, wenn sie selbst räuchern. Nehmen Sie nur Kräuter, die Ihnen sympathisch sind.«

Martin fühlte sich bestätigt. Bisher konnte er sich nicht beklagen, das Seminar war lehrreich. Er nahm sich vor, Gertrud für dieses Geschenk noch einmal ausdrücklich zu danken. Der Abschluss des Abends fand im Kräutergarten statt. Dort brannte bereits ein Lagerfeuer und verströmte eine heimelige Wärme in der kalten Winternacht. Wie lange war das her, seit er zum letzten Mal an einem solchen Feuer stand, überlegte er. Die Flammen züngelten an den Holzscheiten hoch, beißender Rauch nistete sich in seiner Kleidung ein. Knisternde Funken stoben in die Luft – ein kleines Feuerwerk aus verbrannter Energie.

Gertrud stand mit dem Rücken zu den Flammen, weil ihr Gesicht schon ganz heiß geworden war. Sie blickte auf die Bäume und Sträucher, die die noch brach liegenden Kräuterbeete umrandeten. Kahle Äste in denen bereits der Neuanfang schlummerte. Eine eigenartige Stimmung lag über dem Platz. Eine Mischung aus Melancholie und ...? War es Dankbarkeit, weil das Schicksal es im abgelaufenen

Jahr gut gemeint hatte? Oder eher Trauer, weil etwas unwiederbringlich verlorengegangen war. Vielleicht auch die Hoffnung, dass alles seinen Sinn haben würde, auch wenn es erst einmal nicht danach aussah.

Sie dachte an Franziska, die sie so vermisste. Sie waren oft in Sankt Ottilien gewesen. Im Buchladen oder im Café. Oder nur spazieren gegangen. Ein Kraftort, den sie beide schätzten. Selahattin kam ihr in den Sinn, der in seiner Zelle auf eine baldige Freilassung und auf einen Neuanfang fern seiner Heimat hoffte. Wie tief würden die Wurzeln reichen, die er neu ausstrecken wollte. Würden sie stark genug sein, damit die Trauer über den Verlust seiner Heimat und die Hoffnung auf einen Neuanfang Hand in Hand gehen konnten? Sie wusste es nicht.

In den Geruch des Feuers mischte sich mit einem Mal das Aroma von Whisky. Verwundert rieb sie sich die Nase und drehte sich um. Hatte etwa jemand einen Flachmann dabei? Ein Bild entstand plötzlich vor ihrem inneren Auge. Ein Lagerfeuer. Männer mit Flaschen in der Hand. Zudringliche Hände auf ihrem Körper. Eine Mischung aus Schweiß, Rauch und Whisky dicht vor ihr. Das Gesicht des Gegenübers erst im Schatten, dann immer deutlicher. Lüsterne Augen mit einem spöttischen Zug um die Mundwinkel. Ihr Herz raste, ihre Hände wurden feucht. Jemand packte sie an der Schulter. Sie zuckte zusammen.

»Entschuldige, ich wolle dich nicht erschrecken.« Viertaler war besorgt. »Du hattest auf einmal so einen erschreckten Gesichtsausdruck.«

»Alles in Ordnung.« Gertrud zog ihre Mütze fester um die Ohren. Ihr war kalt. Sie blickte sich um. Die meisten waren schon gegangen, auch der Seminarleiter. Sie hatte sich eigentlich bei ihm bedanken wollen.

Martin schien ihre Gedanken erraten zu haben. »Herr Weber ist im Vortragsraum. Er verkauft dort noch Kräuter.«

Gertrud überlegte kurz. »Ich habe genug. Ich räuchere ja jedes Jahr. Du kannst gern welche abhaben. Ein Stövchen ist ebenfalls übrig.«

»Nein, nein, das passt schon.« Viertaler bemühte sich, sein Interesse nicht allzu deutlich werden zu lassen. Aber insgeheim spielte er mit dem Gedanken, im Frühjahr ein Kräuterhochbeet anzulegen. Dann konnte er seine eigenen Kräuter trocknen. Beflügelt von dieser Vorstellung ging er Richtung Parkplatz. Einige Schritte hinter ihm Gertrud. Beim Auto angekommen hielt er ihr die Beifahrertür auf.

Sie wollte gerade einsteigen, als sie innehielt: »Martin, ich bin diesem Haschka schon einmal begegnet.«

Kapitel 35

Sonntag, 3. Januar 2016

VERPASSTER ANRUF Petra

Julian stieg vom Laufband und trocknete sich den Schweiß von der Stirn. Am Sonntagabend ging er am liebsten ins Fitness-Studio. Anschließend gab es *Tatort*, zusammen mit Petra auf der Couch. Aber das war vorbei, vermutlich endgültig. Außerdem hatten sie den Krimi gerade vor der eigenen Haustür, das war etwas anderes, als den TV-Ermittlern zuzuschauen. Sollte er zurückrufen? Der Termin für die Urnenbeisetzung konnte es nicht sein, denn das würde sich frühestens Mitte der Woche entscheiden. Vielleicht war es wegen der Haschka-Sache in Petra´s Wohnung – darauf hatte er keinen Bock. Er steckte das Handy in die Bauchtasche und ging zu den Fitnessgeräten. Da niemand auf ihn wartete, stand heute eine zusätzliche Trainingseinheit an. Sein Kumpel Ulli kam erst morgen vom Skifahren zurück. Da musste er sich auch etwas überlegen, denn das war kein Dauerzustand auf der Schlafcouch bei ihm im Wohnzimmer. Es tat ihrer Freundschaft nicht gut, wenn er dessen Hilfsbereitschaft über Gebühr ausnutzte.

Eigentlich wollte er das Neue Jahre wieder zusammen mit Petra feiern, jetzt, nachdem ihre Mutter tot war. Aber da war ihm dieser Haschka zuvorgekommen. Was fand Petra nur an dem; sowohl als Mann, als auch als Chef.

In München hatte sie bei einer Consultingfirma von Weltruf gearbeitet. Er konnte ja noch nachvollziehen, dass Petra zurück in das günstigere Landsberg wollte. Sie hatte sogar Angebote von namhaften Unternehmen hier gehabt.

Dass sie aber bei ihrer Qualifikation in einer solchen Mittelstandsfirma arbeiten wollte, ging nicht in seinen Kopf. Assistentin der Geschäftsleitung in einer Klitsche mit nicht mal vierzig Mitarbeitern. Bei diesem Thema war er sich ausnahmsweise mit ihrer Mutter einig gewesen. Es hatte deshalb auch einen heftigen Streit zwischen Petra und ihr gegeben.

»Also, ich glaube nicht, dass sich die Hantelstange bewegt, wenn du sie nur anschaust.«

Julian blickte wie ertappt zu dem jungen Mann auf der Hantelbank neben ihm.

»Ich meine nur. Du sitzt jetzt bestimmt schon fünf Minuten da und starrst die Gewichte an.«

Unwillkürlich musste Julian grinsen. »Stimmt, du hast recht. Ich lass es für heute. Mein innerer Schweinehund lässt sich nicht überreden.« Er nahm sein Handtuch und ging zu den Duschen. Sein Handy pfiff, das Zeichen, dass eine *WhatsApp* Nachricht eingegangen war. KÖNNEN WIR UNS SEHEN? Petra

»Was meinst du damit, dass du diesem Haschka schon mal begegnet bist?« Viertaler´s Stimme klang laut in der Stille, die sie umgab. Er stand mit Gertrud neben dem Auto. Das Licht einer Straßenlaterne warf einen schmalen Kegel auf den Parkplatz am Eingang zum Wildpark. Martin konnte ihr Gesicht nicht deutlich erkennen, da es im Schatten lag. Er spürte aber, dass es keine angenehme Begegnung gewesen sein musste. Sein kriminalistischer Instinkt erwachte. Sie sollte endlich etwas sagen, denn während der Fahrt zurück nach Landsberg sprachen sie kein

Wort. Martin wiederholte seine Frage in etwas abgewandelter Form und wie er hoffte, einfühlsamer. »Kennst du ihn von früher, als du noch mit deinem Ex zusammen warst?« Es war nur eine Vermutung, aber ihre Reaktion zeigte ihm, dass er ins Schwarze getroffen hatte.

»Eigentlich will ich darüber nicht reden. Komm, lass uns gehen. Mir ist kalt.« Dabei zog sie ihren Mantel enger um sich. »Außerdem ist es schon spät und Hexle wartet sicher schon auf dich.« Mit dem Hinweis auf den Hund hoffte sie, dass Martin von dem Thema ablassen würde.

Mittlerweile waren sie an dem Torbogen angekommen, der das Klösterl zum Wildpark hin räumlich abgrenzte. Hier trennten sich ihre Wege. Gertrud verabschiedete sich kurz. Martin sah ihr nach, wie sie die paar Schritte zu ihrem schmalen Haus auf der linken Seite der Gasse ging. Es lag schräg gegenüber der Wirtschaft, die mit den Menschen hinter den hell erleuchteten Fenstern üblicherweise etwas Heimeliges ausstrahlte, besonders an trüben Wintertagen. Heute war es dort dunkel und die Gasse menschenleer.

Viertaler ging ihr nach: »Ich weiß, dass du mit Franziska über alles geredet hast. Das hat sie mir immer erzählt, wobei sie mir nie etwas über den Inhalt eurer Gespräche preisgab.« Viertaler hielt kurz inne. Immer wenn er an seine verstorbene Frau dachte, wurde sein Hals eng. »Aber ich hoffe, du weisst, dass ich für dich da bin, wenn du mich brauchst.«

Sie sah ihn verwundert an. So kannte sie ihn nicht, und ihre Zurückhaltung schmolz. »Ich denke über dein Angebot nach. Aber in meinem Kopf dreht sich alles.« Sie winkte ihm zu. »Lass uns vielleicht morgen darüber reden.

Ich rufe dich an.« Sie schloss die Tür auf und verschwand im Haus.

Martin seufzte und ging Richtung Seelberg. Die Fenster seines Wohnzimmers waren hell erleuchtet. Die Zeitschaltuhr für das Licht funktionierte also. Ein warmes Gefühl überkam ihn. In diesem Moment verstand er nicht, dass er einmal mit dem Gedanken gespielt hatte, das Haus zu verkaufen. Das war kurz nach dem Tod von Franziska. Es war ihm so groß vorgekommen und so leer. Auch mit dem Wissen, dass Anna nach Amerika gehen würde. Er hatte das damals Gertrud erzählt. Sie hatte ihm abgeraten mit der Begründung, dass man in Trauerzeiten keine weitreichenden Entscheidungen fällen sollte. Er hatte es nicht verstanden, doch heute, beim Anblick seines Hauses war er froh, dass er diesen Schritt nicht gegangen war.

Er steckte den Schlüssel ins Schloss, und sofort ertönte freudiges Gebell hinter der Tür. Als er diese öffnete, sprang Hexle begeistert an ihm hoch. »Ja, meine Gute, ich freu mich auch, dich wiederzusehen.« Er nahm ihren Kopf in seine Hände und kraulte ihre Ohren und ihren Hals, nahm die Leine von der kleinen Kommode, was Hexle erneut mit lautem Gebell quittierte. »Wir gehen noch eine Runde durch die Stadt.« So, als hätte der Hund ihn verstanden, zog er gleich in Richtung der Treppen, die runter zur Herkomerstraße führten. Der Hauptplatz war leer. Die Lebendigkeit der Sommermonate hatte sich in die Häuser zurückgezogen. Er schlug den Weg durch die Fußgängerzone ein, vorbei an der imposanten Stadtpfarrkirche, die ihn stets an seinen letzten Fall im Frühjahr des vergangenen Jahres erinnerte. Ein Fall, der etwas in ihm in Frage gestellt und auf die er noch keine Antwort gefunden hatte.

Hexle zog am *Principe* nach rechts. Also gut, dann würden sie über den Hinteranger gehen, durch das Sandauertor durch, weiter bis zur Lechbrücke und am Lech entlang über das Inselbad zurück nach Hause.

Am Friseursalon von Ali Kartal blieb er kurz stehen. Die Fenster der Auslage waren geschmackvoll gestaltet. Kein Vergleich zu dem grauen Baumwolltuch mit vertrockneten Strohblumen bei seiner Vorgängerin. Zwei Strahler, die sich vermutlich automatisch abschalteten, erleuchteten nicht nur die Auslage, sondern auch schwach den Raum dahinter bis dort, wo die *Wurlitzer* stand. Ideen hatte der Kartal ja, das musste man ihm lassen. Aber etwas erregte seine Aufmerksamkeit: Auf der *Wurlitzer* stand eine kleine Figur, die bei seinem letzten Besuch noch nicht dagewesen war. Er kniff die Augen zusammen, um besser sehen zu können. Da erinnerte er sich an das Gespräch mit Gertrud. Von was hatte der Anwalt von Selahattin noch gesprochen? Suchte er nicht nach einem Auto mit einer Figur im Glitzeranzug auf dem Armaturenbrett – einem Wackel-Elvis. So hatte ihn Gertrud genannt. Wenn ihn seine Augen nicht im Stich ließen, stand genau so eine Figur auf der Musicbox. Ohne Auto zwar, aber immerhin. Das musste er morgen sofort Gertrud erzählen. Der Spaziergang hatte sich, ermittlungstaktisch gesehen, auf jeden Fall gelohnt.

Gertrud zog die Vorhänge im ersten Stock zu. Gegenüber sah sie heute keinen Schatten, kein Glimmen einer Zigarette. Sie rieb sich die Augen, die vom Lagerfeuer noch leicht brannten. Vielleicht hatte sie sich den stummen Beobachter nur eingebildet. Sie ging die Treppe hinunter in die Küche. Sie war müde, aber es war keine angenehme

Müdigkeit, sondern eine die lähmte. Wo selbst der Schlaf keine Erholung bringen würde. Sie überlegte, ob sie sich noch einen Baldriantee machen sollte.

Kurzentschlossen holte sie die angebrochene Flasche Rotwein aus dem Kühlschrank. Der hatte zwar nicht die richtige Temperatur, aber das war ihr in diesem Moment egal. Harald, ihr Ex, hätte das natürlich mit einem missbilligenden Blick quittiert. So wie damals, als er die *Entgleisung* seines Klienten mit angesehen hatte. *Entgleisung* hatte er es damals genannt. Eine verbale Ohrfeige für ihre Seele. In seinen Augen kein Verständnis für ihre Not.

Sie leerte das Glas in einem Zug – kein Aroma, das ihre Geschmacksknospen entfaltete. Nur kalter Alkohol, der durch ihren fast leeren Magen schnell Wirkung zeigte. Ihr wurde schwindlig. Sie nahm die Flasche und ging ins Wohnzimmer. Dort setzte sie sich in den alten abgewetzten Sessel mit Blick auf den kleinen Garten, der Richtung Stadtmauer lag. Sie zog ihre Füße unter sich. Die Erinnerungen, die sie Martin gegenüber angedeutet hatte, suchten sie heim, nahmen Gestalt an, bekamen Gesichter.

Sie sah sich als junge Frau kurz nach ihrem dreißigsten Geburtstag. Harald hatte sie nach Mitternacht angerufen, sie aus dem Schlaf geweckt. Sie sollte ihn von der Grillfeier eines Klienten abholen. Wieder einmal. Eigentlich wollte sie nicht, wie sie vieles in ihrer Ehe mit Harald nicht mehr wollte. Widerstrebend hatte sie sich schnell das leichte Sommerkleid übergestreift. Bereits auf der Straße vor dem großen Einfamilienhaus hörte man den unverwechselbaren Geräuschpegel einer Feier mit zu viel Alkohol. Sie klingelte. Das Namensschild konnte sie nicht erkennen. Hoffentlich war sie richtig, denn niemand öffnete. Den Namen hatte sie am Telefon nicht verstanden. Die

Gartentür war nicht abgeschlossen, und zahlreiche Kugelleuchten wiesen ihr den Weg, der hinter das Haus führte. Im Garten saßen vier Männer um eine Feuerschale, aber Harald war nicht dabei. Ein Mann, Anfang dreißig, groß und schlank, stand auf. Das offene Hemd unterstrich seine sportliche Statur.

Seine plumpe Anmache hallte ihr noch in den Ohren: »Was für eine hübsche Schnecke ist das denn?« Leicht lallend war er auf sie zugekommen. Seine blond gesträhnten Haare fielen ihm ins Gesicht. Etwas schwankend hielt er ihr ein Glas hin. Ein erdiger Geruch stieg in ihre Nase. Sie hatte abgelehnt. Ihren Einwand, dass sie nur Harald abholen wollte, hatte er ignoriert. Mit dem Wort *Spielverderber* zog er sie an sich, obwohl sie sich sträubte. Das Glas fiel auf den Weg und zerbrach. Seine behaarte Brust mit einem großen, sternförmigen Muttermal war dicht vor ihr. Er roch nach abgestandenem Schweiß und Moschus-Deo, bog ihren Kopf zurück und drückte seine Lippen auf ihren Mund. Seine Zunge versuchte, in sie einzudringen. Mit aller Kraft hatte sie sich gegen ihn gestemmt, doch gegen seinen eisernen Griff hatte sie keine Chance. Ihr Widerstand schien ihn noch mehr anzustacheln, und dazu grölten die anderen Männer am Feuer. Derart ermutigt schob er ihr Kleid hoch und nestelte an ihrem Schlüpfer. Sie wollte schreien, doch er hatte seinen Mund immer noch auf den ihren gepresst und drückte sie auf den Boden. Das Gegröle verstummte. Panik überkam sie.

»Ernst, lass die Frau los!« Eine donnernde Stimme ließ ihren Peiniger innehalten. Ein älterer Herr stand an der Terrassentür. Neben ihm Harald, der sie entsetzt anstarrte. Ernst ließ ab von ihr und rappelte sich auf. »Bitte entschuldigen Sie das Verhalten meines Sohnes. Er hat zu viel getrunken und weiß nicht mehr was er tut.«

Fluchtartig hatte sie das Grundstück verlassen, während Harald noch mit dem Senior sprach. Kurz und eindringlich. Das hatte sie aus den Augenwinkeln mitbekommen. Auf der Straße musste sie sich übergeben. Dann war Harald gekommen. »Warum hast du dir auch so einen leichten Fummel angezogen? Der öffnet ja einer Entgleisung Tür und Tor.« Das war das Einzige, was er damals gesagt hatte. Vorwurfsvoll und mit einem missbilligenden Gesichtsausdruck.

Sie wusste noch, dass sie zu Hause gleich geduscht hatte, um den Geruch nach Rauch, Alkohol und Schweiß wegzuwaschen. Als sie ins Schlafzimmer kam, schlief Harald bereits. Er hatte danach nie mehr ein Wort über den Vorfall verloren. Sie wusste auch nicht, wer dieser blonde Mann gewesen war. Sie hatte nicht nachgefragt, und sich gegen das Verschweigen nicht gewehrt. Sie glaubte, mitschuldig zu sein. Eingepackt in Scham und Selbstverachtung hatte sie diesen Abend in dem hintersten Winkel ihrer Seele versteckt und eine dicke Mauer darum errichtet. Eine Mauer, die im *Principe* Risse bekommen hatte. Das Lagerfeuer in Sankt Ottilien hatte sie endgültig zum Einsturz gebracht. Zum Vorschein kamen Erinnerungen, die ihr eine hässliche Fratze gezeigt hatten.

Sie zog ihr linkes Bein unter sich hervor, es war eingeschlafen und kribbelte. Vorsichtig stand sie auf und ging zum Fenster. Ihr Gesicht spiegelte sich in der Scheibe, große Augen schauten sie fragend an. Es waren seine Augen gewesen, die sie damals im *Principe* irritiert hatten. Sonst war von dem schlanken, durchtrainierten jungen Mann vor zwanzig Jahren nichts mehr übrig. Er hatte an Gewicht zugelegt, das Gesicht war von einem ausschweifenden Lebensstil aufgedunsen, sein Haar schütter und aschblond. Auch sein Name, der im Café gefallen war, hatte etwas in ihr zum Klingen gebracht. Den hatte sie bei dem Telefonat mit ihrem Ex zwar nicht richtig verstanden, aber er war kurz gewesen.

Alles hat seine Zeit. Sie musste sich der Vergangenheit noch einmal stellen. Für den Sinn in ihrem eigenen Leben, aber auch für Petra, der Tochter von Helga Schleich. Die Begegnung im *Principe* hatte sie berührt, da hatte sie sich kurzfristig selbst gesehen. Doch sie würde nicht zulassen, dass Petra diesem Haschka verfiel. Es reichte, dass er Anna, der Tochter von Martin und Franziska das Herz gebrochen hatte. Vermutlich nicht nur ihr. Das mit Anna konnte sie nicht verhindern. Sie wusste nicht, dass der *Sugardaddy* Haschka war. Sie wollte es auch nicht wissen, zu sehr rührten die Erzählungen von Franziska an ihren eigenen Narben.

Martin würde sie erst einmal nichts davon erzählen. Seine Betroffenheit in dieser Geschichte war immer noch mit den Händen zu greifen. Sie wollte ihn deshalb mit ihrer Geschichte nicht zusätzlich belasten. Auch hier würde sich zeigen, wann der richtige Zeitpunkt für ein offenes Gespräch war.

Kapitel 36

Zeljko Drmic stand in der Küche seiner Drei-Zimmer-Wohnung am Römerhang und trat aufgeregt von einem Bein auf das andere. Gestern Abend hatte er wie immer das Geld beim Chef abgeholt, um es heute nach Schwabmünchen zu bringen. Ein letztes Mal. Wortlos hatte er das Geldkuvert in Empfang genommen; wortlos hatte ihn Ernst gehen lassen. Aber an seinem Blick hatte er erkannt, dass das unausgesprochene Vertrauen zwischen ihnen verschwunden war. So war er nach Hause gefahren und hatte beim Duschen Radenkas Tätowierung betrachtet. Sie würde nicht gut heißen, was er tat. Auch nicht, was er in Bosnien getan hatte, damals, nachdem sie aus seinem Leben gerissen wurde. Alles war wie in einem Film abgelaufen. Damals konnte er nicht anders, aber jetzt hatte er eine Wahl.

Mit dem Mobiltelefon am Ohr sah er zum Küchenfenster hinaus. Obwohl es schon lange dunkel war, zündelten schräg unter ihm Kinder mit Knallfröschen. Es klingelte lange, und mit jedem Klingelton wurde er nervöser. Anrufe wie diesen hatte er schon viele Male gemacht, trotzdem war es heute anders.

»Haschka.«

Zeljko zuckte zusammen, als sich Ernst Haschka abrupt am anderen Ende meldete. »Hallo Chef, Zeljko hier. Wollte mich nur kurz melden wegen dem Paket für Schwabmünchen.«

»Und? Alles paletti?«

»Der Postbote hat es abgeliefert beim Empfänger, wie immer.«

»Freut er sich?« Das war in ihrer Codesprache die Bezeichnung dafür, dass die Übergabe anonym war und der Prokurist das Geld tatsächlich übernommen hatte.

»Der freut sich, Chef.«

»Dann ist ja alles bestens. Danke, Zeljko.«

»Nichts ist bestens, Chef. Wir müssen reden.«

»Was denn reden? Willst du dich entschuldigen, dass du das mit der Frau vermasselt hast?«

Zeljko stockte. Dann fasste er sich ein Herz: »Die Frau hat mir die Augen geöffnet. Ich will so nicht mehr weitermachen. Dein Vater hat mir ehrliche Arbeit gegeben, aber du hast aus mir einen Verbrecher gemacht.«

»Zeljko, du vergisst, dass du schon ein Verbrecher warst, als du nach dem Balkankrieg bei uns angekrochen kamst. Nicht umsonst hast du dir eine falsche Identität zugelegt.«

»Das war etwas anderes. Bei uns herrschte Krieg.«

»Zeljko!«, donnerte Ernst Haschkas Stimme aus dem Smartphone. »Hast du vergessen, dass ich deinen Arsch gerettet habe? Vielleicht weißt du es nicht mehr: *Ich* habe den Leuten vom Amt damals deine Version der Geschichte bestätigt. *Ich* habe denen gesagt, dass ich deine Eltern von diversen Urlauben in Sarajevo kannte. *Ich* habe denen erzählt, dass du vor der Armee der bosnischen Serben geflohen bist. Und wir wissen beide, dass das Gegenteil der Fall war, oder? Du warst kein Opfer, sondern ein Täter.«

Darauf legte es der Chef also an. Er hatte ihn nie als Freund betrachtet, sondern als Handlanger für seine krummen Geschäfte und als Alibi für seine Frauengeschichten. Und seine Lebensgeschichte war das Unterpfand dafür gewesen. Für diesen Menschen hatte er sich zwanzig Jahre lang den Arsch aufgerissen. Keine Arbeit war ihm zu schwer oder zu anstrengend. Er blieb oft als Einziger weit über die Arbeitszeit hinaus; bearbeitete dringende Aufträge fertig oder half, sie zu montieren bei den Kunden. »Ich bin dir und deinem Vater auch zu großem Dank verpflichtet. Das weißt du.«

»Davon spüre ich aber nichts mehr«, ätzte Haschka. »Haben wir es dann? Ich hab noch zu tun. Es ist alles gesagt.« Der Chef legte auf.

Zeljko blieb ernüchtert zurück. Drunten im Hof flogen die Fetzen. Die Kinder stritten um irgendeinen Feuerwerkskörper, obwohl sie längst nach Hause gehen sollten. Wie in Trance steckte er das Mobiltelefon weg. Er wusste, dass nach diesem Anruf nichts mehr so war wie vorher. Sein zweites Leben war in Gefahr, ebenfalls in die Brüche zu gehen. Ernst war nicht immer so gewesen. Damals, vor zwanzig Jahren, waren sie Kumpels. Obwohl Zeljko fünf Jahre jünger war, zogen sie oft gemeinsam um die Häuser. Doch seit Ernst die alleinige Verantwortung in der Firma trug, hatte er sich verändert.

Zeljko wurde nach und nach zu seinem Handlanger, Spitzel und Leibwächter. Im Grunde genommen, wieder ein Soldat, der Befehle ausführte. *Wie damals, als er in die Armee der bosnischen Serben, der Vojska Republike Srpske, eingetreten war. Da hatten derlei Aktionen auch zu seinen Aufgaben gehört. Er musste sich also nicht groß umstellen oder daran gewöhnen.*

Doch nach dem Mord an seiner Verlobten Radenka Milutinovic war er zum Killer geworden. Als er erkannte, was die Loyalität zu falschen Führern aus ihm gemacht hatte, desertierte er und floh nach Deutschland. Auf dem Weg dorthin hatte er nicht nur seinen Geburtsnamen Vlado Gasic, sondern auch seine Identität verloren.

Jetzt fand er sich in genau derselben Situation wieder. Ernst hatte von ihm etwas verlangt, was ihn in einen altbekannten Abgrund blicken ließ. Und Zeljko, früher Vlado, hatte panische Angst, sich für immer darin zu verlieren. Gleichzeitig hatte es sein ganzes Verhältnis zu ihm infrage gestellt.

Er musste etwas ändern. Sehnte sich nach Ruhe und ein wenig Frieden. Zeljko wusste, wenn er jetzt kleinbeigab, würde in kurzer Zeit nichts mehr von ihm übrig sein. Er würde auch das letzte Fünkchen Ehre verlieren. Entschlossen zog er das Handy aus der Tasche und drückte die Wahlwiederholung.

»Haschka.«

»Chef, Zeljko hier. Wir müssen noch einmal reden.«

»Was heißt, wir müssen? Es ist alles gesagt.«

»Chef. Du weißt, dass ich immer loyal zu dir war.«

»War?« Ernsts Stimme klang misstrauisch.

Zeljko ignorierte den Einwurf. »Also, Chef. Ich finde, ich habe dir genug Gefallen getan. Du weißt, dass ich dir und deiner Familie zu großem Dank verpflichtet bin. Aber ich bin müde. Sehr müde. Und deshalb möchte ich ...«

»Ja? Was möchtest du?«

»Also ich sähe es gerne, wenn du in Zukunft auf meine *speziellen Dienste* ... sagen wir mal ... verzichten würdest.«

Ein unheilvolles Schweigen breitete sich aus.

»Ernst, bist du noch da?«

»Ich glaube, bei dir hackt´s! Ich habe dir deinen Arsch gerettet vor zwanzig Jahren. Schon vergessen?« Ernst wurde wieder laut.

Zeljko räusperte sich. »Wie gesagt, ich bin dir deswegen auch furchtbar dankbar.«

»Furchtbar dankbar? Wenn du weiter so laberst, wird dir das noch furchtbar leidtun, mein Lieber. Ein Anruf bei der Ausländerbehörde oder wie man heutzutage sagt, beim Bundesamt für Migration und Flüchtlinge, und du bist geliefert.«

Zeljko war geschockt. So weit würde Haschka also gehen. In seinem Kopf rasten die Gedanken. Wenn Zeljko etwas erreichen wollte, musste auch er sein Blatt auf den Tisch legen. Er holte tief Luft, bevor er mit belegter Stimme antwortete: »Das würde ich nicht tun, Chef. Aber wenn du mir so kommst, dann muss ich dir sagen, dass sich vielleicht die Polizei interessieren dürfte für eine gewisse Tote in der Teufelsküche. Ich habe deinen Anruf aufgezeichnet.«

Ernst Haschka war wie vor den Kopf geschlagen. Was faselte Zeljko da! War der jetzt völlig irre geworden, wollte er ihn nur erpressen und Kohle rausholen! Diesen Scheiß-Jugo hatte er immer gedeckt; sich für ihn eingesetzt. »Zeljko«, presste er mühsam hervor. »Ich weiß nicht, was du gerade für Scheiße in deinem Kopf hast ...« Eine lange Pause folgte, in der Ernst um Fassung rang.

Unvermittelt änderte er die Tonlage: »Weißt du, Zeljko, du hast ja irgendwie recht. Ich sage mal: Schwamm drüber!« Haschka klang ganz so, als ob er sich zum Abendessen verabreden würde: »Wir müssen reden, aber nicht am Telefon. Kannst du nachher noch vorbeikommen in der

Firma? Dann reden wir, von Freund zu Freund. Bei einem Glas Whisky. Was meinst du?«

Zeljko war überrascht, dass sich die Wogen anscheinend so schnell geglättet hatten. Vorsichtig antwortete er: »Gut, Chef. Reden wir. Ich komme nachher bei dir vorbei.«

»Ja, um halb zehn in der Firma.« Dann legte Haschka auf und ging in den Keller. Er fand schnell, wonach er suchte.

Eine Stunde später parkte Zeljko Drmic seinen grauen Opel Astra auf dem hinteren Parkplatz der Firma HASCHKA, der von der Straße abgewandt war. Obwohl er wesentlich schlimmere Situationen erlebt hatte, war ihm flau im Magen. Er zog die Handbremse an und warf einen letzten Blick auf die Elvis-Figur, die auf dem Armaturenbrett festgeklebt war. Über ein Gummiband am Kopf war sie mit dem Rückspiegel verbunden und konnte auf diese Weise trefflich mit den Hüften wackeln. Der kleine Wackel-Elvis war das Symbol seiner zweiten Identität als Zeljko Drmic. Mit einem Seufzer wandte er sich ab und stieg aus. Auf dem Weg zum rückwärtigen Eingang ging er noch einmal seine Argumente durch.

Die Sache vor zwei Wochen hatte ihn mit Macht aus seinem bisherigen Leben herausgerissen und seine Loyalität zum Chef schwer beschädigt. Er wollte das nicht mehr. Endgültig! Wie zur Sicherheit tastete er nach dem Messer, das er immer getarnt als Gürtelschnalle trug. Wenn er es nur richtig anstellte, konnte alles gut werden.

Kapitel 37

Montag, 4. Januar 2016, 03:58 Uhr

»Jetzt noch einmal zum Mitschreiben, Herr Scherer. Sie haben auf jemanden gewartet, der aus Richtung Memmingen kam.«

»Genau. Ein Arbeitskollege, der nach Dingolfing pendelt wie ich, wollte mich hier am Park & Ride Parkplatz abholen. Ich bin mit diesem«, er zeigte auf einen klapprigen Opel Kadett, »Auto hergefahren. Mein Kumpel und ich arbeiten bei BMW. Heute haben wir Frühschicht.« Als ihn Polizeiobermeister Michi Haas fragend ansah, ergänzte er: »Unter der Woche wohnen wir dort in einer WG und kommen am Freitag hierher zurück.«

»Okay, okay. Sie sind also Pendler.« Haas machte sich Notizen in ein kleines Büchlein. »Was haben sie gesehen?«

»Ich habe mein Auto abgestellt und wollte noch eine rauchen, bevor ich vor zur Straße gehe. Plötzlich ist ein weißer VW-Transporter hier aufgetaucht und hat dort hinten gehalten.« Er zeigte in die Richtung, wo die Leiche lag. »Dann konnte ich von meinem Standort aus nichts sehen, aber den Geräuschen nach gingen die Hecktüren auf. Kurz danach gab es einen dumpfen Plumpser. Die Türen schlugen wieder zu und das Fahrzeug fuhr weg.«

»Konnten sie das Kennzeichen sehen?«

»Nee. Der war zu weit weg. Da war so´n Schriftzug drauf, wie von´ner Firma. Aber den konnte ich nicht lesen.«

»Schade. Was haben sie dann gemacht?« Polizeiobermeister Haas sah den Pendler aufmunternd an.

»Na, ich bin dann hingegangen und hab die Sauerei gefunden. Da kann einem ja der Morgenkaffee hochkommen, wenn sie wissen, was ich meine. Der Gipfel aber war, was auf der Brust des Opfers stand:

VLADO GASIC

- VERRÄTER -

VOJSKA REPUBLIKE SRPSKE.

Das Schild hatte man mit einem Messer auf seiner Brust festgemacht. Wissen sie, das Messer steckte in seinem …«

Michi Haas legte dem Mann die Hand auf die Schulter. »Das war für Sie sicherlich schrecklich, Herr Scherer. Aber je genauer ihre Aussage ist, desto eher fassen wir den oder die Täter. Also bitte.«

Nachdem Michi Haas die Aussagen von Herrn Scherer und seinem Arbeitskollegen aufgenommen hatte, ließ er die beiden zur Arbeit nach Dingolfing fahren.

Nachdenklich ging er zurück zur Leiche. Der Notarzt vom nahegelegenen Krankenhaus packte gerade seine Sachen zusammen und übergab dem Kollegen vom Kriminaldauerdienst seinen Totenschein. Selbst ohne das Kreuzchen bei *unnatürliche Todesursache* hätte jeder gewusst, dass hier ein Mord vorlag. Doch Vorschrift ist Vorschrift. »Ist die Rechtsmedizin schon raus?«, wollte Haas wissen. Der Kollege vom KDD nickte und zündete sich eine Zigarette an.

Mittlerweile hatte die Spurensicherung ihre Arbeit aufgenommen. Zwanzig Meter entfernt schnurrte ein Notstromaggregat, das die Energie für die notwendigen Strahler erzeugte. Im gleißenden Licht der Lampen sicherten die Kollegen des Erkennungsdienstes die Spuren. In ihren weißen Ganzkörperanzügen erinnerten sie Michi Haas immer an Arbeiter in einer Chipfabrik.

Da er ohnehin auf die Kollegen der Rechtsmedizin warten musste, besah er aus sicherer Entfernung die Leiche. Jemand hatte dem armen Kerl ins Gesicht geschossen und ihm mit so etwas wie einem Gürtelmesser ein Schild aus Pappe auf die Brust genagelt. Die Leiche war ursprünglich in eine blaue Kunststoffplane eingewickelt. Der Pendler hatte sie teilweise enthüllt, vermutlich um nachzusehen, um was es sich da handelte. Irgendwoher kannte Haas den Toten.

Montag, 4. Januar 2016, 06:05 Uhr, Klösterl

Sie hatte in dieser Nacht bestimmt jede Stunde auf den Wecker geschaut. Gedankenfetzen waren durch ihren Kopf gezogen, wie Nebelschwaden ließen sie keinen klaren Blick zu. Aber jetzt wusste sie, was zu tun war. Sie hatte es schon einmal geschafft, sich ihren Schatten zu stellen, damals, als sie ihren Mann verlassen hatte. Vorsichtig streckte sie sich. Ihre Muskeln fühlten sich an, als wäre sie gestern einen Marathon gelaufen. Sie knipste ihr Leselicht an und holte Papier und Bleistift von ihrem Nachttisch. Das war jeden Morgen ihr Begrüßungsritual für den neuen Tag. Dabei schrieb sie auf, was es heute wichtig war, was es zu erledigen galt, aber auch Gedanken und Träume, die sie gleich nach dem Aufwachen noch fassen konnte. Für sie waren diese zehn Minuten eine heilige Zeit, die jedem Tag etwas Besonderes gaben. Selbst, wenn es ein Tag wie jeder andere sein würde. Alltag eben. Doch heute würde sie niederschreiben, was ihr half, die Dunkelheit in Licht zu verwandeln. Sie musste den Schatten die Macht nehmen, um das Gleichgewicht in ihrem Leben wiederzufinden.

Montag, 4. Januar 2016, 06:32 Uhr,
Waldheimer Straße, Landsberg

Julian ging das gestrige Telefongespräch mit Petra nicht aus dem Kopf. Es war kurz gewesen. Sie wollte mit ihm an einem neutralen Ort sprechen, und so hatten sie sich für 14:00 Uhr in dem kleinen Café im Vorderanger verabredet. Er hatte gezögert. Was sollte so ein Gespräch bringen? Aber etwas in ihrer Stimme hatte ihn dann doch überzeugt. Er würde sie abholen, denn Petras Wohnung lag auf seinem Weg in die Stadt. Er stellte seine leere Kaffeetasse in die Spülmaschine und holte den Putzeimer aus dem Bad. Großputz war angesagt. Das hatte er seinem Kumpel Ulli versprochen, sozusagen als Gegenleistung für die Schlafcouch. Ulli wollte gegen Abend mit seiner neuen Freundin zurück sein. Dann würden sie auch darüber sprechen, wie sie das in Zukunft mit dem Übernachten handhaben konnten. Ulli´s Flamme wollte demnächst bei ihm einziehen, da störte ein Dritter natürlich. Aber was hatte er neulich in seinem Horoskop gelesen? Alles Leben ist Veränderung. Das traf ausnahmsweise mal zu.

Montag, 4. Januar 2016, 06:49 Uhr,
Park & Ride Parkplatz A96 West

»Morgen, Herrschaften!« Als Kriminaloberkommissar Ingo Bayerl vom K1 aus Fürstenfeldbruck den Landsberger Schutzpolizisten Haas sah, stieß er theatralisch die Luft aus. »Wieso tauchen *Sie* immer dort auf, wo Tote aufgefunden werden?«

»Das tut mir sehr leid, Herr Kommissar, aber ich bin auch nicht freiwillig hier. Der Dienstplan wollte es so.«

»Wo sind denn die Kollegen vom Kriminaldauerdienst?«

»Die sind schon vor zwanzig Minuten weg. Ich kann sie auf Stand bringen; das heißt, wenn sie das möchten, Herr Kommissar«, fügte Haas hinzu.

»Also gut, was haben wir?«

Michi Haas informierte den Leiter der Mordkommission im K1 über die bislang von ihm aufgenommenen Fakten. »Der Notarzt meint, das Opfer wurde erst erschossen und dann – postmortal – erstochen.«

»Das wird die Rechtsmedizin klären. Weiter im Text.«

Ganz der alte Blödmann dachte Haas, doch er wollte sich nicht provozieren lassen und fuhr fort: »Der Zeuge, der den Toten aufgefunden hat, wurde von mir vernommen. Ich fertige ein Protokoll an und schicke es Ihnen zu.«

»Wo ist er?«

»Er ist … er musste zur Arbeit.«

»Sie haben ihn wegfahren lassen, bevor ich mit ihm sprechen konnte?« Auf der Stirn des Kommissars zogen sich die Augenbrauen zusammen.

»Nun, er war erkennbar nicht in die Sache verwickelt und musste zur Arbeit. Er hat Frühschicht in Dingolfing, aber am Freitag ist er wieder hier. Außerdem haben ihn die Kollegen schon erkennungsdienstlich erfasst.«

»Was? Sind sie von allen guten Geistern verlassen? Sie behindern die Arbeit der Kripo! Was, wenn sich Verdachtsmomente ergeben?«

»Dann muss der Herr einbestellt werden«, schlug Haas vor.

»Mann, gehen sie mir aus den Augen!« Mit diesen Worten ließ ihn der Fürstenfeldbrucker Kripomann stehen.

Michi Haas ging auf das eben ankommende Fahrzeug der Rechtsmediziner zu. Bevor er sich jetzt über den Kommissar aufregte, wollte er lieber den Kollegen aus München beim Ausladen helfen.

Es dämmerte bereits, als Erkennungsdienst und Rechtsmediziner zusammenpackten. Die Scheinwerfer, das Dieselaggregat und die Leiche wurden in Fahrzeuge verfrachtet. In der allgemeinen Aufbruchstimmung fiel es Haas auf einmal wie Schuppen von den Augen. Er wusste, woher er den Toten kannte! Trotz seiner Abneigung ging er zum Wagen der Mordkommission. »Herr Kommissar, mir ist etwas Wichtiges eingefallen.«

»So, was könnte das wohl sein? Erinnern sie sich dran, dass der Zeuge, den sie so großzügig wegfahren ließen, ein nigerianischer Asylbewerber war?« Der Kollege von Bayerl gluckste.

Michi Haas atmete tief ein, bevor er erklärte: »Ich habe das Mordopfer schon einmal gesehen. Sie erinnern sich, dass die Tochter von unserer Toten in der Teufelsküche bei einem Stahlbaubetrieb arbeitet. Als wir ihr die Nachricht bei der Weihnachtsfeier überbrachten, sah ich den Toten beim Zigarettenautomaten der Gastwirtschaft. Er war vermutlich ein Mitarbeiter, denn es war eine geschlossene Gesellschaft. Unter Umständen hängen die beiden Fälle sogar zusammen?«

»Ohohoh! Haas, ich fürchte, da hat jemand zu viele Freitagskrimis im Fernsehen gesehen. Der Fall hat eindeutig einen terroristischen Hintergrund. Der Balkan ist leider immer noch nicht befriedet, so wie unsere Politiker uns das weismachen wollen. Da rumort es nach wie vor gewaltig. Ich habe deshalb bereits das LKA eingeschaltet. Wenn Sie mir bis heute Mittag Ihren Bericht schicken könnten, wäre ich Ihnen sehr verbunden. Einen schönen Tag noch.« An seinen Begleiter gewandt, schlug er vor: »Gustl, was hältst du von einem Weißwurstfrühstück in Fürsti?«

Wenn Bayerl und Kollegen hier nichts unternehmen wollten, war vielleicht jemand anderes für seine Ideen offener. Michi warf alle Bedenken über Bord und holte sein Mobiltelefon heraus. »Martl, was hältst du von einem Weißwurstfrühstück?«

Kapitel 38

»Du hast doch immer die besten Einfälle, Michi.« Viertaler nickte anerkennend hinüber zu den Tüten mit den Weißwürsten und den frischen Brezen, die auf der Anrichte lagen.

»Gern geschehen. Könnte ich einen starken Kaffee bekommen? Der Einsatz heute an dem Pendlerparkplatz draußen an der A96 war ekelhaft.«

Viertaler sah ihn an und fragte: »Ist das auch in Ordnung, dass wir jetzt über den Leichenfund an der Autobahn reden? Du hattest ja erst Bedenken, mit mir über Ermittlungsergebnisse zu sprechen.«

»Ich bin mir sicher, dass die beiden Fälle irgendwie zusammenhängen«, entgegnete Haas. »Aber das G´scheithaferl aus Fürsti ist anderer Meinung. Der wird den Fall nie lösen.«

Viertaler bestückte seine Kaffeemaschine mit Filter und Pulver. »Kaffee ist gleich fertig. Setzt du das Wasser für die Würste auf, den Topf findest du da unten.« Er zeigte zum Eckschrank in seiner kleinen Küche. »Hast du Anhaltspunkte, dass der Mordfall Schleich mit dem heutigen zusammenhängt?« Viertaler setzte sich an den Esstisch vor dem Fenster, wo schon zwei Teller mit Besteck standen und nickte seinem Gast aufmunternd zu.

»Das Mordopfer hatte ein auffälliges Tattoo am Handrücken. Ich habe ihn vor 14 Tagen auf der Weihnachtsfeier vom Haschka gesehen, als wir Petra Schleich die Nachricht vom Tod ihrer Mutter überbringen mussten.«

Viertaler legte Michi die Hand auf den Arm. »Du meinst, das heutige Opfer arbeitete auch für Haschka? Das ist interessant.«

»Was mir heute in der Früh auch noch eingefallen ist: Die Kriminaltechnik hatte doch über die Verbindungsnachweise des Providers einen Anruf von Helga Schleichs Mobiltelefon zu ihrer Tochter um die Mittagszeit des 21.12. ermittelt.«

»Ja und? Sie hat ihre Tochter angerufen.«

»Was, wenn sie eigentlich den Ernst Haschka erreichen wollte? Die Gespräche landen zuerst bei ihr als seine Sekretärin. Ist sie aber in der Mittagspause, werden Anrufe vermutlich weitergeleitet. Vielleicht hat die Schleich gerade deshalb zu dieser Zeit angerufen?«

Nachdenklich kratzte sich der alte Kommissar am Kinn, während er sich ein Stück Laugenbreze abbrach. »Das wäre in der Tat ein Hammer. Aber dazu müssten wir weiter ermitteln. Das G´scheithaferl macht ja wohl nichts in dieser Richtung.«

Eine gute Stunde später verabschiedete sich Michi Haas, der noch einen Bericht schreiben musste. Außerdem hatte Viertaler ihm geraten, den Schichtleiter Stockleitner ins Vertrauen zu ziehen. Das Ganze nahm Dimensionen an, die er als selbsternannter Privatermittler nicht mehr überblicken konnte.

Als Michi gegangen war, brach Viertaler zu Gerti Maier ins Klösterl auf. Seit dem gestrigen Gespräch machte er sich Sorgen um sie.

Montag, 4. Januar 2016, 10:43 Uhr,
Polizeiinspektion Landsberg

Die Gerüchteküche in Landsberg brodelte. Der neueste Leichenfund hatte sich schon rumgesprochen und die wildesten Vermutungen kursierten im Netz. *Landsberg von der serbischen Mafia unterwandert. Serientäter schlägt wieder zu. Psychopath in Landsberg unterwegs.* So oder ähnlich lauteten die Aussagen, die Stockleitner durchblätterte.

Auch der Leichenfund in dem Koffer vom 15. April 1971 wurde in allen Einzelheiten erneut diskutiert. Schließlich war die Tote auch aus dem ehemaligen Jugoslawien gewesen, und weder Täter noch Motiv standen bis heute fest. Das heizte natürlich die Phantasie an.

Der Polizeikommissar rieb sich die rechte Schläfe, hinter der es schmerzhaft pochte. Eine Migräne kündigte sich an. Das fehlte ihm gerade noch. Er nahm eine Schmerztablette aus seiner Schreibtischschublade und schluckte sie ohne Wasser hinunter. An seinem Gaumen klebte jetzt ein bitterer Geschmack. Es klopfte. »Ja, bitte?«

Die Tür wurde geöffnet, und man hörte das ununterbrochene Klingeln der Telefone, weil besorgte Bürger mit ihren Beobachtungen die Leitungen blockierten. Michi Haas stand im Türrahmen. »Kann ich Sie kurz sprechen?«

Stockleitner nickte und deutete mit der Hand auf den freien Stuhl vor seinem Schreibtisch. »Ich dachte, Sie sind schon zu Hause. Schließlich hatten Sie nicht nur die Nachtschicht, sondern auch noch den Leichenfund auf dem Parkplatz.« Er musterte Michi, denn so eine Nacht ging auch an einem jungen Kollegen nicht spurlos vorüber.

Michi wiegte bedenklich den Kopf. »Ja, schon. Ich glaube ehrlich gesagt nicht, dass die serbische Mafia etwas mit dem Toten zu tun hat.«

Stockleitner runzelte die Stirn. »Und wie kommen Sie darauf?«

»Ich kenne den Toten. Sein auffälliges Tattoo am Handrücken ist mir schon einmal aufgefallen.« Dann erzählte er von Haschkas Weihnachtsfeier.

»Sie vermuten da einen Zusammenhang?«

»Ist das nicht komisch, dass es zwei Tote im Umfeld der Firma gibt?«

»Wenn Ihre Beobachtung stimmt,« warf der Kommissar ein.

Michi nickte nachdenklich. »Und was sollen wir jetzt machen? Eigentlich haben wir mit dem Fall nichts zu tun. Das G´scheitha ...« Er verstummte. Eine leichte Röte überzog sein Gesicht.

Stockleitner konnte sich sein Schmunzeln nur schwer verkneifen. »Ja, ich weiß, dass Kriminaloberkommissar Bayerl zuständig ist. Und meines Wissens hat er das LKA eingeschaltet, weil er mafiöse Strukturen nicht ausschließen kann, und will.«

Michi hatte das Gefühl, dass sein Vorgesetzter von der Bayerl-Theorie auch nicht überzeugt war.

Stockleitner fuhr fort: »Hinzu kommt, dass er sich die alten Fallunterlagen von dem Koffermord von 1971 hat kommen lassen, weil er einen Zusammenhang mit dem Tod der Frau sieht. Nicht ganz von der Hand zu weisen, wenn man bedenkt, dass das Opfer aus dem ehemaligen Jugoslawien ist.« Er trommelte mit den Fingern auf die Tischplatte. Ein Zeichen, dass er das Gespräch als beendet ansah.

»Herr Haas, Sie gehen jetzt erst einmal nach Hause und schlafen sich aus. In der Zwischenzeit überlege ich mir, wie wir ohne größeres Aufsehen in der Firma Haschka Nachforschungen anstellen können. Und auch ohne, dass es KOK Bayerl vorerst mitbekommt,« fügte er hinzu.

Michi war beruhigt. Viertaler hatte recht gehabt, mit Stockleitner über seinen Verdacht zu sprechen. Trotz aller Differenzen im Fall Schleich schätzte er die kriminalistische Auffassungsgabe des Kommissars.

Stockleitner erhob sich ebenfalls und ging um den Schreibtisch herum auf Michi zu. Mit einem leichten Schulterklopfen verabschiedete er ihn. Dann öffnete er das Fenster, frische Luft strömte ins Zimmer. Er atmete tief durch. Die Tablette wirkte. Seine Kopfschmerzen hatten nachgelassen. Jetzt wollte er erst einmal diesen Haschka unter die Lupe nehmen. Vielleicht war er polizeilich schon mal aufgefallen. Er wusste nur, dass er im Landsberger Osten wohnte. Wie er bisher auch. Nach den Feiertagen würde der Makler kommen und das Haus anschauen, wenn nicht ein Wunder geschah und seine Frau mit den Kindern zurückkam. Er hatte die Hoffnung noch nicht aufgegeben. An Heilig Drei König wollten sie sich noch einmal treffen und reden. Ohne die Kinder. Er schüttelte den Kopf, so als könnte er damit die Gedanken vertreiben. Das war eine andere Baustelle.

Er schloss das Fenster und ging zurück an den Schreibtisch. Routiniert hatte er die entsprechende Datei auf dem PC gefunden. Was er dort las, ließ ihn stutzen. Leise pfiff er durch die Zähne. Wenn sich da nicht ein ganz neuer Ansatz für die Polizeiermittlung ergab.

Martin Viertaler stand vor Gertruds Haus und klingelte. Den Anruf hatte er sich gespart. Sie hatte bestimmt nichts gegen seinen unangekündigten Besuch einzuwenden. Hexle wedelte erwartungsvoll mit dem Schwanz. Er klingelte noch einmal, sah auf die Uhr. Komisch, sie war doch meistens zu Hause, wenn sie keinen Unterricht hatte. Hoffentlich war alles in Ordnung. Dass sie den Haschka kannte, beunruhigte ihn. Es waren weniger ihre Worte, sondern mehr ihr Gesichtsausdruck und ihre Stimmlage gewesen. Da steckte mehr dahinter. Das sagte ihm sein kriminalistischer Instinkt. Aber heute wollte sie ihm mehr darüber sagen, deshalb stand er hier. Er wollte noch einmal klingeln, als sich die Tür öffnete.

»Ach, du bist es, Martin.« Das klang nicht begeistert.

Viertaler hielt ihr die Tüte von Michi hin. »Frische Brezen und ein neuer Mord an der A96.«

»Wie, neuer Mord? Danke, ich hab eigentlich schon gefrühstückt. Komm rein. Ich muss schnell die Bilder verräumen.« Hexle war bereits in die Küche gestürmt, wo ihre Leckerli im Schrank lagen.

»Stopp, Hexle, warte.« Gertrud lief ihr hinterher und Viertaler folgte. Der Mord schien sie wenig zu interessieren.

»Ja was ist hier passiert?« Er sah auf die am Boden verteilten Bilder und mitten drin Hexle, die Gertrud erwartungsvoll anschaute.

»Ich hab doch gesagt, dass ich erst noch die Bilder aufräumen muss.« Sie nahm eine Knabberstange aus dem

Schrank und lockte Hexle unter den Tisch. Mit einer schnellen Bewegung räumte sie die Fotos in eine große Blechkiste, in der früher Nürnberger Lebkuchen waren.

Martin reichte ihr eine alte Schwarzweißfotografie, die noch auf dem Tisch neben einigen Klassenfotos lag. Es zeigte ein Brautpaar, das glücklich in die Kamera schaute. »Und wer ist das?«

»Das sind meine Eltern.« Sie hielt kurz inne. Ihre Augen schimmerten leicht feucht. »Die haben sich wirklich geliebt. Der Krieg hat sie getrennt und mein Papa war lange in Gefangenschaft.« Gertrud deutete lächelnd auf das Hochzeitsbild. »Eigentlich waren meine Eltern auch Flüchtlinge. Mein Papa ist aus Schlesien und meine Mutter aus dem Sudetenland. Sie hat oft erzählt, dass es nicht einfach war, hier Fuß zu fassen. Oft wurden sie als *Huren-flüchtlinge* beschimpft. Und das, obwohl sie eigentlich die gleiche Sprache und die gleiche Religion hatten. Wenn es nicht damals auch helfende Hände gegeben hätte, wäre ich vielleicht ganz woanders aufgewachsen, und mein Leben wäre anders verlaufen.« Sie drehte sich um und ging zur Kaffeemaschine. »Magst du einen Kaffee? Für eine Tasse hab ich noch Zeit, aber dann muss ich weg.«

»Ja, aber nur, wenn es dir nicht zu viele Umstände macht. Wo musst du denn noch hin?«

Gertrud zögerte. »Einladungen für das Schulfest wegbringen. Das wollte ich in den Ferien erledigt haben.« Das entsprach nicht ganz der Wahrheit. »Wir haben ja heuer die Verabschiedung von der Schulleiterin an meiner Schule am Spitalplatz. Wir wollen dazu auch Ehemalige einladen, die die Rektorin teilweise schon als Lehrerin hatten. Sozusagen als Überraschung. Die alten Klassenlisten habe ich mir besorgt. Es hat mich interessiert, welche Gesichter zu den Namen passen, die auf der Rückseite der Bilder stehen. Deshalb die alten Klassenfotos.« Sie hielt Martin einige Aufnahmen hin. Lachende Kindergesichter mit Zahnlücken, im Arm eine Schultüte, dazwischen eine junge Lehrerin. Das typische Foto einer ersten Klasse. Auf der anderen Aufnahme schon ältere Schüler, einige so groß wie die Lehrkraft, die jetzt am Rand stand. Das Kindliche war fast verschwunden. Eine Gemeinschaft, deren Wege sich nach der vierten Klasse trennten. Nachdenkliche Blicke, die in die Kamera schauten, als hätten sie verstanden, dass der Ernst des Lebens vor einer Schultür keinen Halt machte.

»Aber jetzt ganz etwas anderes.« Martin gab Gertrud die Bilder zurück. »Du wolltest mir doch noch sagen, woher du den Haschka kennst.«

Gertrud stand mit dem Rücken zu ihm und goss den Kaffee ein, als er ihr diese Frage stellte. Sie drehte sich langsam um, die Kanne immer noch in der Hand. »Ja, das wollte ich.« Sie stieß kurz die Luft aus. »Aber ich brauche noch etwas Zeit um mir über einiges klar zu werden.« Sie stellte die Kanne zurück und gab Martin seine Tasse. »Ich hoffe, du verstehst das.«

Viertaler war lange genug Kommissar gewesen, um zu sehen, dass sie mit etwas hinter dem Berg hielt. Sollte er nachbohren? Lieber nicht, das war schließlich kein Verhör. Und außerdem war das ihre Sache, wenn sie ihm nichts erzählen wollte. »Ist gut. Falls du darüber reden willst, weißt du ja, wo du mich findest.«

Sie nickte, froh, so schnell der Befragung entkommen zu sein. »Aber was hast du vorher über einen neuen Mord gesagt?«

»Es hat sich also noch nicht zu dir herumgesprochen?« In knappen Sätzen schilderte er ihr, was sich in der letzten Nacht ereignet hatte, verschwieg aber die grausigen Details, die selbst einem erfahrenen Kriminaler wie ihm zu schaffen machten. Bei einem Schuss ins Gesicht blieb vom Hinterkopf nicht viel übrig.

Gertrud fand erst nach einer Weile ihre Sprache wieder: »Weiß man schon, wer es ist?«

Viertaler schüttelte den Kopf. »Die Kollegen sind gerade dabei das herauszufinden.«

»Zwei Morde innerhalb so kurzer Zeit und das in Landsberg.« Gertrud war fassungslos. »Hat man einen Verdacht, wer das getan hat?«

»Es gibt wohl Vermutungen. Das hat der Michi vorher kurz angedeutet. Der war für ein Weißwurstfrühstück bei mir«, fügte er erklärend hinzu. »Eventuell serbische Mafia, aber mehr durfte er mir auch nicht sagen.« Dass er noch den Haschka ins Spiel gebracht hatte, sagte er ihr vorsichtshalber nicht. Er wollte sie diesbezüglich nicht beunruhigen.

Gertrud stellte ihren Kaffee ab, von dem sie keinen Schluck getrunken hatte, und sah auf die Uhr. »Martin, ich muss leider weg.«

»Ja, ich muss auch los. Hexle braucht heute einen längeren Spaziergang. Vielleicht schauen wir mal in der Teufelsküche vorbei. Eventuell finde ich etwas, was deinen Selahattin entlastet.«

Dankbar nickte sie. »Diese Geschichte liegt mir mehr am Herzen, als dieser Serbenmord.«

In diesem Moment ahnte keiner, dass die Zusammenhänge enger waren, als sie es je gedacht hatten.

Kapitel 39

Montag, 4. Januar 2016, 12:55 Uhr

Gertrud stand vor den Klingelschildern und las die Namen. Petra Schleich/Julian Lechner. Das Schild wurde noch nicht geändert. Dass sie die Einladung für die Schulfeier bei der ehemaligen Schülerin Petra persönlich abgeben wollte, das hatte sie Martin nicht gesagt, auch nicht, dass sie bisher nur diese eine Einladung gedruckt hatte. Was hätte sie ihm sagen sollen, denn warum sie hier stand, war ihr selbst nicht klar. Logische Argumente gab es dafür nicht. Es war nur ein Bauchgefühl. Und was er von diesem hielt, wusste sie.

Sie klingelte, als von innen die Haustür geöffnet wurde. Rasch griff sie danach und nickte der Frau dankend zu. Es war das typische Treppenhaus in einer Wohnsiedlung. Drei bis vier Wohnungen pro Etage. Vor den Wohnungstüren vereinzelt Kinderwagen oder Rollatoren. Die Tür auf der linken Seite im Erdgeschoss stand bereits einen Spaltbreit offen. Sie überlegte, was sie sagen sollte. Auf einmal kam ihr die Idee blöd vor. Noch während sie nachdachte, wurde die Tür ganz geöffnet.

»Du bist aber früh dran, ich ...« Petra Schleich stockte, als sie Gertrud Maier sah. »Oh, ich hatte jemand anderen erwartet. Sie zog ihren Bademantel enger. Das nasse Haar tropfte auf den Fußboden.

»Bitte entschuldigen Sie die Störung. Mein Name ist Gertrud Maier. Ich bin Lehrerin für textiles Gestalten an der Spitalplatzschule und wollte die Einladung für die Schulfeier im Juli bei Ihnen abgeben. Sie hielt Petra das Kuvert mit dem Schulstempel hin.

»Oh ... ja ... ich steh jetzt irgendwie auf dem Schlauch. Kommen Sie doch kurz rein. Ich hol mir nur ein Handtuch für meine Haare.«

Gertrud folgte ihr in den geschmackvoll eingerichteten Flur, von dem Türen zu den einzelnen Zimmern abgingen. An der Wand hingen einige Fotos, Urlaubsaufnahmen, eine feiernde Mädchenclique, die ihre Drinks ausgelassen dem Fotografen entgegenhielten. Dazwischen waren einige leere Haken, wo vermutlich erst vor kurzem Bilder abgehängt wurden. Ein Bild am Rand der Zusammenstellung zeigte ein kleines Mädchen in einem gepunkteten Kleid an der Hand ihrer Eltern. Gertrud ging näher hin. Das mussten die Schleichs sein.

»Meine Eltern und ich.« Gertrud hatte nicht gehört, dass Petra wieder aus dem Bad gekommen war und jetzt hinter ihr stand.

»Entschuldigen Sie, ich wollte nicht neugierig sein.« Sie übergab Petra die Einladung.

»Sie kommen mir bekannt vor. Ich kann das aber im Moment nicht zuordnen.« Petra sah Gertrud interessiert an, bevor sie den Umschlag öffnete. Sie zog die mit einem Klassenfoto gestaltete Einladung aus dem Kuvert: »Diese Aufnahme hatte ich neulich auch erst in der Hand.« Sie stockte und schaute Gertrud berührt an. »Sie verstehen sicher, dass ich heute noch keine Zusage geben möchte. Meine Mutter ...«

»Sie brauchen mir nichts zu erklären. Ich kannte Ihre Mutter auch und es tut mir leid, dass sie auf so tragische Weise ums Leben gekommen ist. Ich hoffe, dass die Polizei den Mörder bald findet.«

»Ja, vor allem auch deshalb, weil dieser Mord mir Angst macht. Vielleicht hat das auch etwas mit meinem eigenen Leben zu tun? Außerdem kann ich mir nicht vorstellen, wer sie so gehasst hat, dass sie auf diese Weise sterben musste. Sie war kein einfacher Mensch. Das können Sie sicher auch bestätigen, wenn Sie sie gekannt haben.« Das war mehr eine Feststellung als eine Frage.

»Ja, das stimmt, wobei *Kennen* zuviel gesagt wäre. Mein Eindruck war, dass sie kein glücklicher Mensch war. So, als würde sie ein Schatten begleiten, der sie daran hinderte. Das hat sie aber gut hinter der Maske der leutseligen Frisöse versteckt.« Gertrud stockte, als sie Petra`s betroffenes Gesicht sah. »Bitte entschuldigen Sie. Ich wollte Ihnen mit meiner Küchentischpsychologie nicht zu nahetreten. Jeder von uns hat diese blinden Flecken, die man verleugnet und nicht genauer anschauen will.«

»Sie müssen sich nicht entschuldigen! Ihre Wahrnehmung tut mir gut. Die wenigsten von uns machen sich die Mühe hinter Masken zu schauen. Auch ich mache es meist nicht«, fügte sie nach einer kurzen Pause hinzu. »Ich bin froh, dass sie meine Mutter so sehen können.« Sie ging auf Gertrud zu und umarmte sie spontan.

In diesem Moment ging die Tür auf, die Gertrud nicht geschlossen hatte.

»Hast du heute Tag der offenen Tür?« Julian Lechner trat mit einem Blumenstrauß in der Hand in den Flur. Als er die beiden Frauen so vertraut sah, stotterte er: »Äh, … ich will nicht stören.«

Petra zog ihren Bademantel zurecht, der bei der Umarmung verrutscht war.

Aus dem Augenwinkel sah Gertrud kurz ein sternförmiges Muttermal in der Nische zwischen Petras Brüsten. Dieses Muttermal hatte Gertrud schon einmal gesehen. Die Erinnerung daran war nicht angenehm. Ein schrecklicher Verdacht beschlich sie. Überstürzt nahm sie ihre Tasche vom Boden. »Sie stören nicht. Ich muss sowieso los. Ich würde mich freuen, wenn wir uns bei dem Schulfest sehen«, sagte sie zu Petra.

Im Hinausgehen hörte sie, wie der junge Mann fragte: »Wer war das denn?«.

»Das war ein guter Geist, den mir der Himmel geschickt hat, Julian.«

Montag, 4. Januar 2016, 14:26 Uhr,
Am Seelberg, Landsberg

Welche Verbindung gab es zwischen Ernst Haschka und dem Mordopfer Helga Schleich? Wie passte das zweite Mordopfer hier dazu? Fragen über Fragen, für die Martin Viertaler keine Lösung parat hatte. Er ertappte sich dabei, dass er sich insgeheim freuen würde, diesem abgehalfterten Stenz etwas nachweisen zu können. Aber – wollte er das nur, weil er ihn wegen der früheren Affäre mit seiner Tochter Anna nicht mochte?

Der pensionierte Kriminalkommissar saß an seinem Schreibtisch und machte sich auf einem DIN A3 Blatt Notizen. Ein *Mindmap* oder wie er sagte, eine Gedankenlandkarte. Dabei kringelte er verschiedene Namen ein und verband sie mit Strichen. Diese Methode hatte er vor vielen Jahren auf einer Fortbildung gelernt und nutzte sie seitdem begeistert. Sie half ihm, seine Gedanken zu ordnen. Viele Striche führten zum Kringel, in dem der Name *Stahlbau Haschka* stand. Doch er musste sich eingestehen, dass die meisten Verbindungen auf Vermutungen basierten. An weiteren Befragungen und Recherchen führte kein Weg vorbei. Nicht ganz einfach für ihn als Privatmann. Also legte er sich einen Plan zurecht.

Montag, 4. Januar 2016, 14:44 Uhr,
Café Villa Rosa, Hinterer Anger

»Aber du musst doch wissen, was du für ihn empfindest?« Julian`s Stimme klang verzweifelt. Er saß mit Petra am Fenstertisch im ersten Stock des kleinen Cafés im Vorderen Anger. Auf dem Weg hierher hatten sie sich gut unterhalten. Fast so wie früher, als sie noch Hand in Hand durch die Stadt gegangen waren. Er hatte ihr erzählt, dass er Anfang Februar für einige Wochen für seine Firma nach China musste. Aber dann wäre er wieder für längere Zeit in Kaufering. Sie hatte sich für ihn gefreut und er hatte gehofft, dass alles wieder gut werden würde. Dass sie wieder eine Chance auf ein gemeinsames Leben hatten. Und nun das.

»Ich weiß wirklich nicht, was ich für Ernst empfinde.« Petra`s Stimme zitterte. Ihre Zuversicht, die sie nach dem Besuch von Gertrud verspürte, war verschwunden. »Ich weiß nicht einmal, ob er mich sexuell anzieht.« Sie senkte dabei ihre Stimme, obwohl keine anderen Gäste da waren. »Ich genieße es einfach, wenn er mich in den Arm nimmt.« Sie sah Julian in die Augen. »Es fühlt sich ganz anders an als bei dir. Nicht besser, nur anders.«

»Und was soll ich jetzt machen? Ich treffe mich mit dir und hoffe, dass es einen neuen Weg für eine gemeinsame Zukunft gibt. Doch bevor wir unseren Kaffee bestellt haben, sagst du mir, dass du noch etwas für mich empfindest, aber noch Zeit brauchst, um herauszufinden, was dir dein

Chef bedeutet.« Er machte eine Pause. »Was erwartest du von mir? Soll ich mich gedulden, bis du dir über deine Gefühle klar bist. Und was dann? Vielleicht ein Schäferstündchen zu dritt ...«

»Ich wollte nur ehrlich zu dir sein.« Petra senkte den Kopf.

»Auf diese Art von Ehrlichkeit kann ich verzichten!« Julian sprang so heftig auf, dass sein Stuhl nach hinten kippte. Er warf zehn Euro auf den Tisch. »Ich glaube, dass es besser ist, wenn sich unsere Wege endgültig trennen. Du tust mir nicht gut. Und ich kann dir nicht mehr vertrauen. Du warst blind, was deine Mutter anbelangte. Sorry, dass ich das jetzt so sage. Und jetzt willst du nicht sehen, was dieser Haschka vorhat. Er spielt den Tröster für die trauernde Tochter. In Wirklichkeit will er dich nur ins Bett kriegen!« Er ging zur Treppe. Dort drehte er sich noch einmal um. »Wir beide waren ein gutes Team, trotz allem, was war. Ich bin an deiner Mutter gescheitert, aber den Kampf gegen einen Haschka will ich gar nicht aufnehmen. Vielleicht findest du wirklich dein Glück mit ihm.«

Petra sah nachdenklich aus dem Fenster auf die gegenüberliegende Hausfassade. Hatte Julian recht mit seiner Behauptung? Aber das würde sie doch spüren, wenn dem so wäre. Obwohl sie zugeben musste, dass sie die Launenhaftigkeit von Ernst verunsicherte.

Sie stand auf und zog ihre Jacke an. Sollte sie kündigen und sich etwas Neues suchen? Sie verwarf den Gedanken. Vielleicht brachte der heutige Abend Klarheit. Ernst hatte sie zum Essen zu sich nach Hause eingeladen. Er wollte für sie kochen. Zitronenhuhn. Das hatte sie Julian verschwiegen.

Sie verließ das Café und ging den Vorderen Anger hoch. In einem der Bekleidungsgeschäfte war eine hübsche Bluse ausgestellt. Kurzentschlossen betrat sie den Laden.

Kapitel 40

Montag, 4. Januar 2016, 15:11 Uhr

Martin Viertaler stieg aus dem fast leeren Stadtbus der Linie 30. Die wenigen hundert Meter zur Stahlbaufirma Haschka im Landsberger Industriegebiet wollte er zu Fuß zurücklegen. Das Gebäude war ein Stahlskelett mit jeder Menge Fenster. In so einem transparenten Bau war das Arbeiten im Winterhalbjahr sehr angenehm. Aus eigener Erfahrung jedoch wusste Viertaler, dass dafür der Sommer die Hölle sein konnte, wenn man keine geeignete Klimaanlage besaß.

Der Empfang war nicht besetzt. Ein Telefon lud mit einem davorstehenden Schild dazu ein, sich einen Ansprechpartner herauszusuchen. Viertaler boten sich folgende Möglichkeiten an: Vertrieb, Einkauf, Produktion, kaufmännische Verwaltung, Geschäftsleitung. Er überlegte und entschied sich für die Produktion, weil er das für das Unverfänglichste hielt.

Nach zwei Mal Läuten hob jemand ab: »Ja?«

Der pensionierte Kommissar räusperte sich. »Mein Name ist Martin Viertaler. Ich brauche ein eisernes Tor für meine Hofeinfahrt. Bin ich da bei Ihnen richtig?«

»Dafür ist eigentlich der Vertrieb zuständig, aber von denen ist heute niemand mehr da. Vielleicht kann ich Ihnen helfen. Ich komme raus in den Empfang.«

Wenig später öffnete sich eine der Stahltüren und ein bulliger Mann mit deformierter Boxernase kam herein. Das Gesicht erinnerte Viertaler an Jean-Paul Belmondo. Der Hüne sprach, wie erwartet, kein Französisch, aber der

Ermittlerfuchs erkannte sogleich das bayerisch-schwäbische Sprachgemisch aus dem Fuchstal.

»Werner Brich. Ich bin hier der Produktionsleiter.«

Der Kommissar ergriff die ausgestreckte Hand, bereute es aber sofort. Um seine Schreibtischtäterhand schloss sich eine Pranke und drückte zu. Viertaler unterdrückte einen Schmerzenslaut.

»Wenn Sie mir bitte in einen Besprechungsraum folgen wollen. Ich darf vorausgehen.« Er öffnete die Stahltüre erneut und lotste den Kunden ins Innere des Gebäudes.

Martin Viertaler rieb sich immer noch seine malträtierte Rechte, während er sich in dem Industriebau umsah.

Der stiernackige Kerl drehte sich um: »Wie sind Sie auf uns gekommen?«

»Empfehlung. Ein Bekannter.«

Sie erreichten einen modern gestalteten Raum mit Wänden aus einer Stahl-Glas-Konstruktion. Ein großer Tisch dominierte den Raum. An der Decke war ein Beamer angebracht, der auf eine Leinwand ausgerichtet war, die man elektrisch ausfahren konnte. Viertaler war beeindruckt. Das hätte er von so einer regional orientierten Firma nicht erwartet.

»Wie können wir Ihnen nun helfen?« Der Produktionsleiter hatte Platz genommen. Vor ihm lagen ein Schreibblock, ein Bleistift und ein Taschenrechner.

»Nun, ich habe eine relativ breite Hofeinfahrt.« Dabei bedeutete er seinem Gegenüber mit den geöffneten Handflächen eine Länge von ungefähr einem Meter.

Die laienhafte Veranschaulichung einer Breite entlockte dem Stahlbauer ein Lächeln. »Vielleicht beginnen wir mal mit einer Skizze, was meinen Sie?«

Viertaler, dem die Absurdität seines Unterfangens bewusst wurde, musste selbst schmunzeln. »Sie haben recht, Herr Brich. Versuchen wir es mit einer Zeichnung.«

Eine viertel Stunde später hatte der Stahlbaumeister eine passable Skizze angefertigt. Das Tor allerdings war Viertalers Fantasie entsprungen, denn er hatte gar keine entsprechende Hofeinfahrt.

Werner Brich zeigte ihm nun einige Fotografien von bereits gefertigten Torvarianten, um vom Interessenten zu erfahren, welche Ausführung ihm am ehesten zusagte.

Martin Viertaler beantwortete die an ihn gestellten Fragen bestmöglich und hoffte, dass seine Tarnung nicht aufflog. Zwischendurch streute er immer wieder weitergehende Fragen ein: »Und das würden sie dann selbst montieren bei mir? Habt ihr denn genügend Leute dafür?«

Werner Brich, ganz in seinem Element, wurde nicht müde, seine Fragen zu beantworten: »Wir haben auch Monteure, selbstverständlich. Sollte es dennoch zu einem Engpass kommen, sind wir in der Lage, Stahlbauer aus der Fertigung rauszuschicken. Bei uns ist der Kunde König, müssen sie wissen.«

»Nur so unter uns«, Viertaler rückte etwas näher an den Tisch heran, »beschäftigt ihr ausschließlich Leute aus dem Landkreis?«

»Wieso fragen Sie?« Brich war überrascht.

»Man hört ja jetzt immer wieder, dass die örtlichen Firmen froh sind, dass so viele Flüchtlinge ins Land kommen, wegen dem Fachkräftemangel.« Viertaler gab sich ahnungslos – eine seiner besten Rollen.

»Da kann ich sie beruhigen, wir haben keinen Fachkräftemangel und beschäftigen auch deshalb keine Asylbewerber. Wie sollte das auch gehen? Die Leute sprechen kein Deutsch, haben vielfach keine Ausbildung genossen und – wenn sie mir die Bemerkung erlauben – haben das Arbeiten auch nicht erfunden.«

»Dann beschäftigen Sie also ausschließlich Landkreisbewohner.«

»Natürlich. Das heißt, wenn man so will, haben wir schon seit zwanzig Jahren unseren Obolus zur Integration geleistet. Wir beschäftigen nämlich einen Jugoslawen, der damals vor dem Balkankrieg geflohen ist. Der geht uns gewissermaßen seit Jahrzehnten auf den Geist.« Dabei lächelte der Stahlbauer säuerlich. »Wir haben uns schon so lange an diesem Kerl abgearbeitet, dass das für weitere zwanzig Jahre reicht.«

Viertaler nickte zustimmend zu den Stammtischparolen des Stahlbaumeisters. Er wechselte vorsichtshalber das Thema, bevor sich dieser Brich noch mehr hineinsteigerte: »Wie komme ich nun zu meinem Angebot?«

»Wenn sie mir ihren Namen und ihre eMail-Adresse dalassen, schicken wir es ihnen zu. Aber rechnen sie nicht vor nächster Woche damit. Wir sind erst ab 11. Januar wieder voll besetzt und handlungsfähig, wenn sie so wollen. Reicht ihnen das aus?«

»Kein Problem. Ich möchte mich für das freundliche Gespräch bei ihnen bedanken, Herr Brich.« Dabei vermied er es geflissentlich, dem bulligen Mann zum Abschied die Hand zu geben.

Viertaler verließ die Stahlbaufirma durch den Haupteingang, bog aber routinemäßig nach rechts ab, um das Gebäude zu umrunden. So ein 360-Grad-Blick konnte nie schaden. Sollte ihn jemand aufhalten, hätte er sich einfach verlaufen. Plötzlich blieb er wie angewurzelt stehen. Auf dem hinteren Parkplatz der Firma stand ein grauer Opel Astra mit dem Kennzeichen LL - RV 1992. Was ihn aber wirklich beschäftigte, war eine ungefähr 15 Zentimeter hohe Figur auf dem Armaturenbrett. Dort stand ein Wackelelvis im Glitzeranzug mit umgehängter Gitarre! Es gab also noch einen und dieses Mal in einem passenden Auto. Davon hatte Selahattin´s Anwalt gesprochen.

Auf dem Weg zurück zur Bushaltestelle rief er Michi Haas an. Es läutete lange, bevor jemand das Gespräch entgegennahm.

»Haas?« Die Stimme am anderen Ende klang verschlafen.

»Hab ich dich geweckt?« Viertaler überkam für einen Augenblick ein schlechtes Gewissen. »´tschuldigung, vergessen! Du hattest ja Nachtschicht. Das tut mir jetzt echt leid.«

»Lass stecken, Martl. Ich bin ja schon wach.«

Sobald ihm der Schutzpolizist unvorsichtigerweise Dispens erteilt hatte, überfiel Viertaler ihn sogleich mit seiner Theorie: »Michi! Ich denke, der Dreh- und Angelpunkt in unserer Geschichte dürfte die Stahlbaufirma Haschka sein. Ich glaube, dass du mit deiner Mutmaßung recht hattest; Helga Schleich wollte nicht ihre Tochter, sondern den Geschäftsführer sprechen. Darum hatte sie auch zur Mittagszeit angerufen, weil sie wusste, dass ihre Tochter da zum Imbiss um die Ecke sein würde. Sie rief den Chef an und hinterher ist sie tot! Was wusste sie von ihm?«

Am anderen Ende wurde herzhaft gegähnt. »Das zu beweisen dürfte sich als schwierig erweisen. Wir haben dafür keinerlei Indizien. Selbst eine Hausdurchsuchung wird uns hier nicht weiterbringen«, gab Haas zu bedenken. »Was ich dir noch sagen wollte: Kommissar Stockleitner hat sich schlau gemacht über den Haschka.«

»Dann glaubt er dir also?«

»Ja. Manche sagen, der sei verplant, weil er in Scheidung lebt. Aber ich denke, wir können ihm vertrauen.«

Viertaler pflichtete ihm bei: »Das hast du richtig gemacht. Wir brauchen einen Ansprechpartner weiter oben. Bei meinem Nachfolger in Fürstenfeldbruck ist das sinnlos. Der ermittelt in ganz andere Richtungen. Außerdem würden Gertrud und ich als inoffizielle Schnüffler niemals einen Ermittlungsrichter von unserer Theorie überzeugen.«

»Jetzt schnall dich an! Stockleitner ist bereits fündig geworden. Ich habe eine *WhatsApp* von ihm bekommen. Ernst Haschka hatte schon mal eine Anzeige am Hals. Rate mal, weswegen?«

Viertaler brauchte nicht lange überlegen: »Entweder wegen sexueller Nötigung oder wegen Bestechung. Such dir was aus.«

»Ähm … woher weißt du …?«

»Das liegt doch auf der Hand.«

»Na, wenn du meinst. Es war Vergewaltigung! Eine seiner früheren Sekretärinnen hat ihn angezeigt. Die Kollegen hatten schon Spuren gesichert und wollten ihn in U-Haft nehmen. Doch dann hat die Dame mir nichts dir nichts die Anzeige zurückgezogen und erklärt, dass es einvernehmlicher Sex gewesen sei. Vielleicht ein bisschen hart, aber sie hätte ihm den Eindruck vermittelt, dass sie darauf stehe.«

Viertaler stieß die Luft aus. »Dann ist der Kerl also davongekommen?«

»Sieht so aus. Aber immerhin liegt seine DNA vor. Ich bitte den Stockleitner mal, dass der bei der Brahms-Kurbjeweit vorfühlt, ob die nicht gezielt nach dieser DNA suchen kann bei unserem jüngsten Mordopfer.«

»Sehr gut Michi. Vielleicht kriegen wir ihn so dran. Du könntest auch noch prüfen, ob ein Jugoslawe hier bei Stahlbau Haschka arbeitet. Der Produktionsleiter deutete das an. Vielleicht ist das der Tote von der A96? Auf dem Schild stand doch so ein Name, der nach Balkan klang.«

»Ja genau! Der hieß ... Moment, gleich hab ich´s. Der hieß Vlado Gasic. Könnte hinkommen. Ich check das mal.«

»Aber erst schläfst du noch ein paar Takte, mein Lieber. Wir treffen uns um acht beim Fischerwirt am Rossmarkt. Ich lade dich ein. Da können wir quatschen. Viertaler Ende!«

Kapitel 41

Petra stand vor ihrem Kleiderschrank und überlegte, was sie zu dem Essen mit Ernst anziehen sollte. Sie hatte sich die Bluse aus dem Schaufenster nicht gekauft, weil das Gespräch mit Julian sie sehr beschäftigt hatte. Sie warf das Kleid, das sie in der Hand hielt, auf das Bett und schimpfte: »Ich bin so eine blöde Kuh! Habe ich tatsächlich gedacht, dass Julian verstehen würde, wie es um mich steht?«

Petra´s Handy piepste. Ein Selfie von Ernst. Er hielt seine verbundene rechte Hand in die Kamera. Darunter: DAS HUHN HAT SICH BEIM ZERLEGEN GEWEHRT ;-) ICH FREUE MICH AUF DICH. ERNST

Sie wollte gleich antworten, hielt aber inne. Freute sie sich auch? Die Situation war so unwirklich. Irgendetwas fühlte sich nicht richtig an. Versteckt zwischen ihren widerstreitenden Gefühlen, lag die Wahrheit, die sie nicht sehen konnte. Oder nicht sehen wollte. Das Gespräch mit der Lehrerin kam Petra wieder in den Sinn. Vielleicht musste sie sich langsam die Frage stellen, wo ihr eigener blinder Fleck war. Sie ließ die Nachricht von Ernst unbeantwortet.

Nach einem Umweg über seine Lieblingskneipe schloss Julian die Tür in der Waldheimer Straße auf. Zwei Reisetaschen standen im Flur, also waren sein Kumpel und seine Freundin schon da.

Ulli kam aus dem Schlafzimmer. »Hallo Alter, schön, dich wiederzusehen.« Er schlug Julian zur Begrüßung mit seiner Faust leicht auf den Arm. »Sophie hat sich hingelegt. Sie ist ziemlich kaputt.« Er musterte seinen Freund. »Aber du schaust auch nicht gerade fit aus. Was hat dir denn die gute Laune verhagelt?«

Julian zog seine Schuhe aus und setzte sich auf die Couch. »Petra ...« Weiter kam er nicht.

»Ah, das alte Thema. Ich dachte, dass sich alles zum Guten wendet, jetzt wo die Schleich tot ist.«

»Das dachte ich auch. Aber Petra hat entdeckt, dass sie Gefühle für ihren Chef, diesen Haschka, hat.«

»Du meinst aber nicht, Stahlbau Haschka? Arbeitet sie da?«

»Ja, hatte ich das nicht erwähnt?«

»Du hast viel erzählt, aber das nicht. Persönlich kennengelernt habe ich sie ja nicht mehr.« Ulli nickte bedauernd. »Ich weiß nur, dass sie eine tolle Frau sein soll«, fügte er grinsend hinzu, »was du bestimmt mehr als hundertmal erwähnt hast. Aber im Ernst. Sie sollte sich möglichst bald nach einem neuen Job umschauen. Diese Firma hat nicht unbedingt den besten Ruf. Es wird gemunkelt, dass es nicht mehr lange dauert, bis der Konkursverwalter ein- und ausgeht. Bei uns in der Branche geht auch das Gerücht, dass der Haschka krumme Geschäfte im großen Stil am Laufen hat. Außerdem«, fügte er hinzu, »ist er, was Frauen anbelangt, kein Kostverächter. Das weiß ich von seiner ehemaligen Sekretärin. Die arbeitet jetzt bei uns und ist überhaupt nicht gut auf den zu sprechen.«

»Wenn wir das vor einem Jahr gewusst hätten.« Julian fuhr sich durch die Haare. »Vielleicht hätte Petra die Stelle dann gar nicht angenommen.« Trotz der schlechten Nachrichten keimte Hoffnung in Julian auf. »Bevor ich es vergesse: Ein Arbeitskollege hat mir vorhin eine SMS geschickt. Seine möblierte Wohnung bei einem älteren Ehepaar wird ab Mitte Januar frei. Die vermieten überwiegend an Praktikanten und Werkstudenten aus meiner Firma. Am liebsten sind ihnen Sechsmonatsverträge. Er hat schon ein gutes Wort für mich eingelegt. Meine Chancen stehen gut, dass ich da einziehen kann. Zumindest für ein halbes Jahr, dann sehen wir weiter.«

Ulli schien erleichtert. »Ich bin froh, dass du dieses Thema ansprichst. Sophie wohnt nämlich ab Februar bei mir. Da würde es für alle zu eng.«

»Du brauchst mir nichts erklären. Ich bin dir echt dankbar, dass ich bei dir unterkriechen konnte. Aber mir war von Anfang an klar, dass das keine Dauerlösung ist. Komm, lass uns noch ein Bier zusammen trinken und auf das Jahr 2016 anstoßen. Ich hab extra einige Flaschen kaltgestellt. Und in den nächsten Tagen werde ich mal mit meinem neuen Polizistenfreund telefonieren. Den interessieren die Neuigkeiten über den Haschka bestimmt auch.«

Montag, 4. Januar 2016, 20:48 Uhr,
Ernst Haschkas Haus, Landsberg

»Danke, Ernst, ich möchte wirklich nichts mehr trinken. Auch keinen Whisky. Zwei Gläser Wein reichen mir. Außerdem bin ich mit dem Auto da.« Petra hielt ihre Hand auf das Glas.

»Das Auto ist doch das geringste Problem. Ich habe viel Platz in dem Haus, das mir mein alter Herr überlassen hat.« Dabei zeigte er mit den Armen großspurig im Raum umher.

Das stimmte, Platz hatte er wirklich. Das Wohnzimmer mit der offenen Galerie war beeindruckend. Eine Fensterfront gab Einblick auf die großzügig angelegte Terrasse mit einer Wohnlandschaft, die jetzt im Winter mit durchsichtigen Schutzbezügen verhüllt war. Dahinter sah man einen gepflegten Garten, dezent mit zahlreichen Kugelleuchten erhellt.

»Außerdem habe ich ein schönes Schlafzimmer.« Ernst war hinter sie getreten. Er massierte ihren Nacken und ihre Schultern. Der Verband an seiner rechten Hand fühlte sich rau an. Dann wanderten seine Hände in Richtung ihrer Brüste. Fordernd und, wie es ihr schien, keinen Widerspruch duldend, wie er das auch in der Firma gewohnt war.

Petra wand sich aus seiner Berührung. Alles fühlte sich falsch an – ihre Treffen, das Essen, ihre Gefühle zu ihm. Sie hätte auf ihre innere Stimme hören sollen. Sie drehte sich zu ihm um und sah in seine leicht blutunterlaufenen Augen, die sie lüstern anstarrten. »Ich glaube, es ist besser, wenn ich gehe. Du hast ziemlich viel getrunken.« Dabei deutete sie auf die zwei leeren Weinflaschen und das Whiskyglas auf dem Tisch. Sie erhob sich.

»Ach komm, sei kein Spielverderber. Du willst das doch auch. Er drückte sie eng an sich. Mit der anderen Hand fasste er ihre Haare und zog den Kopf zurück, um sie zu küssen.

Petra schrie auf. »Ernst, du tust mir weh. Lass das! Ich will das nicht.«

Ihr Widerstand stachelte ihn nur noch mehr an. Er drängte sie zur Couch. Petra wusste, dass sie verloren hatte, wenn sie erst einmal lag. Gegen die rohe Kraft ihres Chefs würde sie keine Chance haben. Wütend boxte sie ihm gegen den Brustkorb.

Vom Alkohol angeschlagen taumelte er und fiel auf die edlen Terrakottafliesen im Wohnzimmer.

Petra schnappte sich ihre Handtasche, während Haschka sich aufrappelte. Auf allen vieren giftete er sie an: »Du blöde Schlampe. Na warte, das wirst du mir büßen.« Er griff nach ihren Beinen. Seine langen manikürten Nägel rissen Löcher in die schwarze Strumpfhose und zerkratzten ihre Wade. Aber er konnte sie nicht festhalten, Petra war schneller.

Panisch rannte sie Richtung Flur, begleitet von seinen wüsten Beschimpfungen. Am ganzen Körper bebend öffnete sie die schwere Eingangstür und stürzte hinaus. Mit zitternden Händen drückte sie auf die Fernbedienung ihres Autos, stieg ein und schloss schnell die Zentralverriegelung. Sie war in Sicherheit.

Ernst stand im Türrahmen mit hoch erhobenen Fäusten. Im Gegenlicht des hell erleuchteten Hauses wirkte er wie ein Schatten, drohend und furchteinflößend.

Kapitel 42

Montag, 4. Januar 2016, 21:17 Uhr,
Fischerwirt, Landsberg

»Hat´s g´schmeckt?« Die Bedienung räumte die leergegessenen Teller weg. »Darf ich den Herren noch zwei Braunbiere bringen?«

»Was meinst, Michi?«, fragte Viertaler seinen jungen Kollegen.

»Eigentlich bin ich nach den Krautwickeln pappsatt.«

Viertaler klopfte auf seinen Bauch. »Hast ja recht. Mein Schweinsbraten füllt auch beinahe jeden Winkel aus. Aber das Bier ist schon süffig.«

Die Kellnerin rollte mit den Augen. »Vielleicht räum ich schon mal die Teller weg, bis ihr des ausg´ratscht habt.« Sie verschwand durch die Tür hinüber in die Küche.

»Wenn du meinst. Dann bestellen wir halt noch eines.«

Viertaler signalisierte dem Wirt hinter dem Tresen mit zwei Fingern, dass er noch zwei Halbe einschenken solle. Genüsslich streckte sich der Ex-Kommissar, setzte sich dann ruckartig auf und klopfte mit der flachen Hand auf den Tisch. »Ich weiß, der Bauch ist voll, aber wir müssen noch mal über unseren Fall reden. Zu viele lose Enden für meinen Geschmack.«

Michi Haas seufzte und rieb sich seine müden Augen.

»Heute ist es halt mal umgekehrt«, ermunterte ihn Viertaler. »Erst das Vergnügen, dann die Arbeit. Gibt es neue Erkenntnisse zum Haschka?«

»Du hattest mit deiner Vermutung recht, Martl. Bei ihm ist ein ehemaliger jugoslawischer Flüchtling namens

Zeljko Drmic beschäftigt. Einen Vlado Gasic gibt es nicht. Dieser Herr Drmic ist seit 1995 im Land. Das Vorgängeramt des BAMF hatte vor zwanzig Jahren ermittelt, weil er ohne Papiere eingereist war, aber Ernst Haschka hat damals seine Identität bestätigt.«

Viertaler pfiff durch die Zähne.

»Zunächst dachte man, dass er ein Serbe aus Bosnien sei. Damit war er hochgradig verdächtig, an Bürgerkriegsgräueln beteiligt gewesen zu sein. Ich sage nur: Massaker in Srebrenica. Dank unserem Herrn Haschka jedoch wurde er – obwohl er keine Papiere mehr hatte – als bosnischer Kriegsflüchtling anerkannt. Seitdem ist er auch bei Stahlbau Haschka beschäftigt.«

»Denkst du, das ist unser Toter von der A96?«

»Gut möglich. Das Alter würde mit Mitte vierzig passen. Ich warte noch auf ein Foto vom BAMF. Das sollte morgen früh da sein. Dann wissen wir es definitiv.«

»Was, wenn die beiden Helga Schleich zusammen umgebracht haben und dann in Streit darüber geraten sind? Oder es war der Jugoslawe im Auftrag von Haschka und musste jetzt selbst dran glauben? Aber wo liegt das Motiv? Was konnte eine Friseuse über einen Landsberger Unternehmer wissen?« Viertaler kratzte sich am Kinn.

»Vielleicht handelt es sich um Korruption? Mein Kumpel Julian Lechner hat vorhin am Telefon so etwas angedeutet. Er würde jemanden kennen, der mehr über Haschkas krumme Geschäfte weiß.«

Der Ex-Kommissar fixierte den jungen Polizisten über den Tisch hinweg. »Das könnte es sein! Aber wie um alles in der Welt, ist eine Friseuse an diese Information gekommen?«

Haas lachte leise. »Nirgendwo wird so viel getratscht, wie beim Friseur. Das hat meine Mutter immer gesagt. Vielleicht hat sie in ihrem Salon etwas aufgeschnappt?«

Viertaler wiegte den Kopf hin und her. »Möglich, aber das wären Informationen, die eigentlich *top secret* sind. Redet man da beim Haaremachen drüber? Ich weiß nicht. So, oder so, wenn wir ihm die Tat von der A96 nachweisen könnten, wären wir einen großen Schritt weiter.«

»Dann wäre Haschka geliefert«, pflichtete ihm der Schutzpolizist bei. »Dazu müssen wir aber die Ergebnisse der Leichenschau abwarten.«

Viertaler nickte behäbig. Langsam machten sich der Schweinsbraten und die zwei Biere bemerkbar.

Montag, 4. Januar 2016, 21:52 Uhr,
Klösterl, Landsberg

Gertrud schloss die Haustür. Sie fühlte sich besser und brauchte jetzt frische Luft. In der kleinen Wirtschaft gegenüber brachen die letzten Gäste auf, das konnte man durch die hell erleuchteten Fenster sehen. Sie sah auf die Uhr. Kurz vor zehn. Da könnte sie noch bei Martin vorbeischauen. Vor Mitternacht ging er nie ins Bett. Und vielleicht wusste er schon Neues über den Mord auf dem Autobahnparkplatz. Sie wollte gerade Richtung Seelberg gehen, als sich ein Schatten aus der Hausecke löste. Gertrud erschrak.

»Noch so eine Spielverderberin, die mir mein Leben schwer macht. Euch sollte man allen den Kopf abschneiden.«

Gertrud wich erschrocken zurück. Vor ihr stand Haschka, betrunken und unberechenbar in seinem Rausch. Ihre Knie zitterten, ihr Herz klopfte bis zum Hals. Sie bekam kaum Luft und starrte ihn an, unfähig sich zu bewegen.

Er kam näher.

Sie roch seinen alkoholgeschwängerten Atem. In der Klösterlgasse war es totenstill. Plötzlich wurde die Ruhe von lärmenden Gästen unterbrochen, die sich auf die Straße ergossen.

In diesem Moment kam wieder Leben in Gertrud. Sie hastete zurück und sperrte mit immer noch zittrigen Fingern ihre Haustür auf. Mit dem Rücken an der Wand sackte sie im Inneren des Hauses zusammen. Der Schatten der letzten Tage hatte endlich ein Gesicht bekommen. Sie hatte sich nicht eingebildet, beobachtet zu werden. Die Bedrohung hatte einen Namen.

Mit wackeligen Knien ging sie in die Küche, wo das Telefon lag. Das Rufzeichen ertönte mehrmals, dann ging der Anrufbeantworter an. Gertrud wartete, bis das Signal sie zum Sprechen aufforderte. »Hallo Martin. Ich brauche deine Hilfe. Der Haschka hat mir gerade vor meinem Haus aufgelauert. Bitte melde dich so schnell du kannst.«

Montag, 4. Januar 2016, 22:39 Uhr,
Fischerwirt, Landsberg

Als die Kellnerin den vierten Strich auf Michi´s Bierdeckel machte, fiel den beiden das Kriminalisieren schon erheblich schwerer. Viertaler betrachtete unzufrieden seine Serviette. Darauf hatte er für Michi ein improvisiertes

Mindmap mit Ernst Haschka im Zentrum erstellt. Er ahnte, dass bei diesem Landsberger Unternehmer alle Fäden zusammenliefen, brachte aber die losen Enden nicht zusammen.

»Kruzinesn!«

Michi Haas schreckte hoch. Ihm waren die Augen zugefallen.

Viertaler wurde klar, dass sein Gegenüber heute nichts mehr zur Lösung des Falls beitragen konnte. Ein langer Tag und das süffige Bier zeigten ihre Wirkung. Darum ergriff er sein Glas und prostete Michi zu. »Auf uns! Wir kriegen diesen Sauhund von Haschka.«

Mit glasigen Augen sah ihm Michi Haas zu, nickte langsam, nahm sein Glas und stieß mit Viertaler an: »Prost, Martl. So jung kommen wir nicht mehr zusammen.«

Nachdem sie ihre Gläser fein säuberlich auf den Bierfilzln abgestellt hatten, schwiegen sie wieder. Viertaler hatte dieses bierselige Schweigen schon lange nicht mehr gehabt. Früher war er nach Dienstschluss öfter mal ein Feierabendbier trinken gegangen. Solche Abende unter Kollegen hatten eine besondere Qualität. Da musste nicht jeder Augenblick mit sinnstiftenden Gesprächen gefüllt werden. Man konnte reden, oder auch nicht. Ganz so, wie man gerade Lust verspürte, und alle verstanden es. Herrlich!

Haas unterbrach seinen Ausflug in die Vergangenheit: »Du, Martl, die Gerti Maier, deine Nachbarin. Läuft da was zwischen euch?«

Die Erwähnung von Gerti riss Viertaler aus seiner bierseligen Gemütlichkeit. »Was? Wieso fragst du?«

»Na, weil ich das Gefühl habe, dass sie dir irgendwie gefällt.«

Ruckartig setzte er sich auf: »Aha. Du hast also ein Gefühl. Sehr schön.«

»Ja, hab ich, Herr Kriminalhauptkommissar«, schmunzelte Haas. Seine Müdigkeit schien verschwunden.

»Seit wann bitte sind Gefühle deine Stärke, Herr Polizeiobermeister?« Viertaler sah ihn herausfordernd an, doch dann stutzte er. Im Grunde genommen hatte Michi recht. Gertrud Maier gefiel ihm; sehr sogar. Nur wollte er sich das nicht eingestehen. Vielleicht, weil es sich ein bisschen wie Verrat an seiner verstorbenen Frau anfühlte. Er versuchte es mit einer Erklärung: »Ja also, die Gerti, die ist ganz in Ordnung.«

»Aha. Ganz in Ordnung. So so.«

Viertaler hätte seinem jungen Kollegen am liebsten das Grinsen aus dem Gesicht geschlagen. Das waren die Schattenseiten eines Kneipengespräches. Taktgefühl gab es dort nicht. »Bin dir keine Rechenschaft schuldig, mein Lieber. Aber«, er hob sein Glas, »wo wir so schön zusammensitzen. Prost auf die Gerti Maier und Prost auf unsere Freundschaft.«

»Prost, Martl. Mit dir trink ich am liebsten. Sollen wir noch eine Runde kommen lassen?«

»Ja, Michi. Eine gute Idee. Heute lassen wir mal den Herrgott einen guten Mann sein und morgen überführen wir den Haschka, den Sauhund.«

»Genau! Der war es, da bin ich mir sicher.«

Kapitel 43

Sie hatte die halbe Nacht kein Auge zugetan. Statt ihres Morgenrituals stieg sie sofort aus dem Bett und ging hinunter in die Diele, wo ihr Anrufbeantworter stand. Sie prüfte das Display, sicherheitshalber. Kein Rückruf von Martin. Verzweiflung überkam sie. Sie fühlte sich so einsam wie noch nie in ihrem Leben. Das Gefühl der Einsamkeit kannte sie, es hatte sich bereits kurz nach ihrer Hochzeit in ihr Leben geschlichen. Sie hatte gelernt, mit ihr umzugehen. Aber das hier fühlte sich ganz anders an – lebensbedrohlich. Niemand war da, der ihr helfen konnte. Auch kein Martin Viertaler. Sicher, sie konnte zur Polizei gehen. Aber was sollte sie denen sagen? Dass sie vor einem Geist der Vergangenheit Angst hatte? Ihr Herz raste und trieb ihr feine Schweißperlen auf die Stirn. Ihr Magen krampfte sich zusammen.

In einem Anflug von Panik kontrollierte Gertrud Maier, ob die Haustür auch richtig verschlossen war. Die Kühle des Türgriffs beruhigte sie, auch wenn sie sich fragte, was sie hier tat und ob sie langsam komplett verrückt würde. Das musste ein Ende haben! Sie ging in die Küche und brühte sich eine Kanne schwarzen Tee auf. Ein Stück frischer Ingwer sorgte für den fruchtig scharfen Kick. Ingwertee war ihr Lieblingsgetränk im Winterhalbjahr. Zudem wirkte er beruhigend auf ihren verkrampften Magen. Sie schenkte sich eine große Tasse ein und stieg wieder hinauf in ihr Schlafzimmer. Zurück im Bett zog sie die Knie an und umschloss mit ihren Händen die heiße Tasse. Sie trank in kleinen Schlucken und spürte dem Ingwer nach, der sie langsam von innen wärmte. Schluck für Schluck entspannte sie sich, das Gedankenkarussell drehte sich langsamer. Draußen ging die Morgendämmerung in das Tageslicht über. Es vertrieb die Schatten der Nacht, zumindest vorläufig. Die Begegnung mit Ernst Haschke hatte ihr sorgsam verdrängtes Trauma wieder zum Leben erweckt und sie in diese katatonischen Angstzustände versetzt. Dieser Scheißkerl! Doch sie war nicht nur wütend auf ihn, sie war auch zornig mit sich selbst, weil sie ihm so viel Macht über ihr Leben gab. Warum nur? Vermutlich fand sie das ohne professionelle Hilfe nicht heraus. Außerdem konnte sie Leuten wie Ernst Haschka nicht für immer aus dem Weg gehen.

Eines wusste sie: Sie wollte wieder selbst über ihre Gefühle bestimmen, sich nicht von der Vergangenheit beherrschen lassen. Alt genug war sie. Aber so einfach wie das in den einschlägigen Zeitschriften und Blogbeiträgen immer geschildert wurde, war das nicht. Sie nahm ihr Tagebuch zur Hand und sah die Einträge der letzten Tage durch. Eine Idee durchzuckte sie wie ein Blitz. Vielleicht half es, wenn sie sich der Ursache ihrer Panik stellte? Eine Idee nahm langsam in ihrem Kopf Gestalt an.

Er schlug die Augen auf, nur um sie sofort wieder zu schließen. Das grelle Licht, das durch das Fenster hereindrang, verstärkte das Dröhnen in seinem Kopf, und ihm war schlecht. Wieder dieses Stupsen am Oberschenkel, das ihn geweckt hatte, gleich darauf ein rauer, nasser Lappen, der über sein Gesicht wischte. Martin Viertaler öffnete ein Auge und sah einen riesigen Hundekopf vor seiner Nase. Erschrocken versuchte er, sich aufzurichten, bereute es jedoch sofort, als sich das Zimmer zu drehen begann.

Hexle bellte ihn an und winselte.

Endlich begriff er! Sein Hund hatte Hunger und wollte Gassi gehen. Verschlafen sah er hinüber zu seinem Wecker: Halb zehn! So lange hatte er schon Jahre nicht mehr geschlafen. Da hatte er wohl gestern ein Braunbier zuviel erwischt.

Das Gebell steigerte sich zu einem Heulen. Ein Zeichen, das Hexle unbedingt raus musste.

Langsam kletterte Viertaler aus dem Bett und stieg vorsichtig die Treppe hinunter in die Küche. Er wollte den Hund beruhigen, konnte aber nur heiser krächzen. Border Collie sprang in höchster Erregung um ihn herum und an ihm hoch. Kurz entschlossen öffnete er die Tür zum Garten. Das ging heute nicht anders.

Drei Tassen Kaffee später war Viertaler auf dem Weg in den Wildpark. Die zwei Aspirin zeigten Wirkung und die frische Luft tat ihm gut. Der Winter hatte in den letzten Tagen einen neuen Anlauf genommen, und die Frühlingstemperaturen der Weihnachtstage waren endgültig vorbei. Martin zog den Reißverschluss seines Parkas ganz zu. Seinen Schal hatte er vergessen, der lag vermutlich irgendwo. Er glaubte sich zu erinnern, dass er ihn zu später Stunde auf die Kommode geworfen hatte, wo das Telefon stand. Egal, der würde schon wieder auftauchen. Aber der gestrige Abend mit Michi war gut gewesen, trotz der Kopfschmerzen, die ihm heute den Start in den Tag etwas erschwert hatten. Langsam erinnerte er sich auch wieder. Die Wurzel allen Übels schien Haschka zu sein, selbst wenn Martin die Zusammenhänge noch nicht so klar sah. Hexle blieb abrupt stehen, sodass Viertaler fast über ihn gestolpert wäre. Sie standen an der Abzweigung, wo es links zum Wildschweingehege und geradeaus nach Pitzling ging. Er tätschelte Hexle den Kopf und lobte: »Du bist wirklich ein kluger Hund. Wir nehmen die lange Route zur Teufelsküche. Da können wir auch gleich den Tatort besichtigen.«

Im Gegensatz zu dem Trubel an den Feiertagen war heute niemand Richtung Teufelsküche unterwegs. Viertaler genoss die Stille und hing seinen Gedanken nach. Gerti kam ihm in den Sinn. Wenn sie jetzt hier wäre, würde sie vermutlich gruselige Sagengeschichten erzählen, die er mittlerweile nachgelesen hatte. Immerhin war heute die letzte Raunacht des Winters, in der Frau Percht, die als Symbol für die Mutter Erde stand, umging. Obendrein hatte Frau Percht noch einen Konkurrenten: Es gab auch die Geschichte von *Sixtus mit den glühenden Händen*. Der Sage nach wurde der arme Kerl im Spätmittelalter im nahen Schloss Pöring lebendig eingemauert. Angeblich hatte er dann versucht, sich mit den bloßen Händen aus seinem

Steingrab zu befreien. Einfache Gemüter glaubten, dass dieser Sixtus speziell heute Nacht im Umfeld der Teufelsküche umgehen würde. Kein angenehmer Gedanke, vorausgesetzt man glaubte an solche Geschichten. Davon war Viertaler natürlich weit entfernt, wobei er zugeben musste, dass es diese Sagen nicht ohne Grund gab und sie im Gedächtnis der Menschheit ihre Spuren hinterlassen hatten. Ganz konnte auch er sich dieser eigenartigen Stimmung in der Teufelsküche nicht entziehen.

Unvermittelt erinnerte er sich, dass er hier auch öfter mit Anna war. Sie hatte schon nach fünfhundert Metern gejammert, dass der Weg zu weit sei. Nur die Aussicht auf das versunkene Haus im Wasser hatte sie bei Laune gehalten. Dort angekommen, hatte sie fasziniert in das türkisblaue Wasser geschaut. Obwohl Martin grundsätzlich nichts übrig hatte für die Märchen, die man sich zur Teufelsküche erzählte, hatte er seiner Tochter die Überlieferungen weitergegeben: »Dort unten, Prinzessin, da gibt es einen dunklen Fleck. Siehst du ihn?« Anna hatte sich ganz eng ans Geländer gedrückt und hinausgestarrt, um zu ergründen, was da wohl auf dem Grund des Wassers wäre.

»Ich seh nichts, Papa.«

»Doch, da wo es dunkler ist, ein dunkles Blau. Da hat der Teufel einen Unterstand.«

»Einen Unterstand?«, hatte sie gefragt. »Wie kann er denn da unten atmen?«

»Na, er ist der Teufel, weißt du, Prinzessin. Der kann so was. Und wenn er da ist, kann er sich da unten auch ein Omelette braten, in seiner Teufelsküche.«

Seine Tochter hatte ihn entgeistert angesehen. »Das glaube ich dir nicht. Das geht doch gar nicht.«

Typisch seine Tochter. Analytik vor Aberglauben! Deshalb war sie wohl auch Ingenieurin geworden.

Auf der Brücke am Stausee untersuchte er das Geländer. Noch immer konnte man die Blutspuren gut erkennen, die vom Mord an Helga Schleich kündeten. Viertalers Kopfschmerzen waren wie weggeblasen, er war nun vollkommen fokussiert und hatte keine Augen für den smaragdfarbenen See zu seinen Füßen. Nachdem er die Brücke selbst einer eingehenden Untersuchung unterzogen hatte, weitete er seine Suche auf die Brückenköpfe und deren Umgebung aus. Nichts. Enttäuscht betrachtete er den intensiv im Licht der Wintersonne leuchtenden Weiher.

Viertaler schüttelte den Kopf, als er erschöpft hinüberging zum Pavillon auf der Nordseite der Brücke. Er musste sich hinsetzen und ein wenig über den Fall nachdenken, bevor er sich auf den Rückweg machte. Hexle saß zu seinen Füßen und schaute ihn aufmunternd an. »Ich weiß, ich weiß, du wartest auf deine Belohnung.« Er kramte in seiner Jackentasche nach einem Hundeleckerli und gab es ihr. »Braves Mädchen.« Er tätschelte seinen Hund und betrachtete die Innenwände der Hütte, die Wanderern Schutz bot für eine Rast oder eine Brotzeit.

Sein Blick streifte über die Holzverkleidung und blieb an einem Loch in einer Höhe von einem halben Meter hängen. Sofort war sein kriminalistisches Gespür zu neuem Leben erwacht. »Was haben wir denn da?« Gegen die Düsternis der Hütte hob sich das Loch durch das eindringende Tageslicht eindeutig ab. Schnell erfasste er, dass es ein zweites Loch auf der anderen Seite gab. »Da brat mir doch einer einen Storch, wenn das nicht von einer Schusswaffe herrührt!« Die Schusskanäle zeigten genau auf die Brücke der Teufelsküche. Vermutlich hatte jemand von dort einen Schuss abgefeuert. Das bedeutete aber, dass das Projektil in einem der Bäume stecken könnte. Mit einem Hochgefühl überprüfte er die Baumstämme, die ungefähr in der Schusslinie standen. Da war es, ein Pistolenprojektil. Vielleicht hatte sich der Mord ganz anders abgespielt. Die losen Enden näherten sich an.

Das musste Michi Haas erfahren. Aufgeregt suchte er nach seinem Mobiltelefon. In keiner seiner Taschen wurde er fündig. Es lag noch zu Hause.

Kapitel 44

Dienstag, 5. Januar 2016, 11:15 Uhr,
Am Englischen Garten, Landsberg

Liebe Petra,
es ist mir nicht leichtgefallen, diese Zeilen zu schrei-
ben. Vor allem auch deshalb, weil ich weiß, dass ich Dich
mit tausend Fragen zurücklasse, die ich Dir nicht mehr
beantworten kann. Wenn Du diese Zeilen liest, habe ich
meine Ruhe gefunden. Dann haben die Schatten der Ver-
gangenheit ihren Schrecken für immer verloren.

Petra saß am Fenster ihres Wohnzimmers, eingewickelt in eine dicke Decke, in der Hand den Brief ihrer Mutter, den sie zum zweiten Mal las. In seiner Ungeheuerlich-
keit so erschreckend, dass sich ihr Verstand anfangs geweigert hatte, das Gelesene zu verstehen. Sie hatte das Schreiben vom Amtsgericht gestern Abend aus dem Briefkasten
geholt, es aber ungelesen auf den Wohnzimmertisch gelegt. Nach den Geschehnissen des Abends konnte sie nicht
mehr klar denken. Sie war maßlos enttäuscht und wollte
nur noch in ihr Bett. Der traumlose Schlaf hatte ihr keine
Erholung gebracht.

Nach der heißen Dusche und dem doppelten *Espresso*
hatte sie sich besser gefühlt – bis sie den braunen Umschlag des Amtsgerichts öffnete. An den Erbschein ange-
heftet war eine Kopie des Testaments, zusammen mit den
Zeilen, die sie so fassungslos machten. Sie zwang sich wei-
terzulesen und hoffte inständig, dass alles ein Irrtum war.

Als ich Dich zum ersten Mal in den Armen von Brigitte Heidegger sah, konnte ich mich an Deinen schwarzen Haaren und den braunen Augen nicht sattsehen. Ich hoffte, dass Alfons für uns die richtige Entscheidung getroffen hatte. Sicher war ich mir nicht. Du würdest ab jetzt unser Kind sein. Deine leibliche Mutter, Brigitte Heidegger, konnte und wollte Dich nicht großziehen. Du warst das Ergebnis einer Vergewaltigung durch ihren Juniorchef. Sie war bereits in der 15. Woche, als sie bemerkte, dass sie mit Dir schwanger war. Dein Erzeuger hat ihr damals Geld für eine Abtreibung angeboten. Und eine Adresse im Ausland, die es mit den Fristen nicht so genau nehmen würde. Das konnte sie nicht. In ihrer Verzweiflung hat sie sich ihrem Bruder Peter anvertraut. Deine Großeltern gab es nicht mehr. Außer sich vor Wut hat er dann den Seniorchef aufgesucht. Ihm gedroht, das Ganze öffentlich zu machen. Der wunde Punkt des Unternehmers. In zahlreichen politischen und kirchlichen Gremien ehrenamtlich aktiv, wollte er keinen Skandal. Weder für seine Familie noch für seine Firma. Am Ende zahlte er Schweigegeld, und schmiedete einen menschenverachtenden Plan. Der Alte war auch nicht besser als sein Sohn. Er war nur geschickter darin, Menschen und Situationen zu manipulieren.

Wir waren Teil dieses Planes. Peter war nämlich der beste Freund von Alfons. Sie haben beide in der Pflugfabrik gearbeitet. Und Peter wusste als Einziger außer mir, dass Alfons keine Kinder zeugen konnte. Das haben wir aber erst einige Jahre nach der Hochzeit erfahren. Das Ergebnis war für mich ein Schock. Aber mehr noch für Alfons. Er fühlte sich schuldig an unserer Kinderlosigkeit. Peter hat Alfons also gefragt, ob er das ungewollte Kind seiner Schwester annehmen würde. Alfons war sofort damit einverstanden. Aber nur wenn es so aussehen würde, dass wir die richtigen Eltern wären. Eine Adoption mit einer anfänglichen Begleitung durch eine Fürsorgerin des Jugendamts kam für ihn nicht in Frage. Wie hätte das denn ausgesehen?

Und ich habe zugestimmt. Vielleicht weil ich hoffte, dadurch meine Ehe retten zu können? Nach der Diagnose Unfruchtbarkeit hatte er sich von mir zurückgezogen. Er war nie ein Mensch großer Worte. Mehr introvertiert als im Außen lebend. Lebensenergie auf Sparflamme. Aber ich war immer der Meinung gewesen, dass meine Lebendigkeit für uns beide reicht. In guten, wie in schlechten Zeiten. Ich hatte mich getäuscht.

Zusätzlich gab es noch das Angebot des Seniorchefs. Ein Angebot, das meine letzten Bedenken zerstreute. Er wollte mir meinen Lebenstraum, einen eigenen Friseursalon finanzieren. Solche Probleme lösten Vater und Sohn gerne mit Geld.

Brigitte ging also zu einer Tante nach Regensburg. Ich täuschte währenddessen in Landsberg eine Schwangerschaft vor. Es hat niemand Verdacht geschöpft. Offiziell warst Du eine Spontangeburt in einer Pension während eines Kurzurlaubs.

Dein Vater ist danach aufgeblüht. So hatte ich ihn bisher nicht erlebt. Er hat sich um Dich gekümmert, während ich damit beschäftigt war, den Salon aufzubauen. Zwischen euch beiden war so eine innige Verbindung voller Liebe und Zutrauen. Da war kein Platz mehr für mich. Ich wurde eifersüchtig. Eifersüchtig auf ein kleines Mädchen mit schwarzen Locken und braunen Augen. Nicht gleich, aber im Laufe der Jahre immer mehr. Jetzt war *ich es, die sprachlos wurde. Die sich zurückzog. Gott sei Dank gab es den Friseursalon. Aber auch hier hatte ich immer mehr ein schlechtes Gewissen. Den Laden hätte es ohne Dich ja gar nicht gegeben. Ein gedanklicher Teufels-kreis, dem ich nicht entkam. Ich blickte irgendwann in einen Abgrund aus Wut, Neid und Scham. Wut auf Alfons und Peter, die mich in diese Lage gebracht hatten. Neid auf alle, die nicht gezwungen waren, mit einer Lüge zu le-ben. Bezahlt für die Liebe zu einem kleinen Menschen, dem ich nicht gerecht wurde. Eine Lebens-Bitterkeit be-gann in mir zu wurzeln. Sie hat mein Leben vergiftet und mir alle Freude genommen.*

Alfons hat meine Zerrissenheit gesehen. Aber er war selbst so in diesem Labyrinth der Gefühle gefangen, dass er mir nicht helfen konnte. Und er hatte ja Dich. Das hat ihm gereicht.

Du hast vermutlich all das gespürt, obwohl zwischen Alfons und mir kein lautes Wort gefallen ist. Dich trifft keine Schuld. Du hast versucht, alles gut zu machen, nicht zu rebellieren. Es tut mir heute noch weh, wenn ich daran denke, wie Du unter dieser Situation und unter meiner Lieblosigkeit zu Dir, aber auch Deinem Vater gegenüber, gelitten haben musst.

Das also war der Schatten gewesen, der ihre *Mutter* Helga fast ein ganzes Leben begleitet hatte. Ein dunkles Familiengeheimnis, dessen Tragweite ihr so langsam be-wusst wurde, obwohl sie es immer noch nicht begreifen konnte. So sinnentleert erschien es ihr. Erste Fragen schli-chen sich an. Konnte sie in dieser Lage überhaupt noch von Vater und Mutter sprechen? Eigentlich hatten sie ja mit ihrer Existenz als Petra nichts zu tun. Sie fühlte sich auf einmal so leer an. Es war eine Leere, die über die Ränder ihres Körpers kroch und sie kurzzeitig das Gefühl hatte, sich im Nichts aufzulösen. Sie stand auf und ging ans Fenster. Der feste Boden unter ihren Füßen gab ihr Halt, brachte sie in die Wirklichkeit zurück, auch wenn diese schmerzhaft war.

Brigitte ist nach Deiner Geburt nach Augsburg gezogen. Sie hat dort lange als Sekretärin gearbeitet. Wir hatten keinen Kontakt zu ihr. Außer den Geburtstagskarten, die sie jedes Jahr geschickt hat. Einmal wollte sie Dich sehen. Wir haben uns im Augsburger Zoo getroffen. Vielleicht erinnerst Du Dich? Das war nicht einfach gewesen. Für keinen von uns. Sie war nicht glücklich. Vielleicht ist sie deshalb auch so jung gestorben. An dem Broken Heart Syndrom. So hatte es der Arzt diagnostiziert. Das hat Peter meinem Alfons erzählt. Und auch, dass sie ihr ganzes Vermögen einschließlich dem nie angerührten Schweigegeld einer Kinderhilfsorganisation vermacht hat.

Von ihrer leiblichen Mutter blieben ihr also nur achtzehn Geburtstagskarten und eine Todesanzeige, mit dem Bild einer ihr unbekannten Frau. Ihren Erzeuger dagegen gab es noch. Die Geschehnisse des gestrigen Abends holten sie in ihrer ganzen Tragweite erneut ein. Ihr Gefühl, dass etwas nicht richtig war, hatte sie nicht getäuscht. Ihre Hand mit dem Brief begann zu zittern. Kälteschauer durchliefen in Wellen ihren Körper. Petra fror, wie sie noch nie in ihrem Leben gefroren hatte.

Lass mich Dir abschließend sagen, dass Du das Beste warst, was mir, nein, was Deinem Vater und mir passiert ist. Auch wenn ich Dir die Liebe nicht geben konnte, die Du verdient hättest. Wir haben uns irgendwann mit der Situation arrangiert, und kurz vor Alfons Tod noch ausgesprochen. So als hätte er geahnt, dass er sich auf der Zielgeraden seines Lebens befindet. Wir wollten Dir alles sagen, waren aber dann zu feige. Und wir hatten Angst, dass Du uns hasst. Aber mehr noch als das, wollten wir Dich vor einem Menschen schützen, der keinen Respekt vor dem Leben und der Würde des Anderen hat. Der glaubt, dass er mit Geld alles regeln kann. Notfalls auch mit Gewalt. Wir waren froh, dass er nichts von Deiner Existenz wusste. Ein wichtiger Punkt der Vereinbarung. Auf ihn kannst Du leider nicht stolz sein. Und dann fängst Du bei ihm in der Firma an! Welche Ironie des Schicksals. Vielleicht verstehst Du jetzt, dass ich so aufgebracht und voller Ablehnung gegen ihn war. Auch hier wieder die nackte Angst, dass auch Du an ihm zerbrichst, so wie es letztlich uns allen ergangen ist. Aber das werde ich zu verhindern wissen.

Ich liebe Dich mein Kind.

Deine Mama

Warum hatte sie nicht früher mit ihr geredet? Jetzt war es zu spät. Nicht nur für die Klärung der tausend Fragen, die während des Lesens auf sie eingestürmt waren. Es war auch zu spät für eine Umarmung, nach der sie sich so sehnte. Petra wischte sich die Tränen weg, die ihr ungehemmt über ihre Wangen liefen.

Mit einem mal wurde sie ganz ruhig, denn sie wusste, was zu tun war.

Eigentlich hätte sie nicht im Telefonbuch nachzuschauen brauchen. Jetzt, wo alles wieder so präsent war,
stand ihr auch die Adresse deutlich vor Augen. Sie hatte
sich nicht getäuscht. Eines dieser exklusiven Häuser oberhalb des Wildparks. Mit einem malerischen Ausblick auf
den sanft geschwungenen Lech, auch *Licca, der Steinige*
genannt. Je nach Jahreszeit und Wasserstand ergoss er
sich mehr oder weniger temperamentvoll über das Lechwehr mit seinen Stufen, vorbei am Inselbadstrand mit den
tückischen Untiefen, die schon geübten Schwimmern einiges abverlangten. Für Ungeübte waren sie oft eine tödliche
Falle.

Kurz überlegte sie, den Fußweg über den Wildpark zu
nehmen. Aber das Auto versprach ihr mehr Sicherheit. Da
nahm sie den um diese Zeit vermutlich dichten Verkehr in
der Altstadt gern in Kauf. Jetzt, wo ihr Entschluss fest-
stand, sich ihren Ängsten in der direkten Begegnung mit
Haschka zu stellen, war sie ruhiger. Sie hatte den ganzen
Vormittag gegrübelt, und sie hoffte immer noch, dass sich
Martin melden würde. Wie ernst hatte er sein *ich bin für
dich da*, gemeint? Sie war enttäuscht und fragte sich immer wieder, warum er seinen Anrufbeantworter nicht ab-
gehört hatte. Doch einerlei – sie hatte sich entschieden;
auch ohne Martins Unterstützung. Vielleicht war es besser
so. Danach hatte sie den Kopf wieder frei für die wesentli-
chen Dinge in ihrem Leben.

Sie zog ihren Mantel und die warmen Stiefel an, nahm
den Autoschlüssel vom Haken und hielt kurz inne. Was,

wenn Haschka nicht da wäre? Dann wollte sie auf ihn warten. Aber ihr Gefühl sagte ihr, dass die Begegnung mit ihm stattfinden würde.

Kapitel 45

Ernst war nicht in der Firma gewesen, er hatte sich beim alten Brich wegen Migräne entschuldigt. Fast hätte Petra gelacht. Bei der Menge Alkohol, die Ernst gestern getrunken hatte, wäre sie vermutlich ins Koma gefallen.

Was sollte sie jetzt tun, überlegte sie. Zu ihm nach Hause fahren? Aber dann wäre sie ganz allein mit ihm. Ihre Knie begannen schon bei dem Gedanken daran zu zittern.

Vielleicht würde Julian mitgehen.

Sie holte ihr Handy aus der Halterung im Auto. Seine Mailbox ging sofort an. Sie zögerte. »Hallo Julian, ich brauche deine Hilfe. Der Ernst Haschka hat gestern Abend versucht, mich zu vergewaltigen. Außerdem habe ich erfahren, dass er mein leiblicher Vater ist. Er weiß das aber nicht.« Das hörte sich alles ziemlich wirr an, doch sie fuhr fort: »Ich fahre jetzt zu ihm nach Hause und kündige meinen Job. Ich hatte gehofft, dass du da bist und mitkommst. Auch wenn ... Melde mich später nochmal.«

Sie sah auf die Uhr. In einer halben Stunde war dieses Kapitel in ihrem Leben hoffentlich Geschichte.

Gertrud trommelte nervös mit den Fingern auf das Lenkrad. Jetzt wo sie vor seinem Haus stand, war ihr doch mulmig zumute. Das Herz hämmerte in ihrer Brust. Sie atmete tief durch, unterdrückte eine aufkeimende Panik und überlegte, was sie ihm sagen wollte. Auf jeden Fall sollte er sie in Ruhe lassen, sonst würde sie ihn wegen Stalking anzeigen.

Vermutlich würde er darüber nur lachen. Sie hatte ja auch nichts gegen ihn in der Hand.

Sie zog den Schlüssel ab und wollte gerade aussteigen, als sie ein Auto im Rückspiegel sah. Neugierig drehte sie sich um und erkannte Petra Schleich. Zögernd hielt Gertrud die leicht geöffnete Autotür in der Hand.

Petra parkte zwei Plätze weiter an der Straße und stieg aus. Ohne Gertrud wahrzunehmen, klingelte sie an der Gartentür.

Nach kurzer Zeit war ein Summen hörbar, gleichzeitig öffnete sich die massive Holztüre im Haus. Im Türrahmen erschien Haschka, der einladend die Arme ausstreckte.

Petra blieb in einiger Entfernung vor ihm stehen, sprach mit ihm und hielt ihm etwas hin.

Haschka nahm es nicht. Ein weißer Umschlag fiel auf den Boden.

In dem Moment, als Petra sich zum Weggehen umdrehte, schnellte er vor und zerrte sie mit sich ins Haus.

Dienstag, 5. Januar 2016, 16:39 Uhr,
Metzgerei am Hauptplatz, Landsberg

»Ich verstehe dich so schlecht. Was ist passiert?« Michi Haas stand an der Kasse der Metzgerei, um sich noch etwas für den morgigen Feiertag zu besorgen. Im Laden war es ziemlich laut, sodass Michi automatisch seine Stimme anhob. Die Dame neben ihm schaute ihn neugierig an. »Warte mal, ich geh raus auf die Straße.« Er nickte der Verkäuferin an der Kasse entschuldigend zu, steckte sein Wechselgeld ein und ging. »So, jetzt nochmal von vorne. Wer wurde vergewaltigt?« Zwei Sorgenfalten bildeten sich auf seiner Stirn. »Wo bist du gerade? Vor deiner alten Wohnung? Und Petra ist nicht da?«

Michi überlegte kurz. »Kennst du das ockerfarbene Haus am Seelberg, das links direkt an der Treppe liegt? Du musst bei dem ehemaligen Kerzengeschäft rein. Ah, das kennst du. Dann komm sofort dahin. Dort wohnt der Martin Viertaler, ein pensionierter Kommissar. Er hat auch gerade bei mir angerufen, weil er etwas Merkwürdiges entdeckt hat. Ihn dürfte das sicher interessieren, was du zu sagen hast.«

Wieder ein Wortschwall am anderen Ende der Leitung.

»Jetzt beruhige dich, Julian. Ich glaube nicht, dass Petra in Lebensgefahr ist.« Doch sicher war sich Michi nicht mehr. Sie durften keine Zeit verlieren. »Bis gleich!« Seinen Feierabend hatte er sich anders vorgestellt.

Dienstag, 5. Januar 2016, 16:47 Uhr,
Haus Haschka, Landsberg

Gertrud drückte die Gartentür auf, die Petra nicht geschlossen hatte. Das sah nicht so aus, als ob Petra freiwillig mit ins Haus gegangen war. Die Kugelleuchten erhellten mittlerweile den Weg vor ihren Füßen. So wie damals, als sie ihren Ex abgeholt hatte. Doch heute hatte sie für die Schönheit des Anwesens keinen Blick. Zögernd ging sie zur Haustür. Auf dem Briefumschlag zu ihren Füßen stand mit großen, dicken Buchstaben: KÜNDIGUNG.

Sie blieb kurz stehen, ging aber instinktiv weiter in den Garten hinter dem Haus. Sie kreiste ihre Schultern und schüttelte die Beklemmung ab, die sich dort festgesetzt hatte. Da sah sie Petra und Haschka hinter dem hell erleuchteten Wohnzimmerfenster. Er redete lautstark auf Petra ein, dabei bedrohte er sie mit einer Pistole. Der Anblick der Schusswaffe ließ Gertrud erstarren.

Haschkas Gesicht war vor Wut verzerrt, als beide aus ihrem Blickfeld verschwanden. Nach einer Weile kehrten sie wieder zurück, wobei Petras Hände auf dem Rücken gefesselt waren. Wie es aussah, mit einem roten Isolierband. Haschka versetzte ihr einen heftigen Stoß, sodass sie mit dem Gesicht voraus auf die Couch fiel.

Die Tür zur Terrasse stand einen schmalen Spalt offen, Wortfetzen drangen ins Freie. Gertrud konnte aber nichts verstehen. Im Schatten vereinzelter Büsche schlich sie sich heran, bis sie nahe an der Terrasse stand. Sie achtete darauf, nicht entdeckt zu werden. Auf dem Tisch stand ein Aschenbecher mit einer glimmenden Zigarette. Gertrud duckte sich und nutzte den Schutz der abgedeckten Wohnlandschaft, um besser zu hören. Dabei blieb ihr Winterstie-fel in der Tischplane hängen. Der Aschenbecher fiel schep-pernd zu Boden.

Haschka drehte sich abrupt um und erblickte Gertrud, die sich mittlerweile erhoben hatte. Er grinste hämisch, schob schwungvoll die Terrassentür ganz auf und kam mit der Pistole in der Hand auf sie zu.

»Du hast mir gerade noch gefehlt.« Er musterte sie spöttisch von oben bis unten. »Zugegeben, in deinem Som-merkleidchen hast du mir damals besser gefallen.« Blitz-schnell packte er sie am Arm und schob sie zu Petra ins Wohnzimmer. Auf einem Beistelltisch neben der Couch stand ein halbvolles Whiskyglas, daneben eine leere Fla-sche. Alkohol und Waffen – eine gefährliche Kombination in den Händen eines Irren wie Haschka.

Dienstag, 5. Januar 2016, 17:08 Uhr,
Haus am Seelberg

Martin tigerte ruhelos im Wohnzimmer auf und ab. Die wirren Worte von Julian Lechner hatten seine Sorge um Gertrud noch gesteigert. Ihrem Anruf zufolge fühlte auch sie sich von Ernst Haschka bedroht. Ihre Stimme hat-te ängstlich geklungen, fast verzweifelt. Er hatte zurückge-rufen, sie aber nicht erreicht, auch nicht auf dem Handy.

Er hätte sich ohrfeigen können, weil er erst durch den Anruf bei Michi vor einer halben Stunde das Blinken des Anrufbeantworters bemerkt hatte. Versteckt unter seinem dicken Schal, den er gestern nach dem Abend mit Michi achtlos auf die kleine Kommode geworfen hatte, konnte er den Apparat nicht sehen.

»Was machen wir jetzt?« Michis Frage holte Martin in die Gegenwart zurück.

»Lasst uns nochmal kurz zusammenfassen.« Er wandte sich an Julian. »Also, was ich ehrlich gesagt nicht verstanden habe, ist, dass Haschka der Vater von Petra sein soll.«

»Ich auch nicht. Aber hören Sie selbst.« Er hielt Viertaler die Aufzeichnung auf der Mailbox hin.

Martin blies die Backen auf und warf Michi Haas einen vielsagenden Blick zu. »Das mit der versuchten Vergewaltigung ist schon heftig. Kann da was dran sein?«

Julian sprang empört auf, aber Viertaler versuchte, ihn zu beruhigen. »Wir wissen nicht, was wirklich vorgefallen ist. Vor allem, wenn das stimmt, dass Haschka der leibliche Vater ist.«

Julian blickte ihn verständnislos an. »Sie hat das nicht erfunden, um sich an ihm zu rächen. Dafür kenne ich sie zu gut.«

»Zuzutrauen ist es ihm natürlich.« Viertaler bemühte sich um einen neutralen Tonfall. »Trotzdem gilt auch für ihn die Unschuldsvermutung, bis die Tat bewiesen ist.« Jetzt war er wieder ganz Kommissar, auch wenn er den Haschka liebend gern hinter Gittern gesehen hätte. Allein schon wegen seiner Tochter Anna.

»Aber da ist was dran«, sagte Julian aufgeregt. »Ich habe vorher noch mit seiner ehemaligen Sekretärin, der Vorgängerin von Petra telefoniert. Mein Kumpel Ulli hat mir ihre Nummer gegeben. Sie ist jetzt in seiner Firma. Haschka hat sie wirklich vergewaltigt, das hat sie auch angezeigt. Sie musste das volle Programm über sich ergehen lassen, mit Sicherung aller Spuren.«

Martin und Michi nickten. Das war der aktenkundige Fall, über den sie schon Bescheid wussten.

Julian fuhr hektisch fort: »Zwei Tage später hat sie die Anzeige zurückgezogen. Gegen viel Geld. Sie hat später zu Protokoll gegeben, dass es ihr Chef eben besonders stürmisch mag. Daraufhin wurde auch die Anzeige fallengelassen.«

Sie hatten Haschka unterschätzt. Doch das konnten sie dem jungen Mann nicht sagen.

»Das ist aber noch nicht alles«, setzte Julian nach »sie hat mir auch erzählt, dass Haschka krumme Geschäfte macht. Er hat das während eines Abendessens mit viel Alkohol angedeutet. Er wollte wohl ihr Vertrauen gewinnen, damit er sie leichter ins Bett bekommt. Ihrer Meinung nach hat ihm bei diesen Geschäften ein jugoslawischer Mitarbeiter der Firma geholfen. Aber für beides hat sie keine Beweise.«

Als Julian den Jugoslawen erwähnte, sagte Michi wie beiläufig zu Viertaler: »Das BAMF hat übrigens das Foto geschickt. Vlado Gasic und Zeljko Drmic scheinen ein und dieselbe Person zu sein.«

Ein neuer Aspekt, der Martin zusätzlich beunruhigte. Vermutlich war Haschka nicht nur ein Vergewaltiger, sondern auch ein Mörder. Viertaler lenkte Julians Aufmerksamkeit zurück auf Petra: »Dieses Schwein hat sich also einfach freigekauft und bei deiner Freundin hat er es auch versucht. Vermutlich hat sie die Gefährlichkeit von Haschka unterschätzt.«

Und Gertrud Maier auch, dachte er, denn davon war er mittlerweile überzeugt. Sie war auch in diese Haschka Sache verstrickt. Er hoffte nur, dass sie nicht die gleichen Erfahrungen gemacht hatte, wie die anderen Frauen. Aber ihre Verschlossenheit in Bezug auf Haschka sprach doch eine deutliche Sprache.

Julian sass jetzt in sich zusammengesunken und zupfte nervös an dem Nagelbett seines Daumens, der schon ganz rot war.

Martin ging wieder ruhelos im Zimmer auf und ab und überlegte fieberhaft.

Michi Haas stand auf und ging zum Fenster. »Ich rufe jetzt den Stockleitner an. Da ist Gefahr im Verzug.«

»Wir fahren jetzt selber hin.« Martin ging Richtung Flur. »Bis der Stockleitner den ganzen Apparat mobilisiert, vergeht wertvolle Zeit. Und Sie, junger Mann,« dabei deutete er auf Julian, »kommen mit. Sie können uns unterwegs von Petras Mutter erzählen.« Da konnte Julian wenigstens nicht auf eigene Faust losziehen und Dummheiten machen. Und vielleicht hatte er ja über die Ermordete Informationen, die sie bisher noch nicht kannten. Denn dass das Projektil aus dem Wildpark eine Rolle im Mordfall spielte, davon war Viertaler überzeugt. Er wusste nur noch nicht, welche.

Langsam ergab sich ein großes Ganzes, in dem bereits zwei Menschen ihr Leben verloren hatten. Mehr durften es nicht werden.

Kapitel 46

Haschka hielt ihr immer noch die Pistole vor die Brust. »Wir fangen mit dem Mantel an: Zieh ihn aus!« Dabei fuhr er mit dem Pistolenlauf die Konturen ihres Gesichts nach.

Gertrud hatte Mühe, ihr Zittern zu unterdrücken. Mit klammen Fingern öffnete sie die Knöpfe und ließ den Mantel zu Boden gleiten.

Der Pistolenlauf wanderte von ihrem Kinn zu ihrem Dekolleté und umkreiste ungeniert ihre Brüste. »Geht´s mir gut. Ich habe heute die Wahl zwischen knackigen und reifen Früchten.«

Gertrud roch seine Alkoholfahne und kämpfte gegen die aufsteigende Übelkeit.

»Lass die Frau Maier in Ruhe, du Scheusal!«, rief Petra. Sie hatte sich mittlerweile auf der Couch aufgerichtet und beobachtete entsetzt die Szene.

»Ruhe!«, lallte Haschka. »Die Dame hier verdient meine ungeteilte Aufmerksamkeit.« Mit einem hämischen Grinsen im Gesicht fuhr er ihr mit dem Pistolenlauf in den Schritt.

Gertrud erstarrte. Sie fühlte sich so erniedrigt.

»Oder soll ich dich Bastelschlampe nennen? Das war doch der Spitzname, den dir dein Ex gegeben hat, oder?«

Die Nennung ihres Ex-Mannes und Haschkas Respektlosigkeit weckten ihren Kampfgeist. »Heute traust du dich, weil dein alter Herr nicht da ist, was?« Gertrud spuckte ihm ins Gesicht. »Du brauchst wohl die Pistole als Verlängerung für deinen Schlappschwanz?«

Der Schlag traf sie unvorbereitet. Danach war alles schwarz.

Dienstag, 5. Januar 2016, 18:02 Uhr

Michi Haas saß am Steuer von Viertalers altem VW Golf. Der Ex-Kommissar neben ihm war noch immer äußerst erregt. Vor wenigen Minuten hatte er sich ein hitziges Wortgefecht mit einem Heizungsmonteur geliefert, der den engen Weg vom Wildpark zum Klösterl mit seinem Lieferwagen zugeparkt hatte. So aufgebracht hatte Michi ihn noch nie erlebt.

Auf dem Rücksitz prüfte Julian Lechner sein Smartphone. Er war der Navigator des ungleichen Trios. »Im Kreisverkehr gleich die Erste raus«, rief er Haas zu. »Danach gleich wieder nach rechts, dann sind wir am Krachenberg.«

»Und weiter?« Viertaler hatte nach wie vor Mühe, ruhig zu bleiben.

»Wir nehmen die Pössinger Straße, bis zur Abzweigung Bayerfeldstraße. Dann wieder rechts. Nach 300 Metern kommt die Zielstraße«, antwortete Julian pflichteifrig.

Als sie Minuten später langsam in die Straße einbogen in der Haschka wohnte, schnallte sich Martin Viertaler ab, noch bevor sie angehalten hatten.

»Martl! Reiß dich zusammen!«, fuhr ihn Michi an. »Wir dürfen jetzt nicht den Kopf verlieren.« Er schloss kurz die Augen. Das konnte ja heiter werden. Zwei Männer im Team, bei denen die Nerven blank lagen, weil beide Angst um die Frau in ihrem Leben hatten. Julian um seine Petra und Martl – obwohl er es nie zugeben würde – um

Gertrud Maier. Wenigstens er musste ruhig bleiben, sonst endete das in einem Drama. Also blaffte er nach hinten: »Julian, wo ist es jetzt? Ich brauch eine Ansage.«

»Das nächste Haus auf der rechten Seite«, kam es zurück. Dann schrie Julian unvermittelt auf: »Da ist Petras Wagen!«

»Und da ist der von Gerti.« Viertaler wäre am liebsten aus dem Auto gesprungen, doch es gelang ihm, diesen törichten Impuls zu unterdrücken. Seine schlimmsten Befürchtungen hatten sich bewahrheitet. Gertrud Maier war offensichtlich doch zu Ernst Haschka gefahren. Eigensinniges Weibsbild!

Michi fuhr in eine Seitenstraße, wo er das Fahrzeug unbemerkt abstellen konnte. Er wandte sich an Viertaler: »Also, Martin, du bist Zivilist wie Julian, und obendrein befangen. Darum übernehme *ich* die Einsatzleitung.«

Viertaler starrte ihn mit offenem Mund an, doch Michi hielt diesem kämpferischen Widerspruchsblick stand. Schließlich lenkte Viertaler ein und nickte langsam. »Einverstanden. Wie gehen wir vor?«

»Wir erkunden erst mal das Terrain. Offenbar sind die beiden Mädels drin. Sind wir uns da einig?« Er sah in die Runde. Als niemand widersprach, fuhr er fort: »Holt eure Handys raus. Ich gehe davon aus, dass jeder den Dienst *WhatsApp* installiert hat. Ich lege jetzt eine neue Gruppe an. So können wir schnell und lautlos kommunizieren. Und vergesst nicht, eure Mobiltelefone auf vibrieren zu stellen.« Haas kontrollierte, dass beide seine Anweisungen ausführten, dann verteilte er die Aufgaben: »Julian, du postierst dich so, dass du beide Fahrzeuge im Auge hast. Martl, du gehst zum Vordereingang und checkst diese Seite des Hauses. Ich gehe hinten rum in den Garten. Sobald jemand etwas entdeckt, schreibt er es den anderen über *WhatsApp*. Jetzt noch Uhrzeitvergleich. Bei mir ist es zehn nach sechs.«

Die anderen bestätigten das durch ein wortloses Nicken.

»Alles wird gut.« Haas zwinkerte ihnen aufmunternd zu. »Also los«, flüsterte er und verschwand in der Dunkelheit.

Dienstag, 5. Januar 2016, 18:12 Uhr

Gerti Maier lag in einem schweren Ledersessel. Ihr Kopf dröhnte und etwas hämmerte rhythmisch von innen gegen ihre Stirn. Sie hatte einen metallischen Geschmack im Mund, und auf ihren Lippen schmeckte sie Blut. Sie versuchte, die Augen zu öffnen. Es gelang ihr nur links, das rechte Auge musste zugeschwollen sein.

Sie versuchte, sich aufzurichten, doch ein jäher Schmerz zuckte durch ihre Schulter. Ihre Hände, auf dem Rücken zusammengebunden, spürte sie nicht. Wieder verlagerte sie ihr Gewicht und wartete einige Atemzüge. Das unangenehme Taubheitsgefühl wurde langsam durch ein Kribbeln abgelöst. Mit dem Kribbeln aber kamen die Schmerzen in ihre Handgelenke, und damit die Erinnerung, was passiert war.

Sie sah sich im Raum um. Die große Wanduhr zeigte Viertel nach sechs. Wie lange war sie bewusstlos? Sie konnte sich nur erinnern, dass sie wie durch einen Schleier Stimmen vernommen hatte. So wie jetzt vom anderen Ende des großen Wohnzimmers, das von einer Küchenzeile abgegrenzt wurde.

Eine der Stimmen gehörte Haschka! Mit dem Namen kehrte auch der Rest der Erinnerung zurück, und damit ihre Angst.

Wenn doch nur Martin hier wäre. Warum nur hatte sie ihm früher nichts gesagt? Wenigstens anrufen hätte sie ihn können, bevor sie zu dieser blöden Spontanaktion aufgebrochen war. Jetzt war es zu spät.

Die Stimmen im Küchenbereich wurden lauter; Gertrud konnte aber nicht sehen, was vor sich ging.

»Stell dich nicht so an, Petra! Du wolltest etwas trinken.« Ernst war offenbar mit Petra Schleich irgendwo hinter der Küchenzeile.

»Ich kann das nicht. Wenn du mir das Wasser so reinschüttest, krieg ich keine Luft und kann auch nicht schlucken.«

»Und? Ist das mein Problem? Dann gibt es eben nichts zu trinken.«

»Bitte mach mir die Hände los, Ernst«, flehte Petra ihn an.

»Warum sollte ich das tun?«

»Weil ich deine Tochter bin.«

»Seit du bei mir angekommen bist, behauptest du, dass du meine Tochter bist. Ich glaube dir kein Wort. Das ist die blödeste Geschichte, die ich je gehört habe. Erst willst du vögeln, dann wieder nicht und jetzt, nachdem du ein schlechtes Gewissen hast, tischst du mir diese Geschichte auf.«

Die Stimmen wurden immer lauter.

Konnte Petra wirklich Haschkas Tochter sein, fragte sich Gertrud. Auf einmel erinnerte sie sich an ein sternförmiges Muttermal ...

Petra konterte: »Meine echte Mutter hieß Brigitte Heidegger! Na, klingelt es jetzt bei dir?«

Ernst war offenbar sprachlos, denn es herrschte sekundenlanges Schweigen.

Petra nutzte dieses kurze Zögern und bettelte: »Ernst! Bitte mach mich los. Bitte!«

Gertrud hörte ein ratschendes Geräusch. Hatte Haschka wirklich ihre Fesseln gelöst?

»Danke, Ernst.«

»Halt den Mund!«, fiel ihr Haschka ins Wort. Doch ein Zweifel lag in seiner Stimme.

»Sie können ihr ruhig glauben«, rief Gertrud vom Wohnzimmersofa aus.

Haschkas Kopf tauchte über der Küchenzeile auf. »Die Bastelschlampe ist aufgewacht.« Seine Stimme troff wieder vor Sarkasmus. »Was willst du?«

Gertrud räusperte sich. Sie versuchte, sich aufzurichten, was ihr Kopf mit einem stärker werdenden Pochen beantwortete. »Petra Schleich ist tatsächlich Ihre Tochter. Sie hat dasselbe, charakteristische Muttermal auf der Brust wie Sie.«

»Was hast du Schlampe da gerade gesagt?« Er umrundete die pompöse Anrichte mit Granitarbeitsplatte und kam bedrohlich langsam auf sie zu.

»Petra Schleich hat ein sternförmiges Muttermal zwischen ihren Brüsten. Das haben sie auch an dieser Stelle.«

»Wann willst du denn meine Brust gesehen haben, Bastelschlampe?«

Gertrud nahm all ihren Mut zusammen und antwortete mit fester Stimme: »Als Sie versucht haben, mich zu vergewaltigen. Ihr Muttermal hat sich so in mein Gedächtnis
eingegraben, dass es mir neulich bei Petra sofort aufgefallen ist.«

Haschkas Gesichtsfarbe wechselte in ein unheilkün-
dendes Rot. Er ging einige Schritte auf sie zu, wechselte die
Pistole von der rechten in die linke Hand und blieb direkt
vor ihr stehen. Seine Mimik versprach nichts Gutes. »Blöde Schlampe, ich weiß gar nicht mehr, warum ich mal
scharf auf dich gewesen bin. Noch *ein* Wort.« Drohend erhob er die Rechte zum Schlag.

Unvermittelt fiel ihm Petra in den Arm.

Von der Wucht des Aufpralls verlor Haschka das
Gleichgewicht und ging mit einem Aufschrei zu Boden. Die
Pistole fiel ihm aus der Hand und schlitterte über die Ter-
rakottafliesen. Mühsam rappelte er sich hoch, während
Petra nicht untätig blieb.

Schon stand sie über ihm, die Pistole in der Hand.

»Das wirst du noch bereuen«; zischte er. Im Sitzen be-
gutachtete er seine Verletzungen. Sein Hemd war zerrissen
und sein linker Ellbogen blutete. Er schnaubte ärgerlich
und betastete sein Gesicht. Schmerzende Spuren der Terrakottafliesen zogen sich über seine linke Gesichtshälfte.

Das Adrenalin pumpte durch den zierlichen Körper
von Petra. In ihrem Stoß lagen Schmerz, Wut und Trauer
der vergangenen Wochen. Sie fühlte kein Mitleid, als sie
ihren Erzeuger vor sich liegen sah. Mit einem triumphie-
renden Gesichtsausdruck herrschte sie ihn an: »So, Vater!« Das letzte Wort hatte sie mit Abscheu ausgespuckt.
»Jetzt musst du *mir* zuhören. Ich dumme Gans habe gedacht, dass es dir um mich geht. Aber nachdem ich nun

meine fürchterliche Familiengeschichte kenne, bin ich überzeugt davon, dass es dir nur darum ging, lästige Beweise bei mir zu finden. Beweise dafür, dass du meine Mutter umgebracht hast.«

Ernst Haschka zwinkerte nervös, als er sie ansah, als ob er sie nicht verstehen würde. »Was zum Henker?« Dann brach er ab.

»Du warst es doch, oder?«

Gerti Maier beobachtete entsetzt die Szene. Eindringlich bat sie: »Petra, bitte ruf die Polizei! Er ist es nicht wert, dass du dein Leben fortwirfst.« Instinktiv rutschte sie Stück für Stück aus dem Gefahrenbereich. Sie wusste nicht, zu was Petra Schleich im Augenblick fähig war.

Als habe Petra nichts gehört, ging sie langsam auf Haschka zu, die Waffe fest umklammert. Sie kannte solche Situationen nur aus Filmen, doch nun war sie selbst inmitten einer solchen Szene. Genau genommen wusste sie nur, aus welchem Ende eine Pistole schoss, mehr nicht. Sie betete inbrünstig, dass das ihrem Peiniger nicht auffallen würde.

Haschka saß noch immer auf dem Boden und versuchte zu begreifen, was gerade passierte. Vor ihm stand seine Sekretärin mit der alten P38 ihrer Mutter in der Hand. Das Luder hatte ihn überrumpelt. In seinem Kopf drehte sich alles, und daran war nicht nur der Alkohol schuld.

»Jetzt sag schon!«, fuhr ihn Petra an und holte ihn aus seiner Lethargie. Ihre Stimme überschlug sich fast. »Hast du meine Mutter umgebracht?«

»Was denkst du denn?« Der Stahlbauunternehmer grunzte abfällig. »Das Miststück wollte *mich* umbringen!

Stell dir das vor. Mich! Die alte Schachtel hat mich in die Teufelsküche bestellt, um mich zu erpressen. Behauptete, sie hätte belastende Informationen über unser aktuelles Firmenprojekt.«

Mit tränenerstickter Stimme hakte Petra nach: »Wie kann meine Mama dich einbestellen? Da hätte sie ja in der Arbeit anrufen müssen und wäre auf meinem Apparat gelandet. Du lügst doch.«

»Jetzt krieg dich wieder ein! Du bist meine Assistentin, besser gesagt, du warst es. Wenn du nicht da bist, stellst du den Apparat auf mich um. Und was deine *Mama* anbelangt: Sie war ein altes, berechnendes Luder! Die wusste, um welche Zeit sie mich persönlich erreichen kann.«

»Und warum ist sie jetzt tot?«

»Na weil sie plötzlich dieses Museumsstück von Pistole aus der Tasche gezogen hat. Dann hat sie geschrien, dass ich zukünftig kein Leben mehr zerstören würde. Dafür würde sie persönlich sorgen.«

»Was? Meine Mama hatte eine Pistole?«

»Genau die, die du gerade in der Hand hältst. Hab natürlich versucht, sie zu beruhigen. Doch die blöde Kuh hat sich immer weiter reingesteigert. Völlig hysterisch war die. Nicht mehr zurechnungsfähig. Da hab ich versucht, ihr die Pistole abzunehmen. Dabei hat sich ein Schuss gelöst. Ich hab sie natürlich sofort weggestoßen. Sie ist mit dem Kopf gegen das Geländer geknallt und hat sich das Genick gebrochen.«

Die Teilnahmslosigkeit in seiner Stimme machte Petra fassungslos. Sie fing an zu zittern. »Und warum hast du ihr den Kopf abgeschnitten?«

»Das war ich nicht. Der Trottel Zeljko sollte die Leiche in einem Koffer im Lech verschwinden lassen. Dass der Idiot sie dazu gleich zerstückelt, wusste ich nicht. Wenn der *Kanake* nicht gekommen wäre, hätte ja alles geklappt.«

»Was sind Sie nur für ein Mensch?«, warf Gerti Maier aus sicherer Entfernung ein. Tiefe Abscheu lag in ihrer Stimme. »Ich will gar nicht wissen, was Sie der armen Frau angetan haben. Umsonst wird sie nicht auf Sie geschossen haben. Und die Drecksarbeit haben Sie von jemand anderen erledigen lassen. Hinzu kommt, dass Sie einen völlig unschuldigen Flüchtling in dieses Verbrechen mit hineingezogen haben.«

Haschka schnaubte herablassend. »Was verstehst du schon davon, Bastelschlampe?«

»Sei still!« Petra machte erneut einen Schritt auf Ernst zu. »Lass Frau Maier aus dem Spiel.« Als Haschka nur trocken auflachte, hielt sie ihm die Pistole an den Kopf.

Haschka sah ihr in die Augen. Sie würde nicht schießen. Langsam richtete er sich auf. »Angst? Man sollte nur mit gefährlichen Gegenständen spielen, wenn man auch bereit ist, diese zu verwenden.«

Petra wusste nicht, was er meinte, und ehe sie reagieren konnte, nahm ihr Ernst die Waffe aus der Hand.

Sie waren erneut in seiner Gewalt! Petra schlug verzweifelt die Hände vor´s Gesicht.

Gertrud Maier schossen Tränen in ihre Augen. Das Blatt hatte sich gewendet, und sie war immer noch gefesselt.

Dienstag, 5. Januar 2016, 18:32 Uhr

Michi Haas hatte im Garten Posten bezogen und spähte ins Wohnzimmer. Von seinem Standort aus konnte er Gerti Maier erkennen, die mit dem Rücken zu ihm auf einem Sofa saß. Vor der ausladenden Couch-Landschaft stand Petra Schleich, die mit einer alten Wehrmachtspistole in Richtung Fußboden zielte. Das konnte nur dieser Haschka sein, der vermutlich am Boden lag.

Zeit zum Eingreifen. Er wollte gerade losgehen, als Ernst Haschkas zerkratzte Visage auftauchte. Zu Michis Entsetzen nahm er ohne Gegenwehr die Pistole an sich.

Petra Schleich schlug die Hände vors Gesicht.

»Was machen die da?«, murmelte Michi.

Haschka bugsierte mit der Waffe die beiden Frauen vor sich her zum Küchenbereich auf der linken Seite.

Dabei sah der Polizeibeamte das zerschundene Gesicht von Gertrud.

Vor der Küchenarbeitsplatte fesselte Haschka Petra mit einem Isolierband. Danach schob er beide Geiseln grob in den hinteren Bereich, wo alle durch einen Durchgang verschwanden.

Michi überlegte fieberhaft. Aus dem unsicheren Gang Haschkas und einer leeren Whiskyflasche auf einem Tisch am Fenster schloss er, dass der Geiselnehmer zumindest angetrunken sein musste. Zudem schien er vor Gewalt nicht zurückzuschrecken. Einfach so reingehen ging nicht, die Terrassentür vor ihm war geschlossen. Außerdem hatte er selbst keine Waffe dabei.

Sein Mobiltelefon vibrierte: WIE IST DIE LAGE? MARTIN

Was sollte er antworten? Er entschloss sich, folgende Info an Martin und Julian zu senden: GERTI UND PETRA WOHLAUF ABER GEFESSELT. HASCHKA BEWA und 316. EL

Sofort überschlugen sich die Rückfragen auf dem Messenger-Dienst: WAS BEDEUTEN BEWA UND 316?

IST GERTI IN GEFAHR?

WAS IST EIN EL?

IST PETRA VERLETZT?

Haas realisierte, dass Julian mit Polizeiabkürzungen gar nicht vertraut war. Und Viertaler war besorgt um seine Gerti. Seufzend antwortete er: BEWA = BEWAFFNET

316 = §316 = TRUNKENHEIT

EL = EINSATZLEITUNG = MICHI

Dann schickte er noch rasch nach: BEIDE FRAUEN UNVERLETZT

Das entsprach zwar nicht ganz der Wahrheit. Mit mehr war aber momentan niemandem geholfen.

Haschka tauchte nach einiger Zeit wieder auf, diesmal mit Petra Schleich. Die schien geweint zu haben. Michi wurde nervös, weil er Gertrud nicht sah.

Ein erneutes Vibrieren seines Mobiltelefons: WAS MACHEN WIR?

Michi schrieb zurück: PETRA IM WOHNZIMMER, HASCHKA BEWA. KEIN SICHTKONTAKT ZU GERTI

WO IST SIE?, wollte Viertaler wissen.

NICHT ERSICHTLICH. ALLE AUF POSTEN BLEIBEN UND FUNKSTILLE HALTEN!, antwortete Haas.

Drinnen fingen Haschka und Petra an, sich zu streiten. Den Gesichtern nach zu urteilen, waren beide sehr erregt. Doch durch die Doppelverglasung konnte Michi nichts verstehen. Das Unangenehme dabei war jedoch, dass Haschka immer wieder mit seiner Pistole in der Hand herumfuchtelte. Haas überlegte fieberhaft, ob er seinen Vorgesetzten, Gustl Stockleitner, anrufen sollte. Das hier eskalierte. Er war so vertieft in seine Überlegungen, dass er nicht mitbekam, wie sich jemand von hinten näherte.

Martin Viertaler hatte es nicht mehr ausgehalten, nutzlos vor der Haustüre herumzustehen. Er war ebenfalls nach hinten geschlichen. Bei Michi Haas angekommen, tippte er ihm an die Schulter, was diesen heftig zusammenzucken ließ.

Kapitel 47

Haschka ging zum Barfach seines Wohnzimmerschrankes und holte sich eine neue Flasche Single Malt heraus. Die eben gehörte Lebensgeschichte von Petra musste er erst mal verdauen. Dabei ließ er sie nicht aus den Augen. Er machte sich nicht die Mühe, ein Glas einzuschenken, sondern trank direkt aus der Flasche.

Er war wütend. Auf sich selbst, weil er sich dazu hatte hinreißen lassen, den Mord an Helga Schleich zuzugeben. Auf die beiden Frauen, die er nun als unliebsame Zeugen an der Backe hatte. Und auf seinen Vater, der selbst aus dem Grab heraus sein Leben bestimmte.

Er setzte die Flasche erneut an. Mit jedem Schluck Whisky sanken seine Skrupel, das *Problem* aus der Welt zu schaffen. Er konnte die Weiber nicht gehen lassen. Gut, die Alte um die Ecke zu bringen, machte ihm nichts aus.

Doch Petra? Eines musste er vorher noch klären. Leicht schwankend ging er auf sie zu. Mit auf den Rücken gefesselten Händen saß sie auf dem Wohnzimmersofa.

Obwohl sie ihm wehrlos ausgeliefert war, sah sie ihn angriffslustig an. Ihr hübsches Gesicht war blass, die Schminke durch die Tränen verwischt.

Mit einer schnellen Bewegung riss ihr Haschka die Bluse auf.

Sie versuchte, sich wegzudrehen, doch er zwang sie mit der Pistole, sich ihm zuzuwenden.

Da sah er es – ein sternförmiges Muttermal, fast an der gleichen Stelle wie bei ihm.

Die schwarze Spitze des BH´s schimmerte verführerisch auf ihrer weißen Haut. Sein Atem ging schwer. Er wollte sie haben, hier und jetzt. Tochter hin oder her.

Petra sah an seinem Blick, dass er zu allem bereit war. In einem letzten, verzweifelten Versuch appellierte sie an den Vater in ihm: »Du kannst es drehen und wenden wie du willst. Ich bin deine Tochter. Du hast meine wirkliche Mutter, Brigitte Heidegger vergewaltigt, und ich bin das Ergebnis.«

»Schwachsinn! Vergewaltigung habe *ich* nicht nötig. Bei mir haben bislang alle ihren Spaß gehabt.«

»Du hast ihr Gewalt angetan! Und dein Vater hat für das Schweigen aller Beteiligten gezahlt.«

Ernst hielt inne. Schon wieder sein Vater. Sein übermächtiger Vater, dessen Schatten immer noch sein Leben dominierte, obwohl er längst gestorben war, dessen Wertesystem er bereits als Kind übernommen hatte. Man bekam alles, wenn man nur genug Geld hatte. Und falls das nichts half, gab es andere Mittel und Wege. Der Vater, der stets seine schützende Hand über ihn gehalten hatte, aber nicht, um ihn vor etwas zu beschützen, sondern dabei nur sich und seinen Ruf im Sinn hatte. Seine Mutter hielt stets pflichtbewusst zum Vater, bis der frühe Tod sie erlöste.

Ernst wirkte jetzt wie ein angeschlagener Boxer. Das lag nicht nur am Alkohol. Vor ihm saß tatsächlich seine Tochter. Alles, was ihm Petra erzählt hatte, musste der Wahrheit entsprechen. Sein Vater hatte bezahlt. Schweigegeld, damit Brigitte Heidegger die Wahrheit für sich behielt und Unterstützung für die Schleichs, die Petra aufziehen sollten, sowie Startkapital für einen Friseursalon. So kannte er seinen Vater.

Er hatte sich schon die ganze Zeit gefragt, warum die alte Schleich auf ihn geschossen hat. Langsam dämmerte es ihm.

Dienstag, 5. Januar 2016, 19:07 Uhr

Im Garten standen Viertaler und Michi Haas, von wo aus sie die Szene mit wachsender Sorge und Anspannung beobachteten. Sie hörten zwar nichts, sahen aber an der Körpersprache von Haschka, dass sich die Situation zuspitzte.

»Wir können nicht nur glotzen und warten«, raunte Viertaler seinem jungen Kollegen zu. »Wir wissen nicht, was mit Gerti geschehen ist.«

Haas biss sich auf die Lippen. Er wollte nicht aussprechen, was er gerade dachte, denn auch er hatte große Angst um Gertrud Maier.

»Ich geh da jetzt rein!«, beschloss Martin Viertaler. »Ich muss etwas tun.«

»Du bleibst da!«, zischte Haas zurück. »Das ist viel zu gefährlich.«

»Ich nehm das auf meine Kappe.« Martin drehte sich um und verschwand.

Dienstag, 5. Januar 2016, 19:12 Uhr

Unruhig trat Julian von einem Bein auf das andere. Er sah auf die Uhr. Seit über einer Stunde stand er schon hier und nichts geschah. Der alte Kommissar war vor einiger Zeit nach hinten in den Garten geschlichen. Seitdem hatte er keine Nachrichten mehr erhalten. Nervös griff er zum Mobiltelefon: WAS IST LOS?

KEINE ÄNDERUNG. FUNKSTILLE HALTEN! EL, war die Antwort, die ihn nicht beruhigte.

Die verschwiegen ihm doch irgendetwas. Allmählich hatte er den Verdacht, dass sie ihn nur bei den Autos postiert hatten, damit er ihnen nicht in die Quere kam.

Er musste handeln. Das Warten machte ihn verrückt.

Dienstag, 5. Januar 2016, 19:15 Uhr

Haschka stellte die Whiskyflasche auf den Wohnzimmertisch. Aus schweren Lidern beobachtete er Petra, die mittlerweile teilnahmslos auf der Couch saß. Ihr Widerstand schien gebrochen.

Er brauchte einen Plan – einen guten Plan. So wie mit Zeljko. Doch dazu musste er nüchtern sein. Vielleicht sollte er sie erst mal parken. Dann konnte er seinen Rausch ausschlafen und sich später um sie kümmern. Mit etwas Glück, hatte sich das Problem mit der Alten im Keller bis dahin von selbst erledigt.

Er holte das Isolierband, um Petra die Beine zu fesseln.

Dienstag, 5. Januar 2016, 19:21 Uhr

Viertaler war zum Kellerabgang an der Südseite des Hauses geschlichen. Das Schicksal meinte es gut, denn die Kellertür war nicht verschlossen. Die Lichtfunktion seines Mobiltelefons half ihm, sich zu orientieren. Im ersten

Raum bewahrte der Hausherr seine Gartengeräte auf. Martin griff sich einen schweren Spaten. So bewaffnet drang er tiefer in das Gebäude ein und fand sich gleich nach der ersten Tür in einem langen Flur wieder, von dem mehrere Türen abgingen. Am Ende des Flurs führte eine Treppe nach oben ins Erdgeschoss.

Wohin hatte Haschka Gertrud gebracht? Wahrscheinlich hatte er sie irgendwo im Keller eingesperrt, doch wo sollte er anfangen. Er lauschte, hörte aber nichts. Gleichzeitig leuchtete er mit seinem Handy die Türen ab.

An der letzten Tür am Ende des Flurs steckte ein Schlüssel. Dort würde er mit der Suche beginnen.

Dienstag, 5. Januar 2016, 19:25 Uhr

Michi Haas wurde immer nervöser. Viertaler war auf eigene Faust losgezogen, und er wusste nicht, was der hibbelige Julian vor dem Haus machte. Seinen Posten konnte er auch nicht verlassen. Die letzte *WhatsApp* Abfrage von ihm blieb von beiden unbeantwortet.

Im Haus schien die Lage zumindest nicht weiter zu eskalieren. Haschka hatte Petra Schleich die Beine gefesselt und sich in einen Sessel vor die Couch gesetzt. Sein Kopf sackte immer wieder auf die Brust. Vielleicht ergab sich eine Gelegenheit, wenn Haschka einschlief, hoffte Haas. Aber dazu brauchte es ein professionelles Team. Er wählte die Nummer seines Vorgesetzten Stockleitner.

Dienstag, 5. Januar 2016, 19:32 Uhr

Viertaler hielt den Atem an. Vorsichtig drückte er die Klinke der letzten Kellertür herunter, nachdem er den Schlüssel im Schloss gedreht hatte. Mit einem Stoßgebet öffnete er sie und spähte ins Innere des Raumes. Es musste sich um eine Sauna handeln, denn die Wände waren mit Holz verkleidet. Es gab Holzbänke und Waschzuber, aber keine Gertrud. Enttäuscht wollte er sich umdrehen, als er die Glastür entdeckte, die links hinter seiner geöffneten Tür lag. Er leuchtete hinein. Ein Schrecken durchfuhr ihn. Auf dem Boden lag eine reglose Gestalt. Gerti!

Dienstag, 5. Januar 2016, 19:41 Uhr

Julian gelang es, das gekippte Fenster auszuhängen. Er zog sich hoch. Die vielen Stunden im Fitnessstudio machten sich bezahlt. Die Toilettenschüssel befand sich direkt unter dem Fenster, das war eine praktische Einstiegshilfe. Durch den Spalt unten an der Tür fiel ein schwacher Lichtschein. Seine Augen gewöhnten sich langsam an die Dunkelheit. Vorsichtig tastete er sich zur Tür und öffnete sie.

Er betrat einen hell erleuchteten Flur, der zu einem offenen Wohnraum führte. Es war still, und das beunruhigte ihn. Die Hände zu Fäusten geballt kämpfte er die aufsteigende Panik nieder. Mittlerweile war er in einer Wohnküche, und schlich auf Zehenspitzen bis zu einer Anrichte, die die Küche vom Wohnbereich abgrenzte.

Da sah er sie. Petra lag gefesselt auf der Couch, bemerkte ihn und riss erschreckt die Augen auf.

Er hob seinen Zeigefinger zu den Lippen, um ihr zu bedeuten, ruhig zu bleiben.

Zu spät! Ernst, der einmal aus einem Sekundenschlaf hochschreckte, bemerkte ihren Blick. Er drehte sich um.

Ein Schuss peitschte durch den Raum.

Dienstag, 5. Januar 2016, 19:45 Uhr

Martin Viertaler öffnete die Glastür zur Sauna, beugte sich rasch hinunter zu Gertrud und leuchtete ihr ins Gesicht. Er erschrak, als er ihr geschwollenes Gesicht sah. Sie war offenbar ohne Bewusstsein, deshalb fasste er sie sanft an der Schulter: »Gerti. Gerti! Ich bin´s, Martin.«

Er suchte ihren Puls, fand ihn, aber er war nur schwach zu spüren. Als er sie in die stabile Seitenlage bringen wollte, schlug sie das unverletzte Auge auf.

Ungeheuer erleichtert schnaufte er hörbar aus. Sie war verletzt, aber am Leben.

Da zerfetzte ein Schuss die Stille.

Er bedeutete Gertrud, liegen zu bleiben, lief zur Treppe und schlich nach oben. Der großzügige Flur im Erdgeschoss war hell erleuchtet. Zu seiner Linken ging ein Torbogen ab in das Wohnzimmer, das er vorhin von außen gesehen hatte.

Ernst Haschka ging mit einer Pistole im Anschlag schwankend in Richtung Küchenzeile. Aus dem Augenwinkel erkannte er Petra, die gefesselt auf der Couch lag.

In Sekundenbruchteilen entschied sich Viertaler, zu handeln. Mit seinem Spaten in der Hand stürmte er auf Haschka zu. Noch bevor der reagieren konnte, schlug Martin ihm das Eisenteil an den Kopf, sodass Haschka augenblicklich zu Boden ging und regungslos liegen blieb.

Dienstag, 5. Januar 2016, 19:48 Uhr

Michi Haas hatte von all dem nichts mitbekommen. Als der Schuss fiel, war er gerade auf dem Weg zum Hauseingang, um Stockleitner und die Kollegen in Empfang zu nehmen. Er war gerade dabei, ihnen die Lage zu erläutern, da ging die Haustür auf und Viertaler trat ins Freie.

»Wir brauchen zwei Sanka, Michi ...«

Dienstag, 5. Januar 2016, 20:18 Uhr

Gespenstisch beleuchteten die Blaulichter der Einsatzfahrfahrzeuge von Polizei und Rettungsdiensten die noble Wohnstraße über dem Wildpark. Es war vorbei. Martin Viertaler saß mit einer Decke um die Schultern an der Eingangstreppe und wartete auf seine Ex-Kollegen aus Fürstenfeldbruck, um seine Aussage zu machen. Stockleitner hatte ihn darum gebeten.

Zwei Uniformierte führten Ernst Haschka, der einen Kopfverband trug, an ihm vorbei und setzten ihn in einen Streifenwagen. Seine Körpersprache war deutlich. Er war ein gebrochener Mann. Alle Arroganz war verschwunden.

Petra Schleich kam aus dem Haus. Sie setzte sich neben ihn. »Ich wollte mich noch bei Ihnen bedanken, Herr Viertaler. Ich weiß nicht, was ohne Ihr beherztes Eingreifen geschehen wäre.«

Viertaler wiegelte ab: »Viel wichtiger ist, dass alle relativ unverletzt sind.« Er deutete auf den Rettungswagen, der gerade wegfuhr. »Ihr Julian hat Gott sei Dank nur einen Streifschuss am Oberarm, die Sanitäter nehmen ihn vorsichtshalber mit. Aber voraussichtlich kann er morgen früh schon wieder heim.«

Petra nickte. »Ich weiß. Wie geht es Ihrer Bekannten, Frau Maier?«

»Sie wird gerade untersucht, muss aber ebenfalls mit in die Klinik, obwohl sie das nicht wollte. So wie ich sie kenne, meldet sie sich in einer Stunde, dass ich sie abhole. Sie hat nämlich einen ziemlichen Dickschädel – im wahrsten Sinn des Wortes.« Viertaler seufzte und stand auf. »Jetzt werde ich untersucht.«

Zwei Beamte in Zivil betraten gerade das Anwesen. KOK Bayerl und ein Kollege.

Kapitel 48

Helligkeit durchflutete das Wohnzimmer von Martin. Gertrud stand auf der Terrasse und hielt ihr Gesicht einer leicht verschleierten Sonne entgegen. Ihr verletztes Auge spannte noch. Aber sonst fühlte sie sich gut.

Ein dezenter Weihrauchduft lag in der Luft. Auf dem Herweg hatte sie Sternsinger, die Richtung Kirche gingen, gesehen. Auch auf ihrer Haustür fand sich seit gestern der Schriftzug *20+C+M+B+16*. Im alten Volksglauben Segenszeichen, stellvertretend für die Namen der drei Heiligen Könige – Caspar, Melchior und Balthasar. Bis die Kirche daraus das *Christus Mansionem Benedicat* ableitete, das übersetzt *Christus segne dieses Haus* bedeutet.

»Magst du eine Tasse Kaffee? Der erste Durchlauf ist schon in der Thermoskanne.« Martin war hinter sie getreten und berührte sie leicht am Arm. Gertrud drehte sich um.

»Danke, ich warte, bis die anderen da sind.« Eine eigenartig gespannte Atmosphäre lag in der Luft. Nach den Ereignissen der gestrigen Nacht fiel es ihnen schwer, die richtigen Worte füreinander zu finden. Schweigen, das auf das erste Wort wartet, breitete sich aus.

»Weißt du eigentlich, dass die Nacht vom 5. auf den 6. Januar die letzte Raunacht ist?« Gertrud versuchte, die Stille zu unterbrechen, die mittlerweile greifbar zwischen ihnen stand. »Man nennt diese Nacht *Perchten*-Nacht oder *Nacht der Wunder*.«

»Das mit Perchten ist für mich ein Mysterium.« Martin hielt kurz inne. »Aber ein Wunder ist es, dass du und

Petra gestern Nacht heil aus der Sache rausgekommen seid.« Dabei schaute er sie besorgt an.

Sie wich seinem Blick aus. Noch konnte sie nicht darüber sprechen. Martin spürte das und brachte die Sprache wieder auf die Raunächte. »Und was hat die *Perchten*-Nacht dann mit den heiligen Drei Königen zu tun?«

Gertrud griff erleichtert seine Frage auf. »Die Frau *Percht* steht eigentlich für die Frau *Holle*. Sozusagen die Urmutter des Heidentums. In manchen Gegenden in Bayern und Österreich wird in dieser Nacht noch die *Perchtmilch* von den Bauern hingestellt. Die soll Segen und Fruchtbarkeit für das neue Jahr bringen. Später wurde daraus dann die Drei-Königs-Milch.«

Die angespannte Stimmung begann sich langsam zu lösen.

»Und auch das Anschreiben der Segenszeichen an Heilig Drei König zum Schutz des Hauses und der Bewohner darin, geht auf ein uraltes Ritual zurück. Da gibt es die drei *Bethen*. Das waren die keltischen Schicksalsgöttinnen *Wilbeth*, *Ambeth* und *Borbeth*. Sozusagen die Repräsentanten der weiblichen Urmutter. Die göttliche Dreiheit als Erd-, Mond- und Sonnenmutter. Weise Frauen, die die Menschen mit Rat und Tat unterstützt haben. Bei den Germanen waren es die drei Nornen. Und unter dem Einfluss der Kirche wurden daraus dann die *Heiligen Drei Madl*, die man gerade in Süddeutschland in vielen Kirchen noch sieht. Das sind Katharine + Margarethe + Barbara. Und, fällt dir was auf?« Gertrud sah Martin fragend an. Er wusste nicht, worauf sie hinauswollte.

»Das sind die gleichen Anfangsbuchstaben wie bei Kaspar, Melchior und Balthasar.«

»Es ist schon interessant, wie heidnisches und christliches Gedankengut auch hier verschmelzen.« Martin war von Gertruds Wissen beeindruckt.

»Ich könnte dir hier noch viel mehr erzählen. Dass *Bethen* was mit Beten zu tun hat, dass …«

In diesem Moment kamen Julian und Petra die Treppe herauf, die zum Haus führte. Hand in Hand. Gertrud lächelte. Vielleicht war das ja ein weiteres Wunder der letzten Raunacht, dass die beiden wieder zueinandergefunden hatten. Dass aus Vernichtung und Tod Neues entstehen kann. Gertrud hoffte es für sie und winkte ihnen zu. »Kaffee ist fertig.«

»Und die Semmeln und Brezen kommen auch schon.« Petra hielt einen Stoffbeutel hoch und lachte.

»Ich mach gleich mal auf.« Martin ging zurück ins Haus. »Jetzt fehlt nur noch der Michi. Dann können wir *brunchen*.« Er betonte dieses Wort leicht abfällig, denn er weigerte sich grundsätzlich, dem mittlerweile verbreiteten Anglizismus Vorschub zu leisten. 2015 war es der Slogan *Refugees Welcome* gewesen.

Der Flüchtling Selahattin Barzani fiel ihm wieder ein. Den würde man unverzüglich aus der Untersuchungshaft entlassen. Das hatte Kommissar Stockleitner gestern Nacht Gertrud versprochen.

Er öffnete Julian und Petra die Tür. »Jacken an die Garderobe, Schals und Mützen in die Kiste. Bitte nicht auf die Kommode, wo der Anrufbeantworter steht. Nicht, dass ich wieder einen Notruf übersehe.« Dabei zwinkerte er Gertrud zu, die ihm gefolgt war.

Viertaler wollte gerade die Tür schließen, als Michi kam. Er streckte ihnen eine Tüte entgegen. »Frische

Mohnschnecken. Hab gehört, die isst hier jemand besonders gern.« Er grinste Gertrud an.

Ihr wurde warm ums Herz. Der Schatten der letzten Tage hatte seine Bedrohung verloren. Sie hatte sich ihm gestellt, war sozusagen über ihren eigenen Schatten gesprungen. Jetzt fühlte es sich richtig an. Aber gestern, eingesperrt in der Sauna, war sie verzweifelt gewesen, nachdem die Situation so eskaliert war. Sie hatte wirklich um ihr eigenes und um das Leben von Petra gefürchtet.

Gertrud musterte Petra unauffällig. Sie war noch blass und hatte tiefe Augenringe. Aber die tiefen Falten um ihre Mundwinkel und auf der Stirn, waren verschwunden.

»Dann kommt mal alle mit.« Mit einer einladenden Armbewegung deutete Martin in Richtung Küche, die gleich neben dem Wohnzimmer lag. »Es wird zwar etwas eng werden. Aber wie heißt es so schön? Platz ist in der kleinsten Hütte.« Auch Martin fühlte sich wie ausgewechselt. Diese besondere Schwere, die in den letzten Monaten wie ein Stein auf seiner Brust gelegen hatte, schien verschwunden.

»Da hast du dir ja richtig Mühe gegeben.« Michi war beeindruckt. »So kenne ich dich gar nicht. Sogar an Servietten hast du gedacht.«

Viertaler errötete leicht. »Da müsst ihr euch bei Gerti bedanken. Die hat dafür gesorgt, dass das hier so einladend aussieht.« Dabei fasste er die neben ihm stehende Gertrud spontan um die Schulter.

»Du hast mir ja geholfen, Martin.« Überrascht von der plötzlichen Berührung, nahm sie verlegen die Kaffeekanne und schenkte allen ein, als Julian das Wort ergriff: »Eigentlich wollte ich den gestrigen Abend nicht mehr erwähnen. Aber mir liegt es am Herzen, mich bei euch zu bedanken. Wenn ihr alle nicht gewesen wärt –« Er stockte. Es fiel ihm sichtlich schwer, weiterzusprechen. Petra nahm seine Hand.

Die eingetretene Stille wurde von Martin unterbrochen. Seine Stimme klang ernst. »Ja, das stimmt. Das hätte auch anders ausgehen können. Ich denke, dass Petra und Gertrud die Situation unterschätzt haben. Das soll jetzt kein Vorwurf sein. Aber jemand, der so viel auf dem Kerbholz hat wie Haschka, wird nicht per se ein anderer Mensch, nur weil er plötzlich erfährt, dass er Vater ist. Genauso wenig beeindruckt ihn eine Frau, die er mit einer Schmach für sein Ego in Verbindung bringt, auch wenn das schon Jahre her ist.« Martin blickte abwechselnd Gertrud und Petra an.

»Und was passiert jetzt mit ihm?«, wollte Petra wissen.

Michi nickte bestätigend. »Er sitzt jetzt erst einmal in Untersuchungshaft wegen Freiheitsberaubung, Nötigung und dem dringenden Tatverdacht, Helga Schleich ermordet zu haben. In der Zwischenzeit wird der Vorwurf wegen Vergewaltigung noch einmal geprüft. Die Kollegen werden sich morgen mit der ehemaligen Sekretärin von Haschka in Verbindung setzen. Und was die anderen kriminellen Machenschaften anbelangt: Da war er nicht so klug, wie er das von sich gedacht hatte. Im Safe hat man ein Notizbuch entdeckt, in dem alle Schmiergeldzahlungen notiert waren. Vermutlich seine Absicherung, falls jemand aus seinem System aussteigen wollte. Es sind zwar verschlüsselte Codenamen. Aber ich bin sicher, dass unsere Leute da fündig werden. Vielleicht zeigt sich der eine oder andere selbst an, wenn sich herumspricht, dass Haschka verhaftet wurde. Um die Strafe zu mildern, sozusagen.«

Ein Klingeln unterbrach Michi.

»Wer kann das denn sein?« Viertaler ging zur Tür. Es war Ali Kartal, zusammen mit einer hübschen, jungen Frau. In der Hand ein in rotes Papier verpacktes Päckchen, das er Martin entgegenstreckte. Der war so überrascht, dass er gar nicht wusste, wie er reagieren sollte.

»Ich will Sie nicht stören Herr Viertaler. Ich, nein, meine Verlobte Shirin und ich, wollten uns nur bei Ihnen bedanken.«

Martin fragte perplex: »Ich weiß jetzt eigentlich nicht für was?«

»Na, ja. In Landsberg pfeifen es mittlerweile die Spatzen von den Dächern, dass der Täter gefasst wurde, der Frau Schleich umgebracht hat. Und auch, dass Sie nicht ganz unbeteiligt waren.«

Viertaler verstand immer noch nicht. Kurzentschlossen bat er die beiden herein. »Trinken Sie doch eine Tasse Kaffee mit uns. Wir sitzen gerade alle zusammen.«

Ali Kartal hob abwehrend die Hände. »Wir wollen Sie und Ihren Besuch wirklich nicht stören.«

»Kein Problem.« Martin holte noch zwei Klappstühle aus dem Schrank in der Garderobe und deutete mit der Hand Richtung Küche. »Bitte.« Stühlerutschen setzte ein, als Martin die neuen Gäste in die Küche brachte und kurz vorstellte. Als sich alle nach dem Händeschütteln wieder hingesetzt hatten, fragte er noch einmal nach: »Also mir ist immer noch nicht klar, warum Sie sich bei mir bedanken wollen.«

»Der Kommissar Bayerl hat mich vor einer Stunde angerufen. Meine erneute Vernehmung in Fürstenfeldbruck wurde abgesagt.«

»Warum wurden Sie überhaupt noch einmal vorgeladen?«

»Herr Bayerl hatte mich wohl als Mörder im Verdacht, weil ich in seinen Augen das stärkste Motiv hatte. Durch den Tod von Frau Schleich fiel ja das Wohnrecht weg und ich hätte eine zusätzliche Geldeinnahme gehabt. Außerdem hätte dann mein Onkel Enes sein türkisches Café aufmachen können, ohne Beschimpfungen von Frau Schleich zu erwarten.« Unsicher blickte er zu Petra.

Die aber signalisierte ihm, weiterzusprechen.

»Das konnte er aber nicht beweisen. Er hatte mich wegen meinem *Wackel-Elvis* vorgeladen.« Ali deutete mit dem Kopf auf das Päckchen, das er vorhin Martin gegeben hatte. »Nachdem die Befragung von meinem Onkel Enes beendet war, hat er wohl noch einen kurzen Blick durch die Fensterscheibe in meinen Laden geworfen, und dabei den Wackel-Elvis entdeckt, den mir Tobias kurz vorher geschenkt hatte.« Er schüttelte den Kopf. »Aber bitte, Herr Kommissar, machen Sie doch auf. Das ist ein Geschenk für Sie.«

Martin zog den Tesafilm vom Papier. Zum Vorschein kam der *Wackel-Elvis*, den er bei seinem Spaziergang auf dem *Wurlitzer* gesehen hatte. Jetzt war ihm alles klar.

Er selbst hatte ja einen Zusammenhang vermutet zwischen dem *Elvis* auf der Jukebox und einem in dem Auto, das Selahattin gesehen hatte. Diese Informationen waren dem Kommissar aus Fürstenfeldbruck auch bekannt. Verständnislose Gesichter bei Petra, Julian und auch Gertrud. Die Erklärung würde er später liefern. Er wandte sich wieder Ali Kartal zu. »Und warum schenken Sie den ausgerechnet mir?«

»Der ist für Ihre Freundlichkeit und Ihre Unvoreingenommenheit. Im Gegensatz zu Herrn Bayerl, haben Sie mich nie spüren lassen, dass ich allein schon durch meine Herkunft verdächtig bin.« Er fasste sich mit der Hand ans Herz und nickte Martin dankbar zu.

Der errötete leicht.

Ali Kartal und Shirin erhoben sich. »Wir gehen jetzt. Mein Onkel erwartet uns zum Mittagessen. Wir wollen die Hochzeit besprechen.« Die Augen von Ali leuchteten. So wie damals, als ihm Viertaler zum ersten Mal begegnet war.

Shirin senkte verlegen den Kopf.

»Ah, fast hätte ich es vergessen. Ich soll schöne Grüße von Tobias Kluge ausrichten. Er räumt gerade die letzten Möbel aus der Wohnung, damit wir renovieren können, bevor wir einziehen. Er hat den Schritt, nach München zu ziehen, nicht bereut, und ist froh, dass alles geklärt ist.«

Da klingelte es erneut.

Martin zog verwundert die Augenbrauen hoch. »Was ist denn heute los?« Er ging zur Tür. Es war Gustl Stockleitner.

Ali und Shirin verabschiedeten sich von Martin, nicht ohne ihn darauf hinzuweisen, dass der nächste Haarschnitt fällig war. Die Haare würden ja bereits wieder auf den Ohren aufstehen.

Martin streckte Stockleitner die Hand entgegen. »Bitte entschuldigen Sie, aber ich musste erst die anderen Gäste verabschieden. Wollen Sie auch einen Kaffee mittrinken? Jetzt ist wieder Platz.«

Stockleitner schüttelte den Kopf. »Nein, vielen Dank, ich treffe mich gleich mit meiner Frau beim Italiener. Da darf ich heute nicht zu spät kommen, wie sonst immer. Schließlich hängt von dem Gespräch einiges ab.«

Viertaler hatte schon von Michi gehört, dass der Kommissar der PI Landsberg in Trennung lebte. Taktvoll wartete er ab, was ihm Stockleitner noch zu sagen hatte.

»Ich wollte mich bei Ihnen bedanken, dass Sie gestern zusammen mit Michi Haas Schlimmeres verhindert haben, obwohl Ihr Vorgehen natürlich damit nicht entschuldigt ist. Auch Herr Haas muss sich da von mir noch was anhören. Sie hätten uns sofort verständigen müssen. Aber, Schwamm drüber! Es ist ja gutgegangen.«

»Dann hat mein Nachfolger im K1 den Fall gelöst?«

Stockleitner schmunzelte: »So wie es aussieht, haben wir einen Kreuztreffer mit der DNA am Messer, das im Opfer Drmic, alias Gasic steckte. Offenbar hat der Jugoslawe Haschka damit verletzt, bevor ihn dieser erschießen konnte. Michi Haas hat mich auf die Spur gebracht, dass wir die DNA von Haschka bereits aus einem alten Vergewaltigungsvorwurf asserviert hatten.«

»Und den Mord an Frau Schleich?«

»Dank der Aussagen der beiden Damen werden wir ihn festnageln. Das Projektil, das Sie gestern im Baum gefunden haben, wurde bereits sichergestellt und befindet sich auf dem Weg zur kriminaltechnischen Untersuchung.« Er hielt kurz inne. »Ich vermute, dass Frau Schleich den Herrn Haschka mit der alten Wehrmachtspistole ihres Großvaters erschießen wollte, um danach Selbstmord zu begehen.«

»Eine fürwahr tragische Geschichte«, fügte Viertaler anteilnehmend hinzu.

»Vielleicht ergibt sich in den nächsten Tagen die Möglichkeit, dass wir zusammen ein Bier trinken. Das würde mich freuen.« Stockleitner klopfte Martin leicht auf die Schulter, drehte sich um und ließ einen erstaunten Viertaler zurück. In der Küche hatte mittlerweile Aufbruchstimmung eingesetzt.

Gertrud stand mit Petra bereits im Wohnzimmer und unterhielt sich mit ihr. »Ich habe Ihnen ja schon gesagt, dass ich mich freuen würde, wenn wir uns auf der Abschiedsfeier der Rektorin wiedersehen. Und falls Sie sonst noch jemand zum Reden brauchen. Jederzeit gern.«

»Danke für Ihr Angebot.« Petra fasste Gertrud am Arm. »Aber ich werde morgen gleich einen Termin bei einer Psychologin machen. Es gibt da einiges, was wieder ins Lot gebracht werden muß. Nicht nur die Sache mit meinem ... mit Haschka.« Sie schluckte.

»Wir überlegen, ob wir umziehen. Vielleicht auf`s Land. Ein kleines Häuschen mit Garten, wo auch Kinder gut Platz haben.« Sie fasste den hinzukommenden Julian um die Taille. »Wir wollen es noch einmal zusammen versuchen.«

»Das freut mich für Sie. Da wünsche ich Ihnen alles Gute.«

Michi Haas kam. »Darf ich kurz stören? Ich möchte mich auch von Ihnen verabschieden, Frau Maier. Wir sehen uns bestimmt mal wieder. Vielleicht im *Principe* bei einer Tasse Kaffee. Und dann hoffentlich ohne Leiche im Hintergrund«, ergänzte er augenzwinkernd.

»Gertrud, du kannst Gertrud zu mir sagen. Wer mir das Leben rettet, darf mich auch duzen.«

Lachend verabschiedeten sich alle.

Zurück blieben Martin und Gertrud, die den Gästen zuwinkten, bis sie um die Hausecke gebogen waren. In diesem Moment summte das Mobiltelefon von Martin. »Oh! Eine Nachricht von Anna und auch ein Bild. Mal schauen?« Sein Gesicht nahm einen fragenden Ausdruck an. Er hielt ihr das Handy hin. Anna und ihr Begleiter im Skianzug. Dahinter ein strahlend weißes Bergmotiv, von dem sich die schwarze Hautfarbe von Anna`s Freund besonders abhob.

Darunter: WIR FREUEN UNS AUF DEN BESUCH AN FASCHING IN LANDSBERG. ANNA UND GREG

Als sie das Bild sah, konnte sich Gertrud eine Bemerkung nicht verkneifen. »Da bleibt ja die Integration weiterhin Thema bei dir.«

Martin zuckte mit den Schultern. »Wenn sie nicht von einem Mord begleitet wird, warum nicht.«

In diesem Moment ahnten beide nicht, dass sie davor nicht verschont bleiben würden.

Danksagung

Wir möchten all jenen Menschen von Herzen »Danke« sagen, die bei der Entstehung dieses Buches mitgeholfen haben.

Das beginnt mit der Recherche, bei der uns Polizei-hauptkommissar Hans-Peter Steckmeier unterstützt hat. Er hat versucht, uns die Grundsätze der Arbeit von Kripo und Schutzpolizei bei einem Gespräch im *Café Villa Rosa* näherzubringen. Etwaige Fehler gehen auf unser Konto.

Medizinische Fakten prüfte dankenswerterweise unsere Nicht Jorun Baumann. Ohne sie wären uns solch interessante Details, wie ein *avitales* Gewebe sicherlich verborgen geblieben.

Als das Manuskript endlich fertig war, freuten sich neugierige Betaleser darauf, dem Geheimnis der *entwurzelten Schatten* auf die Spur zu kommen. Weil das Lesen eines unlektorierten Textes aber nicht immer einfach ist, gebührt Ingrid Maier, Ludwig Endres, Regina Reichelmeir, Polizeikommissar Bernd Gröner und Lisa Nackenhorst unser herzlicher Dank.

Das Lektorat wurde wieder mit viel Herzblut von Monika Wunderlich aus dem schönen Fuchstal übernommen. Vergelt´s Gott!

Mit seinen zahlreichen Ideen und Vorschlägen hat Max Braun aus Fürstenfeldbruck einen Cover gestaltet, der ein echter Hingucker geworden ist. Das dabei verwendete, eindrucksvolle Titelfoto stammt von dem bekannten Landsberger Fotografen Robert Klinger.

Last but not least, möchten wir uns bei den Testimonialgebern bedanken. Dr. Stefan Rammer von der *Passauer Neuen Presse* und Thomas Reuter von *Osiander* in Landsberg haben unserer Meinung nach mit ihren Aussagen die Authentizität der Geschichte prägnant zusammengefasst.

Anmerkungen der Autoren

»Schon wieder ein Heimatkrimi! Das wird ja mittlerweile zur Massenware.« Diese und ähnliche Aussagen klangen uns im Ohr, als wir unser neues Projekt im Freundeskreis vorstellten. Aber genau so ein Massenkonsumartikel, wie es Dr. Stefan Rammer von der *Passauer Neuen Presse* nannte, sollte es nicht werden. Wobei uns Landsberg als regionaler Bezug schon wichtig war. Also, (k)ein Lechkrimi?

Außerdem sollte das aktuelle Zeitgeschehen eine Rolle spielen und die ernst zu nehmende Geschichte durch authentische Figuren und Hintergründe überzeugen. Die Protagonisten sollten durch Ihre Ecken und Kanten wirken. Gleichzeitig wollten wir sie humorvoll darstellen, ohne zu stark zu überzeichnen oder dabei in Klamauk zu verfallen. Sie sollten dem Leser sympathisch sein und irgendwie bekannt vorkommen. Egal, ob sie in Landsberg oder in einer anderen Stadt beheimatet sind. Die Orte austauschbar, die Charaktere und der gesellschaftliche Hintergrund nicht. Also doch (k)ein Lechkrimi?

Vor unserem Auge erschien sofort die Person des Kommissars *Viertaler*, der im Jahr 2013 in einer Kurzgeschichte das Licht der Welt erblickte. Die Geschichte *Und vergib uns unsere Schuld* war Teil des Autorenwettbewerbs »Die Spur führt an den Lech« und wurde von der Jury als einer der Siegerbeiträge ausgewählt. Vielleicht fragen Sie sich jetzt, warum dieser Kommissar in der Kurzgeschichte letztlich *Vierteufel* hieß? Dies ist der Reminiszenz

an einen mittlerweile verstorbenen Autorenkollegen ge-
schuldet. In der dritten Auflage der gleichnamigen Anthologie haben wir den Kommissar wieder umbenannt. Er
würde es verstehen.

Die Frage nach dem aktuellen Zeitgeschehen war
schnell geklärt. Was lag näher, als die in allen Medien dis-
kutierte Flüchtlingskrise aus dem Jahr 2015 zu thematisie-
ren? Die neue Völkerwanderung schwappte mit Macht
auch in unsere Stadt und den Landkreis Landsberg am
Lech und bewegt uns bis zum heutigen Tag. Diese Krise
traf uns völlig unvorbereitet und führte uns vor Augen, wie
eng die Welt zusammengerückt ist, und das nicht nur aufgrund der Globalisierung. Konflikte und Katastrophen
werden durch die Medien in unsere Wohnzimmer gespült,
und landen am Ende auch real in unseren Vorgärten, wie
mancher Grenzort leidvoll erfahren musste.

Sie führt uns erneut vor Augen, dass der Friede in
Europa lange Zeit nicht selbstverständlich war und im An-
gesicht der aktuellen Entwicklungen in Zukunft nicht mehr
selbstverständlich sein wird. Vielen Familien aus den
Kriegsgenerationen sind Flucht und Vertreibung nicht
fremd. Es sind Traumata, die von Generation zu Generation oft (un)bewusst weitergegeben werden und Veränder-
ungen im Erbgut auslösen, so wissenschaftliche Studien.
Diesen Männern und Frauen klingt der *Huraflüchtling*
noch heute in den Ohren. Und bei unseren Recherchen
war es diese Erinnerung, die am häufigsten zur Sprache
kam.

Und wieder klingt das *Wir* (Deutsche) und das *Die* (Flüchtlinge) zwischen den Zeilen. Manchmal lauter. Manchmal leiser. Und auch die ganze Bandbreite der menschlichen Reaktionen auf diese humanitäre Katastrophe wiederholt sich: Die Hilfsbereitschaft, die Hilflosigkeit, die Überforderung, das Wegsehen, die Flucht vor dieser Herausforderung aufgrund der eigenen Ängste, die uns in diesem Zusammenhang umtreiben.

Der Mensch flüchtet aber nicht nur vor Krieg, vor Hunger, vor Folter oder Tod. Auch ohne diese konkreten Bedrohungen sind viele Menschen in unserer zivilisierten Gesellschaft im übertragenen Sinn auf der Flucht. Auch das haben wir versucht, darzustellen. Die Fluchtursachen wurzeln hier in falschen Lebensentscheidungen, Lebensbrüchen, nicht lebensfördernden (Familien-) Systemen und in Gefühlen, die nicht ausgelebt werden (dürfen).

So, wie Martin Viertaler mit den Schatten der Trauer ringt, die nach dem Tod seiner Frau in sein Leben getreten sind. Oder die Figur Zeljko Drmic, die ihr Kriegstrauma nie überwunden hat. In beiden Fällen wird das Verdrängte zum Schatten, einem Begleiter, der lebenszerstörende Kräfte entwickeln kann. Denn nur wer laut C.G. Jung zugleich seinen Schatten und sein Licht wahrnimmt, sieht sich von zwei Seiten und kommt damit in die Mitte.

Unsere Geschichte beginnt im Prolog in der Gemeinde Trnovo in Bosnien am 22. Juli 1992, frühmorgens um 05:30 Uhr. Bei einem imaginären Angriff der damals tatsächlich existierenden Militäreinheit *El Mujahidd*. Diese Einheit stand unter dem Kommando der offiziellen bosnischen Armee ARBiH (Armija Republike Bosne i Hercegovine). Die *El Mujahidd* – Truppe bestand aus Freiwilligen, ähnlich wie heute Einheiten des Islamischen Staates auch aus freiwilligen Kämpfern der verschiedensten Staaten gebildet werden. Dieser speziellen Truppe wurden nach dem Krieg Kriegsverbrechen und Gräueltaten vorgeworfen. Der Ex-Oberkommandeur Rasim Delić wurde 2008 vom UN-Tribunal wegen Verstoßes gegen das Kriegsrecht zu drei Jahren Haft verurteilt. Delić, so das Gericht, trage die Verantwortung für Verbrechen der Militäreinheit *El Mujahidd*. Beim Angriff auf Trnovo verlor Vlado Gasic (alias Zeljko Drmic) seine Verlobte Radenka Milutinovic. Im Roman ist Vlado am 13. bis zum 17. Juli 1995 auch am Massaker, das bosnische Serben an 8.000 Männern in Srebrenica verübten, beteiligt. Danach desertiert er und flieht nach Deutschland.

Das Gebiet des Ortes Trnovo in der Nähe von Sarajevo war während des Bosnienkrieges hart umkämpft. Die Armee der *Republika Srpska* nutzte den Ort, um den Nachschub während der Belagerung von Sarajevo zu den Kampfgebieten auf dem Igman und der Jahorina sicherzustellen. Andererseits sicherte die Kontrolle des Tals um Trnovo den südlichen Zugang nach Sarajevo. Die Armee der bosnischen Serben hielt den Ort von Mai bis Juli 1992, bis nach schweren Kämpfen die ARBiH den Ort einnehmen konnte. Ein Jahr später eroberten die serbischen Streitkräfte den Ort zurück.

Der Jugoslawienkrieg von 1991 bis 1999 verursachte 2,3 Millionen Flüchtlinge, 400.000 davon flüchteten nach Deutschland. Tatsächlich begleiteten den Zerfall des jugoslawischen Staatsgebildes mehrere Kriege. Der Krieg in Kroatien dauerte zunächst von Mitte 1991 bis Anfang 1992. Eine zweite Welle an kriegerischen Auseinandersetzungen setzte dort im Sommer 1995 ein.

Der Krieg in Bosnien-Herzegowina dauerte von Anfang 1992 bis Ende 1995 und war in seinen Folgen der verheerendste Konflikt in Ex-Jugoslawien. Diese Auseinandersetzung brachte 1,2 Millionen Flüchtlinge mit sich. Viele gingen nach Deutschland, einer davon ist der imaginäre Deserteur Vlado Gasic, der die Identität eines seiner Opfer (Zeljko Drmic) annimmt.

Doch sowohl die Zahlen der aktuellen Flüchtlingskrise, als auch die der Jugoslawienkriege in den neunziger Jahren des vorigen Jahrhunderts sind nichts gegen den gewaltigen Flüchtlingsstrom, den der 2. Weltkrieg auslöste. Allein in Westdeutschland suchten damals zehn Millionen Menschen Zuflucht. Diese Vertriebenen wurden damals als *Polacken* oder *Zigeuner* beschimpft, obwohl sie Deutsch sprachen, zumeist Christen waren und dieselben Werte hatten, wie die einheimische Bevölkerung.

Im Roman gelangte der Vater des Ernst Haschka als Flüchtlingskind aus dem Sudetenland bis nach Landsberg, wo er Anfang der 1960er Jahre einen Stahlbaubetrieb aufgebaut hatte. Damit haben viele der Protagonisten des Romans einen *Migrationshintergrund*, wie man heute sagen würde. Zuwanderung beschäftigt unseren Landkreis schon seit mehr als siebzig Jahren und wird vermutlich das beherrschende Thema unseres Jahrhunderts.